에구치 렌 지음
author • Ren Eguchi
마사 일러스트
illustration • Masa
정대식 옮김

터무니없는
스킬로
이세계 방랑 밥
14 크림 크로켓
× 사교의 종언

터무니없는 스킬로 이세계 방랑 밥

14

크림 크로켓

×

사교의 종언

에구치 렌 지음
author ▪ Ren Eguchi
마사 일러스트
illustration ▪ Masa
정대식 옮김

무코다 일행

곤 옹
사역마(300년 한정)

과거 페르와 격렬한 싸움을 벌였던 에인션트 드래곤(고룡). 아니나 다를까 무코다의 요리를 노리고 사역마가 된다(300년 한정)

드라짱
사 역 마

보기 드문 픽시 드래곤. 작지만 성체. 역시 무코다의 요리를 노리고 사역마가 되었다.

스이
사 역 마

갓 태어난 슬라임. 밥을 준 무코다를 따르며 사역마가 된다. 귀엽다.

페르
사 역 마

전설의 마수 펜리르. 무코다가 만든 이세계 요리를 노리고 계약을 요구하여 사역마가 되었다. 채소를 싫어한다.

신 계

루사루카
신

물의 여신. 공물을 노리고 무코다의 사역마인 스이에게 가호를 내린다. 이세계의 음식을 정말 좋아한다.

키샤르
신

대지의 여신. 공물을 노리고 무코다에게 가호를 내린다. 이세계 미용 제품의 효과에 매료되었다.

아그니
신

불의 여신. 공물을 노리고 무코다에게 가호를 내린다. 이세계의 술, 특히 맥주를 좋아한다.

닌릴
신

바람의 여신. 공물을 노리고 무코다에게 가호를 내린다. 이세계의 단것, 특히 도라야키에는 정신을 못 차린다.

◀ 다음

수상쩍어 보이는 왕국의 '용사 소환'에 휩쓸려 검과 마법의 이세계로 오게 된
현대 일본의 샐러리맨 무코다 츠요시(무코다).
무코다는 어찌어찌 왕성을 나와 여행을 떠나게 되었으나,
고유 스킬 '인터넷 슈퍼'로 가져온 상품과 무코다의 요리를 노리고
'전설의 마수'부터 '여신'에 이르기까지 터무니없는 녀석들이 모여들더니
사역마가 되거나 가호를 내려주는 것이었다.
새로이 사역마가 된 에인션트 드래곤, 곤옹과 함께
카레리나의 자택으로 돌아온 무코다 일행.
마침 그때 헌금을 내놓으라며 르바노프교가 쳐들어왔다.
난데없는 횡포에 화가 머리끝까지 난 무코다는
창조신 데미우르고스의 부탁을 받아들여
르바노프교를 혼내주러 가게 되는데……?

무코다
인 간

현대 일본에서 소환된
샐러리맨. 고유 스킬
'인터넷 슈퍼'를 지녔다.
특기는 요리. 겁쟁이.

고유 스킬
『 인터넷 슈퍼 』

언제 어디서든 현대 일본
의 상품을 구입할 수 있는
무코다의 고유 스킬.
구입한 식재료에는 스테이
터스를 높이는 효과가 있다.

목 차

다음 ▶

우리 일행은 르바노프 신성왕국과 소국군(群)의 국경에 펼쳐진 깊은 숲속에 머물고 있었다.

아니, 뭐 아침에 카레리나에서 출발해 그날 밤에는 르바노프 신성왕국에 도착할 수도 있었지만 밤에 르바노프교 총본산을 박살내 봐야 목격자가 적지 않을까 싶었거든.

그렇게 되면 효과가 별로 없을 것 같고.

역시 이런 일은 목격자가 많을 때 해야 강력한 인상을 줄 수 있을 거라고 생각하거든.

그런고로 다 같이 의논한 끝에 이 숲에서 하루를 묵고 다음 날 아침에 르바노프교 총본산으로 쳐들어가기로 했다.

『계획이 정해졌으니 배를 채워야겠군.』

『음. 내일 할 큰일에 대비해서 말이야.』

『배불리 먹고 단단히 대비를 해야지!』

『스이도 많이 먹을래~.』

"내일이랑 상관없이 너희는 평소에도 많이 먹잖아."

매 끼니마다 배불리 먹어 놓고 무슨 소릴 하는 거람.

게다가…….

"어차피 내일 아침에도 배불리 먹을 생각이면서."

『당연한 소릴 하는군.』

『당연하네..』

『뭐, 그건 그거, 이건 이거니까.』

『내일도 많이 먹을 거야~.』

너희 진짜 뻔뻔하구나.

가끔은 사양이라는 걸 좀 해 봐라.

아니, **먹보** 콰르텟한테는 무리이려나.

그런 생각으로 쓴웃음을 지으며 저녁 식사를 준비해 나갔다.

아니 뭐, 카레리나에서 만들어 와서 아이템 박스에서 꺼내기만 하면 되지만.

이번 일로 녀석들이 험한 일을 당할 일은 절대로 없을 거다.

하지만 연출을 위해 소소한 연극을 해달라고 녀석들에게 부탁을 해두었다.

인간의 말을 할 줄 아는 페르와 곤 옹의 역할은 특히나 중요하다.

그런고로 행운을 비는 의미에서 이걸 만들어 왔다.

"자, 카츠동이야*."

페르 일행 전용으로 구비해둔 바닥이 깊고 큰 그릇에 담은 특제 카츠동을 모두의 눈앞에 내려놓자, 기다렸다는 듯이 빠르게 먹어치우기 시작했다.

역시 승부 전에는 이걸 먹어야지이.

『주공, 이 카츠동이라는 것도 맛있군그래!』

곤 옹이 그렇게 말하며 우걱우걱 카츠동을 먹었다.

※ 카츠동 : 일본에서는 돈가스를 '톤카츠'라고 하는데 여기서 '카츠(カツ)'가 '이긴다(勝つ)'와 발음이 같아 중대사나 승부를 앞두고 '카츠'가 들어간 음식을 먹고는 한다. 또한 '동(丼)'은 덮밥을 의미한다.

그러고 보니 곤 옹은 카츠동을 처음 먹는 거였나.

갓 튀긴 돈가스(오크 고기로 만들었으니 정확하게는 오크카츠라고 해야겠지만)의 튀김옷에 배어든 매콤달콤한 소스와 그걸 감싼 포근하고도 보들보들한 계란…….

응, 누가 먹어도 맛있을걸.

으으, 보고 있었더니 입에 침이 고이네.

나도 먹어야지.

내 걸로 만들어온 카츠동에 젓가락을 댔다.

"카츠동, 역시 맛있어어."

나는 한 입을 입에 넣은 후, 욱여넣듯 호쾌하게 먹기 시작했다.

··················.

············.

······.

『후우~. 카츠동, 맛있었네, 주공.』

『음. 나쁘지 않더군. 뭐, 나는 고기만 있는 게 더 좋다만.』

『돈가스 말이지? 확실히 그것도 맛있긴 하지~.』

『스이는 있지, 둘 다 좋아~.』

저녁식사로 카츠동을 배불리 먹은 녀석들이 콜라를 마시며 그런 소릴 했다.

페르는 그렇게나 먹어놓고서 뭐가 '나는 고기만 있는 게 더 좋다만'이라는 거야.

내일에 대비한다는 게 거짓말이 아니었는지 평소보다 왕성한 식욕을 보이는 먹보 콰르텟의 모습에, 잔뜩 만들어온 카츠동이 부족해지는 건 아닐까 싶어서 중간에 얼마나 마음을 졸였는데.

"그래그래, 돈가스도 준비해뒀으니까 내일 아침에 줄게."

내가 그렇게 말하자 다들 기쁜 눈치였다.

물론 나는 따로 담백한 메뉴로 아침식사를 할 거지만.

먹보 콰르텟에게는 아침부터 육식을 하는 건 당연한 일이고, 고기라면 어떤 식으로 조리한 것이든 얼마든지 환영일 테니까.

그런고로 아침부터 튀김을 내놓아도 문제될 게 없다.

너희 위장은 뭘로 돼 있는 걸까, 정말로.

아, 스이한테는 위장 자체가 없지만.

내일 아침에 녀석들에게 돈가스를 산더미처럼 쌓아서 내놓을 생각을 하니 괜히 속이 느글거리기 시작했다.

그걸 억누르려는 듯이 애용하는 머그컵에 따른 블랙커피를 한 모금 홀짝였다.

내일 아침식사는 그때 가서 생각하고, 그보다…….

"페르, 곤 옹, 내일 일의 계획이라고 해야 할지, 대사는 괜찮은 거지?"

카레리나에서 이곳으로 이동하던 중, 녀석들과 염화를 사용해 한참 동안 회의를 했더랬다.

연출상 강자가 전면에 나서는 편이 보다 설득력이 있을 것이라기에 페르, 곤 옹, 드라 짱, 스이가 주역으로 나서고 나는 곤 옹의 등에 엎드려 숨어 있을 예정이다.

페르와 곤 옹은 아주 중요한 역할을 맡은 셈이다.

『흥, 당연하다. 나는 바람의 여신 닌릴 님의 권속이니까. 게다가 창조신 데미우르고스 님이라는 건 닌릴 님보다 상위의 신이라 했지? 그렇다면 닌릴 님의 얼굴에 먹칠을 할 수는 없지. 맡겨둬라.』

페르는 자신만만하게 말했다.

『나도 괜찮네. 그 정도는 일도 아니니.』

곤 옹도 자신만만하다.

"그렇다면 다행이지만……. 드라 짱이랑 스이도 내일 잘 부탁해."

『어엉!』

『스이, 힘낼게~.』

드라 짱과 스이는 둘째 치고 페르랑 곤 옹은 정말로 괜찮은 거겠지?

◇　◇　◇　◇　◇

아침부터 돈가스를 잔뜩 먹고 만반의 준비를 마친 먹보 콰르텟과 함께 르바노프 신성왕국으로 들어갔다.

그리고 드디어 르바노프교 총본산의 교회가 눈앞으로 다가왔다.

솔직히 말해서 교회가 어디에 있는지도 몰랐지만 곤 옹이 완벽하게 파악하고 있었다.

듣자 하니 『눈에 띄어서 못 알아볼 수가 없더구먼』이라나.

그 눈에 띄는 교회 앞에 자리한 광장에 내려섰는데…….

본래의 크기로 돌아간 곤 옹이 여유롭게 내려설 수 있을 정도라, 정말이지 엄청나게 넓었다.

그 광장을 내려다볼 수 있게 만들어진 건물도 꽤나 번듯했다.

눈에 띈다는 이야기를 곤 옹에게 듣기는 했지만…….

"이게, 교회라고?"

예정대로 곤 옹의 등에 타고 대기 중이었는데, 거기서 본 교회는 성으로 착각할 만큼 커다랬다.

좌우간 이 거대한 곤 옹보다 훨씬 더 컸기 때문이다.

심지어 세세한 부분에까지 신경을 썼다는 것을 한눈에 알 수 있을 만큼 돈 깨나 썼을 듯한 만듦새였다.

창틀 하나만 봐도 섬세하게 세공이 되어 있어, 그야말로 있는 대로 사치를 부린 듯했다.

화려한 교회를 보고 어안이 벙벙해져 있던 중에 여기저기서 비명소리며 노성(怒聲)이 들려와서 나는 퍼뜩 정신을 차렸다.

그와 동시에 교회 안에서 번쩍번쩍한 백은의 갑옷을 입은 기사들이 우르르 나오는 것이 보였다.

"더, 더러운 마물들! 우리 성기사(팔라딘) 부대가 처단해주마!"

중앙에 있던 유독 호화로운 갑옷을 입은 기사가 그렇게 소리쳤다.

『더럽다고? 펜리르인 내가? 건방진 인간들 같으니, 갈가리 찢어주마.』

페르가 잔뜩 화가 났다.

『갈가리 찢는 걸로는 부족하지. 에인션트 드래곤(고룡)인 나를 보고 더럽다고 지껄였으니 말이야. 내 브레스로 흔적도 안 남게 없애주마.』

곤 옹도 잔뜩 화가 났다.

당장에라도 공격을 퍼부을 것 같은 페르와 곤 옹의 모습에 초조해져서 염화를 보냈다.

『페, 페르~ 좀 참아! 어제, 맡겨두라고 했잖아!』

『끄응, 하, 하지만 말이다.』

『곤 옹도 마찬가지야! 그 정도는 일도 아니라면서!』

『그건 말일세…….』

『제발~ 계획이 엉망이 되잖아. 게다가 데미우르고스 님께서도 활약을 하셔야 한다고!』

이 미션의 핵심은 데미우르고스 님이니 홧김에 공격해 버리면 모두 다 헛수고가 된다고~.

『페르랑 곤 옹, 제대로 예정대로 해 줘!』

『그렇게나 회의를 해놓고 뭐 하는 거야, 너희들~. 진짜 글러먹었네.』

『페르 아저씨랑 곤 할아버지, 글러먹었어~.』

『끄응…….』

『큭…….』

그렇게 큰소리를 쳐놓고. 정말 글러먹었잖아.

드라 짱, 스이 좀 더 혼내줘.

『아무튼 페르랑 곤 옹 둘 다 예정대로 대사를 읊어줘! 제대로 안 하면 오늘 저녁밥은 없을 줄 알아!』

『아, 알겠다.』

『으, 음.』

저녁밥을 안 줄 거라는 말이 먹혔든 것인지, 페르와 곤 옹은 마음을 다잡고 당초의 예정대로 일을 진행하기로 한 듯했다.

『나는 바람의 여신 닌릴 님의 권속인 펜리르. 닌릴 님의 상위신인 창조신 데미우르고스 님의 신탁을 받고 이곳에 왔다.』

『나는 태고부터 이 세계를 지켜보아온 에인션트 드래곤. 창조신 데미우르고스 님의 신탁을 받고 이곳에 왔다.

『『인간들아, 창조신 데미우르고스 님의 목소리를 들어라.』』

페르와 곤 옹의 대사가 끝난 순간…….

『데미우르고스 님, 부탁드립니다!』

나는 나의 생각을 읽을 줄 아시는 데미우르고스 님에게 염화를 보내 배턴 터치를 했다.

『어흠, 아~ 나는 이 세계의 창조신 데미우르고스니라. 이 세계의 최상위신이기도 하지. 요즈음 내가 보기에 이상한 것이 있어서 말이다. 우선은 그 의문에 답해주어야겠다. 이봐라, 거기 교회 안에 움츠리고 있는 교황이라는 녀석, 나오거라.』

머릿속에 내게는 친숙한 데미우르고스 님의 목소리가 울렸다.

데미우르고스 님과 의논해 이 목소리는 르바노프교 신자, 다시 말해서 르바노프 신성왕국의 지배 지역에 사는 사람들과 4대 여신을 비롯한 다른 종교의 주요 교회 관계자, 그리고 각국의 왕족, 황족에게 전해지도록 했다.

데미우르고스 님은『이 대륙에 사는 모든 사람들이 들을 수 있게 할 수도 있네』라고 하셨지만, 아무리 그래도 그건 과한 것 같아서 이렇게 범위를 정했다.

　내 생각에는 이렇게 해도 효과는 충분하고도 남을 정도로 있을 것 같았기 때문이다.

　아닌 게 아니라 벌써부터 엄청난 효과를 발휘하고 있다.

　그 증거로 많은 사람들이 놀란 얼굴로 마른침을 삼키고 있고, 개중에는 무릎을 꿇고 기도를 하는 사람들까지 나오기 시작했다.

　그럴 만도 하지.

　신의 목소리가 머릿속에 직접 들리고 있으니까.

　『어서 나와라.』

　데미우르고스 님이 재촉을 해서인지 하얀 옷감에 금실로 자수를 놓은 요란한 법의(法衣)를 입은 수십 명의 집단이 교회 안에서 뛰어나왔다.

　그중에서도 보석까지 장식되어 유달리 호화스러운 법의를 입고 있는 게 교황 같은데.

　『이제야 나왔구나. 르바노프교~. 그런데 르바노프란 것이 누구냐?』

　푸흐흡, 데, 데미우르고스 님, 그걸 이 상황에 물어보시네.

　어라?

　교황을 비롯해서 호화스러운 법의를 입고 있는 녀석들은 어째서인지 얼굴이 새파래져서 당장에라도 쓰러질 것 같은데, 혹시 르바노프라는 신은 없다는 걸 아는 건가?

　『답하지 않을 셈이냐?』

"⋯⋯⋯르, 르, 르바노프 님은, 전지전능하신, 여, 영예로운 우리 인간족의 신이십니다."

많은 사람들이 있음에도 불구하고 고요해진 광장에 교황의 힘 없는 목소리가 이상하리만치 또렷하게 울렸다.

『전지전능한 인간족의 신이라~ 오호라. 좀 전에 말했다시피 나는 이 세계의 창조신이자 최상위 신이다. 당연히 이 세계의 신들도 모두 알고 있다. 그를 전제로 말하자면, 르바노프라는 신은 없다. 애초에 신들은 사람의 종족에 우열을 두지 않지.』

데미우르고스 님이 그렇게 단언하자 광장 주변에 있던 사람들이 술렁거리기 시작했다.

"그, 그럴 리가⋯⋯."

교황은 순간적으로 반론했지만 데미우르고스 님에게 통할 리가 없었다.

『신에게 거짓이 통할 성 싶더냐. 거기에 있는 너희 르바노프교의 상층부는, 그 지위에 올랐을 때 들었을 터인데. 르바노프교가 한낱 돈벌이를 위해 만들어진 종교라는 사실을 말이다. 그 사실을 알고도 그 지위에 앉아 있으니, 너희 모두는 돈에 눈이 먼 수전노들이로다.』

데미우르고스 님이 르바노프교의 정체와 성립 배경을 폭로하자 법의를 입은 교황을 비롯한 상층부는 얼굴이 퍼렇게 질리다 못해 새하얘져서 당장에라도 쓰러질 듯 비틀거리고 있었다.

『뭐, 그건 되었다. 너희들 인간이 이 시대를 살아감에 있어 돈이라는 것은 필요할 터이니 말이다. 그게 비록 사기나 다름없는 짓이라 해도, 그 정도에서 그쳤다면 내가 참견할 일은 없었을 게다. 허나…….』

데미우르고스 님, 혹시 무진장 화가 나신 건가?

뭔가 오싹오싹한 데다 소름이 돋기 시작했는데.

『너희는 무슨 짓을 했더냐? 수인(獸人), 엘프, 드워프를 장난감 삼는 것은 물론이요, 같은 인간족이라도 외모가 수려한 소년 소녀를 발견하면 끌어들여 장난감으로 삼았지. 게다가 질리면 노예로 팔기까지 했다. 너희 르바노프교에 속한 자들은 아무렇지도 않게 그러한 짓을 하지. 특히 상층부는 지독하기 그지없다. 어떻게 될지 알면서도 그들을 제국에 팔아넘겼으니 말이다. 제국으로 팔려간 자들은 전투 훈련의 표적이 되어 죽는다. 죽어서도 입에 담기조차 꺼림칙한 운명이 기다리고 있다는 사실을 알면서도…….』

죽어서도 입에 담기조차 꺼림칙한 운명이 기다리고 있다니, 무슨 소리지?

데미우르고스 님이 저렇게까지 말씀하시다니, 너무 무서운데.

『말이 나온 김에 제국에도 한 마디 해두겠다. 제국의 황제여, 듣고 있을 테지. 너희 제국인은 제국인이 아닌 이들은 사람으로 보질 않지. 그 때문에 지금의 악습이 시작된 것이지만, 그걸 그만 두어라. 앞으로 그러한 악습은 결단코 용납지 않겠다. 똑똑히 들어라, 내가 지켜볼 테니.』

으아, 제국도 데미우르고스 님에게 찍혔던 건가.

제국은 최근 수십 년 동안 국경을 봉쇄하고 있어서 팍팍한 군사 국가라는 것 정도밖에 몰랐는데.

거기에 국경이 인접한 나라와 시도 때도 없이 자잘한 싸움을 벌이고 있다는 소문도 듣기는 했지만.

그런 탓에 얽힐 일은 없을 거라 생각했는데, 데미우르고스 님에게 찍힌 곳이라니 더더욱 멀리해야겠다.

『르바노프교에 관한 이야기로 돌아와서, 좀 전에 거론한 것 말고도 별의 숫자만큼 많은 악행을 저지르고 있다는 것은 부정하지 못할 터. 너희가 있지도 않은 신의 이름을 사칭하여 끊임없이 악행을 일삼고 있으니, 더는 나도 간과할 수가 없구나.』

데미우르고스 님이 끊임없이 악행을 일삼고 있다고 말할 정도라니.

르바노프교는 정말 구제불능인가 보네.

『그런고로, 벌을 내리겠다. 어흠, 펜리르, 그리고 에인션트 드래곤, 해치워버려라. …………허어허어~ 이 대사는 꼭 한 번 읊어보고 싶었느니라~.』

……데미우르고스 님, 마음의 목소리가 새어 나오고 있거든요? 가만, 미토 코몬*인가요?

그걸 보신 거죠?

『조, 존명.』

데미우르고스 님 때문에 페르와 곤 옹의 표정이 경직됐잖아요.

※ 미토 코몬(水戸黃門) : 토쿠가와 이에야스의 손자인 미츠쿠니를 이르는 말로, 동명의 사극이 시대를 풍미했다. 우리나라의 암행어사처럼 신분을 숨기고 다니며 탐관오리를 처단하는 것이 주된 내용.

『이봐라, 너희들. 휘말려들기 싫으면 건물에서 나와라.』

『데미우르고스 님의 자비가 아니었다면 이 경고도 없었을 게다. 너희가 나오든 말든 우리는 해치울 것이니 말이야.』

페르와 곤 옹이 그렇게 말하자 자칭 성기사 부대와 법의를 입은 교황 일당은 부리나케 건물에서 떨어졌다.

도망치는 것 하나는 빠르네.

『그럼, 간다.』

『음.』

『나도 할래!』

『스이도~.』

페르와 곤 옹은 물론이고 드라 짱과 스이도 준비를 마쳤다.

모두가 바야흐로 교회에 공격을 가하려던 순간.

"거짓말 마라아아아아앗! 르바노프교야말로 지고의 교의! 나의 이 마검으로 더러운 마물을 처단해주마아아아앗!"

자칭 성기사 부대에서 호화스러운 갑옷을 입은 기사가 그렇게 외치며 교회의 문에서 뛰쳐나왔다.

"마, 마검?!"

엘랑드 씨에게 르바노프교 총본산 교회에 '마검 주와이외즈'가 보관되어 있다는 이야기를 들었던 게 기억났다.

그리고 위험하다고 생각했다.

혹시 녀석들이 저 칼에 다치지는 않을까.

그런 생각이 들자마자 멋대로 몸이 움직였다.

곤 옹의 등에서 미끄러져 내려오듯이 뛰어내려서 아이템 박스

안에 있던 것 중 가장 손에 익은 마검 그람을 집어 들었다.

그리고──.

"우오오오오!"

채앵.

호화스러운 갑옷을 입은 기사의 마검과 나의 마검 그람이 교차했다.

『흥, 그 정도로 우리 몸에 흠집이나 낼 수 있을 것 같으냐.』

『그러게 말이다. 게다가 그 검에서는 마검이라 할 만큼의 마력도 안 느껴진다. 가짜일 게야. 그 증거로…….』

"어?"

기사가 든 마검의 밑동 부분이 뚝 하고 부러졌다.

"어째서어어어어!"

기사의 절규가 울려 퍼졌다.

『아, 그건 마검이 아니다. 100년 전? 아니, 200년 전이었던가? 기억은 안 나지만, 당시 르바노프교의 상층부가 좋아라고 돈으로 바꿨더랬지.』

데미우르고스 님…….

마지막 일격과도 같은 그 말 때문에 기사가 무릎을 꿇더니 고개를 푹 숙이고 말았잖아요.

무릎을 꿇은 기사는 자칭 성기사 부대 사람들에 의해 끌려갔다.

『뭐어, 겁 많은 너 치고는 좋은 움직임이었다.』

페르, 칭찬을 할 거면 평범하게 좀 해줄래?

『다시 한번, 간다.』

페르가 그렇게 말한 후——.

쿠와앙~ 파직파직파직파지지지직——.

콰아아아앙——.

푸슉, 푸슉, 푸슈슈슉——.

풋, 풋, 풋——.

페르가 번개 마법으로 내쏜 번개, 그리고 곤 옹이 흙 마법으로 만든 거대한 바위, 드라 짱이 얼음 마법으로 만든 끝이 뾰족한 얼음 기둥, 스이가 쏜 산탄(酸彈)이 한꺼번에 성과 같은 르바노프교 총본산 교회를 덮쳤다.

요란한 빛과 흙먼지가 잦아든 자리에는 산산조각 난 건물의 잔해만이 나뒹굴고 있었다.

◇　◇　◇　◇　◇

르바노프교의 총본산이 무너져 내려 난리가 난 틈을 타서 우리 일행은 냉큼 줄행랑을 쳤다.

그리고 페르 일행의 요청으로 다음 행선지인 론카이넨으로 향하기 전에 배를 채우기 위해, 르바노프 신성왕국으로 가기 전에 들렀던 소국군과의 국경에 자리한 숲에 내려섰다.

"하아~ 무사히 끝난 건지는 모르겠지만 어찌어찌 끝났네……."

『아직 한참 모자란 감이 있긴 하다만.』

『음. 페르의 말이 맞네. 주공의 분부 때문에 내 자랑거리인 드래곤 브레스도 못 썼으니 말이야.』

페르와 곤 옹은 일격에 끝나고 만 것이 불만인 눈치다.

"곤 옹이 드래곤 브레스 같은 걸 쐈다간 주변 일대가 초토화됐을 거라고. 애초에 말야, 페르랑 곤 옹이 온 힘을 다하면 나라 그 자체가 사라지잖아."

『그건 그것대로 상관없지 않나? 어차피 정상적인 나라도 아니었으니까.』

"그런 소리 마, 페르. 데미우르고스 님도 벌을 내리는 거라고 했으니 그 정도가 딱 적당하다고."

『근데 말야~ 그 정도 건물을 없애는 데 우리 모두가 나설 필요는 없지 않았어?』

"그건 드라 짱의 말이 맞을지도 모르겠지만 뭐, 다 같이 사이좋게 공동 작업을 하는 편이 좋지 않을까 싶었거든."

아니 왜, 누구 한 명한테 시켰으면 보나마나 투덜투덜 불평이나 늘어놨을 거잖아, 너희들.

『더 많이 풋풋하고 싶었는데에~.』

하아, 스이까지 저런 소릴 하네…….

『뭐 됐다. 그 론카이넨이라는 도시에 들른 다음에는 우리가 즐길 만한 장소로 갈 거니까.』

『음? 그런 예정이 있었던가?』

『우리가 즐길 만한 장소~?』

『페르 아저씨, 그런 거야~? 기대돼~.』

"야야, 페르, 어디로 가려고 그래?"

『크크크, 뭐, 기대하고 있어라.』

잠깐, 페르, 그 의미심장한 말은 뭐야.

무진장 불길한 예감밖에 안 드는데.

터무니없이 불안해……

그 후, 페르에게 더 자세히 캐물으려 했지만 녀석들이 배가 고프다고 재촉을 하는 바람에 식사 준비를 할 수밖에 없었다.

미리 만들어둔 던전 돼지의 파 소금 돼지구이 덮밥으로 늦은 점심을 배불리 먹은 페르 일행은 곧이어 식후 운동으로 사냥을 하겠다는 소리를 하기 시작했다……

마침 숲속에 있으니 사냥을 안 할 수는 없는 일이라나 뭐라나.

페르 일행은 이러쿵저러쿵 말을 나누더니 의기양양하게 사냥을 하러 떠났고, 그 때문에 페르가 아까 했던 말에 관해 캐물으려 했던 것도 유야무야되고 말았다.

◇　◇　◇　◇　◇

"나 참, 다들 더 날뛰고 싶었다는 이유로 곧장 사냥을 하러 가버리다니."

페르가 즐길 만한 장소로 갈 거라는 의미심장한 소릴 했으니 그렇다면 딱히 사냥은 안 해도 되지 않을까 싶었지만, 그건 그거고 이건 이거라면서 냉큼 떠나버렸다.

가끔씩 들려오는 기분 나쁜 울음소리에 움찔거리면서도 "페르의 결계가 있으니까 괜찮겠지"라며 나 자신을 타일렀다.

"그나저나 할 일이 없네. 한가해서 부정적인 생각만 드는 걸지도 몰라. 으~음…… 휴대용 버너밖에 못 쓰지만 저녁식사 준비를 겸해서 요리나 할까."

어디, 뭘 만들까…….

"그래, 눈을 감은 채 아이템 박스에 손을 넣고……."

아이템 박스 안을 더듬다가 고깃덩이 하나를 집었다.

"좋아, 이 고기다!"

손에 잡힌 고기를 꺼내 보니 브릭스트 던전에서 왕창 입수했던 기간트 미노타우로스의 고기였다.

"기간트 미노타우로스 고기인가, 흐음……."

고기를 옆구리에 끼고서 생각에 잠겼다.

"좋아. 부추랑 같이 넣고 볶음요리를 하자."

매콤달콤하게 볶아서 덮밥을 하면 포만감도 있을 테니까.

굶주린 배를 안고 돌아올 먹보 콰르텟에게는 딱일 거다.

"메뉴를 정했으니 인터넷 슈퍼에서 부족한 재료를 사야지."

인터넷 슈퍼를 띄우는 작업도 이제는 익숙하기만 하다.

냉큼 화면을 띄워서 부추를 카트에 넣고 계산하자 곧바로 종이 상자가 나타났다.

"좋아, 재료가 다 갖춰졌어. 그럼 우선은……."

기간트 미노타우로스 고기를 적당한 두께의 한입 크기로 썬다.

야키니쿠용 고기라고 하면 알기 쉬우려나.

그 정도의 두께와 크기다.

좌우간 이 요리 자체가 내가 혼자 야키니쿠를 먹은 후에 남은 고기를 사용해서 늘 만들었던 거거든.

뭐 그건 둘째 치고, 다음은 부추를 4, 5센티미터 정도의 길이로 썬다.

그리고 썰어둔 기간트 미노타우로스 고기에 가볍게 소금 후추로 간을 하고 전분 가루를 얇게 묻히고서 간장, 술, 맛술, 설탕, 다진 마늘과 다진 생강(튜브에 든 것)을 섞어둔다.

"좋아, 준비 작업은 끝났어."

달군 프라이팬에 참기름을 두르고 기간트 미노타우로스 고기를 투입.

고기의 색이 변할 만큼 익으면 혼합 조미료를 넣고 전체적으로 버무린 후, 부추를 넣어 가볍게 볶으면 완성이다.

한입 맛을 봤다.

"응, 두말없이 쌀밥이 술술 넘어갈 맛이네."

이제 카레리나에서 만들어두었던 질냄비에 지은 따끈따끈한 쌀밥을 그릇에 퍼담고, 그 위에 볶음을 듬뿍 얹으면 매콤달콤한 기간트 미노타우로스 고기 부추 볶음 덮밥 완성이다.

먹보인 녀석들이 먹을 추가 분량을 고려해서 덮밥을 잔뜩 만든 후, 아이템 박스에 잠시 넣어둔다.

"조리 자체가 간단했던 탓인지 아직도 시간이 남네."

그런고로 메뉴 하나를 더 만들기로 했다.

아니 뭐, 이건 비축용이지만.

전에 만들었다가 남겨두었던 다진 코카트리스 고기를 써서 고기 고명을 만들려고 한다.

던전 돼지와 던전 돼지의 다진 고기로 된 고명은 카레리나에서 스이의 도움을 받아가며 만들었지만, 닭고기 계열의 고명은 비축분이 없으니까.

그리고 고기만 있는 고명도 괜찮지만 이번에는 이런저런 채소를 넣어 건더기의 내용물이 다양한 걸로 만들어볼까 한다.

완전히 내 취향이지만 맛있으니 상관없겠지?

우선 건더기를 다양하게 하기로 했으니 그 내용물을 준비해야 한다.

양파, 당근, 피망, 표고버섯, 익힌 죽순을 인터넷 슈퍼에서 구입.

그다음에는 그것들을 다진다.

재료를 썰었으면 프라이팬에 넣고 볶기만 하면 된다.

프라이팬에 기름을 두르고 달군 후 다진 코카트리스 고기를 볶는다.

다진 고기의 색이 변할 만큼 익으면 채 썬 양파, 당근, 피망, 표고버섯, 죽순을 넣고 볶는다.

양파, 당근, 피망, 표고버섯이 어느 정도 익으면 간장, 맛술, 술, 설탕, 다진 생강(튜브에 든 것)을 넣고 수분이 없어질 때까지 볶으면 완성이다.

이것도 맛을 볼 겸 덥썩.

"응, 이것도 꽤 잘 됐네."

이건 열을 식혀서 특대 밀폐용기에 넣어 보존한다.

우리는 특대 밀폐용기 하나가 아니라 몇 개 분량이 필요하지만.

고기 고명은 만들어두면 무진장 편리하단 말이지.

물론 그대로 쌀밥에 얹어 먹어도 되고, 오믈렛에 넣어도 좋고,

다진 고기 볶음밥의 재료로 써도 맛있다.

"비축용으로 더 만들어둬야지."

나는 네 개의 가스버너를 구사해서 건더기가 듬뿍 든 코카트리스 고기 고명을 만들어 나갔다.

고기 고명이 담긴 마지막 특대 밀폐용기를 아이템 박스에 넣고 나서 보니 이미 해가 기울어지고 있었다.

"슬슬 페르랑 녀석들이 돌아오려나……."

쟁여두었던 캔 커피를 마시며 녀석들이 돌아오기를 기다렸다.

캔 커피를 다 마셔갈 즈음, 붉게 물든 하늘에 곤 옹의 모습이 떠올랐다.

"어서 와. 어땠어?"

눈앞에 내려선 녀석들에게 물었더니, 어째 표정이 좋지 않았다.

『이 숲에는 고기가 맛있는 마물이 전혀 없더군.』

『마이코니드에 맨이터에 트렌트에……. 변변치 못한 것들만 있었네.』

페르와 곤 옹은 실망한 눈치였다.

『맞아맞아. 거기다 말이야, 겨우 찾았다 싶으면 또 엄청 자잘해서 짜증이 나더라니까.』

『치이~ 고기 못 얻었어~.』

드라 짱과 스이도 불만스러운 얼굴이다.

"그렇다면 어쩐 일로 성과가 전혀 없다는 건가? 뭐, 가끔은 그런 일도 있는 법이야. 저녁 준비해 놨으니까 먹고 기운 내."

그렇게 말하며 모두에게 매콤달콤한 기간트 미노타우로스 고기 부추 볶음 덮밥을 내주었다.

『음, 제대로 허탕을 쳤으니 말이다. 맛있는 밥이라도 먹지 않으면 못 배기겠군.』

그렇게 말하며 뚱한 얼굴을 한 페르가 우걱우걱 먹기 시작했다.

『역시 주공의 밥은 맛있구먼~. 불쾌한 기분이 달아나는 것 같아.』

내놓자마자 와구와구 먹기 시작한 곤 옹은 입을 우물우물 움직이며 그런 소리를 했다.

『응응, 이거 맛있다! 나 원~ 이만큼 맛있는 고기를 얻었으면 얼마나 좋았겠어. 두고 보라고! 다음번엔 맛있는 걸 잡아올 테니까!』

『이거 맛있어~! 스이도 다음엔 맛있는 고기를 잡을 거야~.』

매콤달콤한 기간트 미노타우로스 고기 부추 볶음 덮밥을 맛있게 입에 넣으며 드라 짱과 스이는 벌써 다음 사냥에 관해 생각하고 있었다.

『역시 이 굴욕은…… 에서 씻어야겠지………….』

페르가 입가를 날름 핥으며 날카로운 눈빛으로 뭐라고 중얼거렸다.

잠깐~ 페르가 계속 딱 부러지게 말하지 않고 뭔가를 계획하고 있는 것 같은데에.

매콤달콤한 기간트 미노타우로스 고기 부추 볶음 덮밥을 입에 넣은 채 의심 섞인 눈빛으로 페르를 바라보며 나는 마음속으로 '제발 대뜸 이상한 소리 좀 하지 말아주라~'라고 기도했다.

우리 일행은 론카이넨 바로 앞에 자리한 초원에 내려섰다.

"꽤 빨리 도착했네."

『내가 마음먹고 날면 이 정도쯤이야.』

늘 그렇듯 아침을 배불리 먹고 식후 휴식도 충분히 취한 후에, 우리 일행은 론카이넨으로 향하고자 르바노프 신성왕국과 소국군의 국경에 위치한 숲에서 날아올랐다. 그리고 정오가 되기 전에 도착하고 말았다.

『이봐, 뭔가 왔어.』

파닥파닥 날고 있던 드라 짱이 도시의 문 앞에서 다가오는 집단을 가장 먼저 알아채고 말했다.

『흠, 해치울까?』

페르가 흉흉한 소리를 내뱉었다.

『풋풋해서 해치워도 돼~?』

보라고, 스이까지 흉내 내서 흉흉한 소릴 하기 시작했잖아.

"잠깐 페르, 흉흉한 소리 좀 하지 마. 저건 이 도시의 병사잖아. 스이도 손대면 안 된다?"

이쪽으로 다가오고 있는 같은 갑옷을 입고 창을 손에 쥔 집단은, 장비로 미루어 이 도시의 병사인 듯했다.

론카이넨으로 가고 있다는 사실은 분명 모험가 길드에도 보고해 두었는데, 왜 저럴까…….

섣불리 움직여서 일이 커지면 성가셔질 거란 생각에 병사들이 올 때까지 그 자리에서 기다렸다.

"다, 당신이 S랭크 모험가인 무코다 씨가 맞습니까?"

다가온 병사 집단 중 한 명이 그렇게 말했다.

"맞는데요……."

"그럼 이쪽으로 오시죠."

그렇게 안내하기에 일단 얌전히 따라갔다.

그러자 병사들이 우리 일행 주변을 빙 둘러싸기 시작했다.

그리고 그 상태로 이동했다.

으음~ 뭐지?

두리번거리고 있자 병사 중 한 명이 "여러분을 모험가 길드까지 배웅하겠습니다"라고 답해주었다.

"으음~ 저희끼리 가도 괜찮은데요……."

그렇게 말했지만 돌아온 답은 "명령인지라"라는 말뿐이었다.

으음~ 상부에서 명령을 내린 건가……?

페르와 곤 옹, 드라 짱과 스이도 주변을 둘러싼 병사들이 괜한 간섭을 한다고 느낀 건지 투덜거리기 시작해서, 얌전히 있어달라고 달래느라 꽤나 고생을 했다.

그리고 이동하는 동안에 병사들에게 이런저런 것들을 물어보았다.

그들은 우리가 착륙한 장소에서 가장 가까운 북문을 책임지는 제4병단의 병사들이라고 한다.

딱 부러지게 말하지는 않았지만, 그들의 이야기를 종합하자면 이렇게 된다.

모험가 길드로부터 우리 일행이 론카이넨으로 온다는 통지를 받았고, 그 바람에 도시의 치안을 지키는 그들, 병단도 발칵 뒤집혔다.

좌우간 함께 오는 게 펜리르와 에인션트 드래곤이기 때문이다.

펜리르는 둘째 치더라도(드물기는 하지만 모험가 중 테이머가 울프 계열의 마물을 데리고 다니기도 하고, 실제로 이 도시를 방문한 적도 있다고 한다) 드래곤을 데리고 다니면 주민들이 난리가 날 거다.

그렇게 생각한 상부는 어차피 올 거라면 확실하게 목적지까지 데려가 버리자는 생각에 이런 형태로 대응을 하게 된 것이라고 한다.

그리고 소속된 모험가 길드까지 배웅한 뒤에는 그쪽이 알아서 책임을 지라는 것이다.

확실히 병사들에게 둘러싸인 채 이동하면 주민들도 희한하다는 생각은 해도 난리가 벌어지지는 않겠지.

뭐, 그 심정이 이해가 안 되는 건 아니지만 개인적으로는 평소처럼 내가 "사역마입니다! 괜찮아요!"라고 외치며 거리를 걸을 때와 별로 다를 게 없는 것 같단 말이지.

병사들 사이로 보이는 론카이넨의 모습은 유럽 같은 분위기를 풍기는 카레리나나 지금까지 방문했던 도시들과는 꽤나 달랐다.

소국군과의 경계에 위치한 도시인 탓인지 복작거리는 분위기가 감도는 것이 어쩐지 동남아시아의 도시를 연상케 했다.

치안이 그다지 좋지 않다고 들었지만 언뜻 봐서는 재미있을 것 같은 도시다.

천천히 구경하며 돌아다니는 것도 괜찮을지도.

물론 안전을 확보해가면서 말이야.

그런 생각을 하다 보니 론카이넨 모험가 길드에 도착했다.

"론카이넨 모험가 길드에 오신 걸 환영합니다! 기다리고 있었습니다!"

우리 일행은 그곳에 있던 모험가들의 시선을 한 몸에 받으며 우리가 도착하기를 기다리고 있었던 듯한, 평균적인 체격에 흰 기가 섞인 수염을 기른 댄디한 모습의 길드마스터의 환대를 받았다.

◇　◇　◇　◇　◇

"그럼 오시자마자 죄송하지만 부탁드리고 싶은 안건이 있는데 말입니다……."

우리 일행은 곧장 모험가 길드 2층에 자리한 길드 마스터의 방으로 끌려갔다.

페르, 그리고 작아졌다고는 해도 페르와 비슷한 크기가 된 곤 옹이 있다 보니 방 안은 무척 비좁아진 상태다.

참고로 페르의 머리 위에는 스이가, 곤 옹의 머리 위에는 드라짱이 있다.

한 덩치 하는 페르와 곤 옹을 피해가며 내가 의자에 앉자마자 길드 마스터가 대뜸 의뢰에 관한 이야기를 꺼냈다.

으음~ 이 도시에는 마도 버너를 사러 온 것뿐인데 말이지이.

뭐, 카레리나의 길드 마스터도 각 길드에서 애를 먹고 있는 안건을 되도록 처리해달라고 부탁을 했으니 딱히 상관은 없지만.

론카이넨의 댄디한 길드 마스터(오슨 씨라는 모양이다)의 이야기를 들어보니…….

이곳, 론카이넨은 소국군과의 국경이 가깝다 보니 무역이 번성한 도시일 거라 예상하기 일쑤지만, 도시 근처에는 에레메이강이라는 큰 강이 있어서 그 강의 은총으로 나는 것들로 꾸려나가고 있는 곳이라고 한다.

특히 그 은혜를 가장 많이 받고 있는 것은 모험가라 해도 과언이 아닌데, 이 도시의 모험가 중 대다수는 에레메이강의 마물을 잡아 생활을 하고 있다는 듯했다.

그 에레메이강은 규모가 크다 보니 때때로 성가신 마물이 눌러앉아 버리는 경우도 있다.

요컨대 그것들을 토벌해달라는 의뢰인 것이다.

"지금 문제가 되고 있는 것은 켈피에 타이런트 블랙 앨리게이터, 그리고 버서크 머드 크랩입니다."

켈피면 그걸 말하는 거지?

물에 사는 사람 잡아먹는 말.

타이런트 블랙 앨리게이터는 이름으로 미루어 악어인 것 같고, 버서크 머드 크랩은 게 마물인가.

"특히 버서크 머드 크랩 쪽은 되도록 빨리 퇴치해주셨으면 합니다……."

오슨 씨가 미안하다는 듯한 얼굴로 이쪽을 쳐다보며 그렇게 말했다.

『어이, 그건 평소에는 얌전한 놈이다. 손을 댄 거냐?』

페르는 버서크 머드 크랩을 아는지, 그런 소리를 했다.

오슨 씨는 페르가 말을 하자 잠시 흠칫 놀랐지만 그럼에도 역시 길드 마스터라고 해야 할지, 안색 하나 바꾸지 않고 그대로 대화를 이어갔다.

"자기 실력도 모르는 머저리가 있어서 말입니다……."

어지간히도 골치가 아픈 일인지, 오슨 씨가 얼굴을 찌푸렸다.

자세히 들어보니 재미로 모험가 등록을 한 귀족의 넷째 아들이 B랭크 모험가를 거느리고 버서크 머드 크랩에게 손을 댔다는 모양이다.

버서크 머드 크랩은 C랭크 마물로 평소에는 강바닥에 있는 진흙 안에서 얌전히 지내는데, 공격을 받으면 격노해 미쳐 날뛴다고 한다.

그 상태가 되면 개체에 따라서는 A랭크 마물에 필적할 만큼 강해진다는 모양이다.

그리고 그 격노 상태는 오래 가면 한 달도 더 가는데…….

"오늘로 20일째입니다만, 도무지 수그러들 기미가 없습니다."

그런 상태이다 보니 모험가들의 활동에도 지장이 생겨서 '빨리 좀 토벌해라' 하고 길드를 달달 볶아대고 있는 모양이다.

"A랭크 모험가 파티에 의뢰를 하고 싶어도, 하필이면 다들 출타 중이라……."

그렇게 궁지에 몰려 있던 참에 우리 일행이 이 도시에 온 건가.

그것참, 우리에게 매달릴 만도 했네.

『그래서, 어쩔까?』

페르 일행에게 염화로 물어보았다.

『뭐, 상관없다. 그건 맛있으니까.』

『그러냐? 맛있다면 문제없지.』

『찬성~.』

『스이도 괜찮아~.』

맛있다는 말을 듣더니 먹보인 다른 멤버들도 문제없다는 반응을 보였다.

"알겠습니다. 버서크 머드 크랩 토벌 의뢰를 받아들이겠습니다."

내가 그렇게 말하자 오슨 씨는 안도한 표정을 지었다.

하지만 뒤늦게 생각이 났다는 듯이 "켈피와 타이런트 블랙 앨리게이터 쪽은 어떻게 할까요?"라고 물었다.

그러고 보니 그쪽도 있었지.

켈피는 B랭크 마물로 이곳에 있는 모험가들 중에서도 대응할 수 있는 파티가 없지는 않다지만, 채취할 수 있는 소재가 가죽 정도뿐이라 고생에 비해 이익이 적어서 하려는 사람이 없다는 모양이다.

그렇지만 신출귀몰하는 켈피에 의한 피해자도 적지 않게 발생하고 있어서 이쪽 안건도 내버려둘 수 없는 상태라는 듯했다.

타이런트 블랙 앨리게이터는 S랭크에 가까운 A랭크의 마물로 흉포하기는 하지만 몸집이 커서 모습을 확인하기 쉽기도 하거니

와 무턱대고 다가가지 않고 거리를 유지하기만 하면 도망칠 수도 있어서 희생자는 그리 많이 나오지 않았다.

그 때문에 버서크 머드 크랩과 켈피만큼 급하지는 않았지만 S랭크에 가까운 A랭크의 마물이기에 의뢰를 하려 해도 그럭저럭 고랭크의 파티일 필요가 있어 차일피일 미루고 있던 안건이라는 듯했다.

요컨대 우리를 놓치면 토벌이 더욱 더 뒤로 밀릴 우려도 있으니 가능하면 토벌을 부탁하고 싶다는 것이다.

"켈피랑 타이런트 블랙 앨리게이터는 어쩔까?"

『물에 사는 말인가. 그건 터무니없이 맛이 없는데 말이네⋯⋯.』

곤 옹이 떨떠름한 얼굴로 목소리를 내어 말했지만 페르 덕분에 내성이 생긴 것인지, 오슨 씨도 이번에는 놀라지 않았다.

『음, 분명 그 말은 먹을 게 못 되지. 하지만 검은 악어는 가죽은 딱딱해도 고기는 제법 맛있다.』

페르가 곤 옹에게 그렇게 답했다.

『듣고 보니. 그 검은 악어는 그럭저럭 맛이 있었어.』

곤 옹은 그렇게 말하더니 검은 악어, 타이런트 블랙 앨리게이터의 맛을 떠올리듯이 눈을 감았다.

그나저나 페르랑 곤 옹은 켈피랑 타이런트 블랙 앨리게이터를 먹은 적이 있구나⋯⋯.

너희는 정말 안 먹어본 게 없구나.

역시 장수종들이라니까.

『헤에~ 페르랑 곤 옹이 그렇게 말하는 걸 보면 그럭저럭 맛있는 고기인가 보네. 흥미가 생겼어.』

『스이도 먹어보고 싶어어~.』

뭐어, 그렇겠지~.

『어쩔 수 없지, 검은 악어를 잡으면서 겸사겸사 물에 사는 말도 잡아주마.』

『이의 없네.』

『나도 상관없어.』

『스이도 괜찮아~.』

페르와 곤 옹이 목소리를 내어 말을 한 덕에 그걸 듣고 있던 오슨 씨도 안도의 한숨을 내쉬고는 미소를 짓고 있었다.

그 후, 이 도시에서 머물 거점을 찾기 위해 평소처럼 상인 길드로 가려고 오슨 씨에게 위치를 묻자, 다섯 집 옆이라 가까우니 따라와 주기로 했다.

"제가 있는 편이 대응하기 쉬울 테니 말입니다."

오슨 씨의 말에 따르면 무역의 도시라고도 할 수 있는 론카이넨의 상인 길드는 늘 붐비어서, 자칫 잘못하면 몇 시간이나 기다려야 할지도 모른다고 한다.

그렇다면 확실히 모험가 길드의 길드 마스터인 오슨 씨가 같이 가면 금방 대응해줄 거다.

의뢰를 받기로 했으니 이 정도 덕은 봐도 되겠지?

뭐, 실제 전투는 페르와 녀석들에게 맡길 거지만.

그런 생각을 하며 우리 일행은 오슨 씨와 함께 상인 길드로 향했다.

◇　◇　◇　◇　◇

론카이넨의 상인 길드는 전해들은 대로 엄청나게 붐비었지만 모험가 길드의 길드 마스터인 오슨 씨가 함께인 덕에 아주 매끄럽게 수속이 진행되었다.

내 사역마들인 페르, 곤 옹, 드라 짱, 스이가 함께이다 보니 그 모습을 본 사람들이 눈 깜짝할 새에 도망치다시피 물러난 탓도 있지만.

오슨 씨가 있어서 상인 길드의 담당자도 상당히 분발해준 것인지, 꽤 좋은 집을 빌릴 수 있었다.

듣자 하니 돈 많은 상인이 지은 집이라는데 방이 17개나 되는 커다란 저택이란다.

치안이 좋은 지구에 지어진 데다 모험가 길드와도 그럭저럭 가까운 최고의 위치다.

단, 정원은 녀석들에게 다소 좁아서 아슬아슬하게 합격점을 채웠다고 할 수 있었다.

아니 뭐, 중개해줄 수 있는 집 중에서 가장 정원이 넓은 게 이 집이라고 하니 어쩔 수 없기도 했지만.

지금까지 다른 집에서 빌렸던 집에 비하면 분명 조금 좁을지도 모르지만, 축구장이 통째로 들어갈 정도의 넓이는 되니, 내가 보기에는 충분히 넓은 것 같았지만.

이토록 커다란 집인 탓에 당연히 집세도 그럭저럭 비쌌다.

일주일에 금화 117닢.

의뢰를 받기도 했고 마도 버너를 구입한다는 무엇보다도 중요한 미션이 있으니 꽤나 비싸기는 하지만 일단 일주일 동안 빌리기로 했다.

담당자가 "당장 빌리시겠다면"이라면서 115닢까지 깎아주어서 지불하려 했더니 오슨 씨가 대금은 모험가 길드에서 대겠다고 나섰다.

옥신각신한 끝에 집세는 모험가 길드가 대주기로 했지만 오슨 씨가 금화 110닢까지 깎아버렸다.

그렇게까지 할 바에는 이쪽이 내도 상관없었는데.

아닌 게 아니라 모험가 길드가 대주겠다고 하니 추가로 고랭크 의뢰를 들이밀 것 같아서 영 찜찜하거든.

앞서 받은 세 건은 어쩔 수 없지만 마도 버너가 우선이라고.

뭐, 그런 식으로 론카이넨에서 묵을 집을 정하자 첫 번째 날이 지나갔다.

"저기~ 정말 갈 거야? 어제 막 이 도시에 도착했으니 오늘 정도는 쉬어도 되잖아~."

아침밥으로 미리 만들어둔 던전 돼지 생강구이 덮밥을 배불리 먹고 식후에 사이다까지 만끽한 페르, 곤 옹, 드라 짱, 스이는 곧장 모험가 길드에서 받은 의뢰를 해치우러 가자는 소릴 꺼냈다.

『휴식 같은 거 필요 없다. 심심하기만 하지. 그보다는 오랜만에 그걸 먹고 싶으니 말이다.』

『음. 맛있다고 하니 말이네. 버서크 머드 크랩이라 했던가. 나도 아직 먹어본 적 없는 마물이니 어서 맛보고 싶군그래.』

『맞아맞아. 맛있다는 얘길 들으면 빨리 먹고 싶어지기 마련이라고.』

『스이도 빨리 먹고 싶어~.』

하아, 결국 그것 때문이구나.

식욕이 무엇보다도 우선이다 이거지?

그런 점은 평소의 녀석들답기는 하지만 말이야.

버서크 머드 크랩에 관해 이러쿵저러쿵 왁자지껄 이야기를 나누는 녀석들을 보고 있자니 나는 맥이 탁 풀려버렸다.

오늘 정도는 느긋하게 지낼 수 있을 줄 알았는데 말이야.

아아~ 다들 저렇게나 의욕이 넘치니, 이거 갈 수밖에 없겠네.

『어이, 빨리 준비해라.』

"그래그래, 지금 준비할게. 아아, 갈 때 가더라도 모험가 길드에 들렀다 가야 해."

『왜지?』

"왜긴, 버서크 머드 크랩이 어디쯤에 있는지 모르잖아."

『그런 건 가면 기척으로 알 수 있다.』

『음, 맞는 말이네, 주공.』

네에네, 그러신가요.

우리 장수종들은 못하는 게 없으셨죠.

41

『빨리 먹어보고 싶어!』

『기대돼~.』

드라 짱과 스이는 태평하게 저런 소리나 하고 있고.

『아직이냐?』

『주공, 어서 가세나.』

아, 정말~ 너무 재촉하지 말라고.

"알았다니까. 금방 준비할게."

이렇게 우리 일행은 아침밥을 먹자마자 버서크 머드 크랩이 서식하는 에레메이강으로 향했다.

『찾았다. 저거다.』

페르의 염화가 들려와서, 페르의 등에 들러붙어 있던 나는 천천히 몸을 일으켜 전방을 보았다.

눈앞에 온통 수면이 펼쳐져 있었다.

"이게, 에레메이강……."

강이라고 하기에 그렇구나, 하고 있었는데 그곳은 맞은편 물가가 전혀 보이지 않아 거대한 호수나 바다라 해도 순순히 납득해 버릴 만큼 커다란 강이었다.

그 규모에 압도되어 있던 중에 페르의 염화가 들려왔다.

『어이, 뭘 그렇게 멍하니 있는 거냐. 강은 아무래도 좋아. 사냥감은 저기 있다.』

페르가 코끝으로 가리킨 방향으로 시선을 돌리자…….

응?

계속 감고 있었더니 눈이 이상해진 건가?

눈을 비비고서 다시 한번 전방을 보았다.

…………．

원근감이 이상한데?

4톤 트럭 크기 정도는 될 법한 꽃게와 비슷한 게가 물가를 어슬렁대고 있었다.

터무니없이 커다란 게가 집게발을 펼쳤다 접었다 해서 딱딱 소리를 내며 주변을 위협하고 있다.

"뭐야, 저거. 너무 큰 거 아냐?"

4톤 트럭 크기의 게라니, 마물이라는 이유로 납득하기에는 너무 크잖아.

『음, 이전에 먹었던 것보다 크군. 모자랄 일은 없겠어.』

『크기가 저 정도면 우리도 배불리 먹을 수 있겠군그래.』

『그러게. 근데 저 단단해 보이는 껍질은 못 먹을 것 같은데?』

『단단해도 맛있으면 스이는 먹을 거야~.』

『저 껍질 말이냐. 못 먹을 건 없지만 저것 자체는 맛이 있다고 할 수 없지. 저 껍질 안에 있는 살이 맛있다.』

이것 봐, 페르, 껍질까지 먹었던 거야……?

그러고 보니 나를 만나기 전까지는 다들 생으로 먹었었지.

그럴 만도 한가.

"아니, 게 껍질은 보통 안 먹거든? 안에 든 살만 먹는 거야."

『흠. 그렇다면 너에게 맡길 테니 맛있는 요리를 내놔라.』

"알았어."

『후하하, 기대되는구먼.』

『어엉. 얼른 잡아서 먹자!』

『스이가 풋해서 쓰러뜨리고 올게~!』

"잠깐, 스이?!"

스이가 자신이 일등이라는 듯이 버서크 머드 크랩을 향해 스슥, 하고 다가가고 말았다.

"애들아!"

『말 안 해도 알아. 스이, 치사하게 혼자서만 가냐~!』

그렇게 말하며 드라 짱이 서둘러 스이의 뒤를 쫓아 날아갔다.

『오~ 스이와 드라는 기운이 넘치는군그래.』

『하아, 하여간 저 녀석들도 참…….』

"잠깐, 페르랑 곤도 그렇게 느긋하게 있지 말고 스이를 도우러 가라고!"

페르에게서 뛰어내려 페르와 곤 옹의 몸을 떠밀었다.

『스이가 강하다는 건 너도 알 텐데.』

『맞네, 주공. 스이는 강해.』

"알기는 하지만, 스이는 아직 어리다고! 얼른!"

그렇게 말하며 꾸욱꾸욱 페르와 곤 옹의 몸을 밀었다.

『알았다, 알았어.』

『나 원, 주공은 걱정도 많군.』

두 녀석은 그제야 스이와 드라 짱이 있는 곳으로 향했다.

멀찌감치 떨어져 녀석들의 모습을 지켜보던 중, 목소리가 들려왔다.

『그런 공격, 스이한테는 안 통해~.』

버서크 머드 크랩이 딱, 딱 집게발을 휘둘러 발치에 있는 스이를 물려고 하는 모습이 여기서도 보였다.

『헤, 그렇게 느려터진 공격은 나한테도 안 통한다고!』

그러자 버서크 머드 크랩은 머리 위를 날아다니는 드라 짱을 물려고 했다.

『간다~!』

버서크 머드 크랩이 드라 짱에게 정신을 팔고 있는 동안, 스이가 공격하고자 촉수를 뻗었다.

『앗, 스이, 자꾸 혼자 선수칠래?!』

『기다려라, 스이! 산탄 공격은 하지 마라! 그 녀석은 살을 먹어야 하는데 녹아버리면 아까우니까! 쓰러뜨릴 거면 그다지 상처를 입히지 않는 방법으로 해라!』

『음~ 그러면 물 마법을 쓸래~! 에잇!』

휴웅——.

버서크 머드 크랩이 쿠웅, 하는 소리를 내며 벌렁 쓰러졌다.

『와아~ 해냈다~!』

벌렁 쓰러진 채 숨을 거둔 버서크 머드 크랩의 앞에서 기쁜 듯이 통통 뛰어다니는 스이의 모습이 보였다.

"어? 지금 뭘 한 거야, 스이······?"

전혀 안 보였는데.

일단 흉포해 보이는 버서크 머드 크랩의 위협이 사라졌기에 나도 녀석들과 합류했다.

『흠. 구멍이 뚫리기는 했지만 작군. 괜찮은 사냥이었다. 스이, 잘했다.』

버서크 머드 크랩을 차분히 살피며 페르가 그런 소리를 했다.

『와아~ 페르 아저씨한테 칭찬받았다~.』

스이가 평소보다 높이 통~ 하고 뛰어오르며 기뻐했다.

『스이도 제법이로구나.』

『에헤헤, 곤 할아버지한테도 칭찬받았어~.』

기쁨을 주체할 수가 없는지 스이가 뛰용뛰용 높이 뛰어올랐다.

그런 가운데, 드라 짱은 어째서인지 토라져 있었다.

『나 참~ 스이 이 녀석, 치사하게 혼자 쓰러뜨려 버리다니.』

『스이가 빨랐으니까 치사한 거 아니야~.』

『다음 사냥감은 내가 잡는다!』

『에에~? 다음에도 스이가 잡을 거야~!』

『무조건 내가 잡을 거야!』

『스이가 잡을 거야!』

얼굴을 마주 본 채 그런 소리를 주고받는 드라 짱과 스이를 떼어놓았다.

"그래그래, 싸우지 말고."

그렇게 말하며 숨을 거둔 버서크 머드 크랩에게로 시선을 돌렸다.

"그나저나 참 크네에~."

4톤 트럭 크기의 게를 빤히 쳐다보았다.

"스이, 이거 어떻게 쓰러뜨린 거니?"

『있잖아~ 페르 아저씨가 녹이면 안 된다고 해서, 물 마법으로 쓰러뜨렸어~.』

"물 마법?"

『응. 물을 있지, 쭈~욱 쏴서 게를 맞췄어!』

물을 쭈~욱이라.

초고압 물총 같은 건가?

그나저나…….

버서크 머드 크랩의 껍질을 똑똑 두드려 보았다.

"금속만큼이나 단단해 보이는 이 껍질을 관통할 정도라니, 물 총치고는 너무 위력적이잖아……."

스이는 기뻐했지만, 주변의 영향으로 갈수록 전투에 특화되어 가는 스이가 나는 살짝 걱정되기 시작했다.

『좋아, 먹자.』

『음. 주공, 부탁하네.』

『스이가 쓰러뜨린 건 마음에 안 들지만, 나도 먹을래.』

『스이가 쓰러뜨린 게, 먹을래~!』

버서크 머드 크랩을 빨리 맛보고 싶다며 모두가 그런 소리를 하기 시작했다.

"아니아니아니, 무슨 소릴 하는 거야. 여기서 먹을 수 있을 리가 없잖아. 토벌했다는 증거로 가져가야 한다고."

내가 그렇게 말하자 드라 짱이 『전부는 아니라도 조금 정도는

먹어도 되잖아』라고 했고, 그 말에 다른 녀석들도『그래, 맞아』라
고 동조하기 시작했다.

그래도 말이지이……

"요리를 하고 싶어도 마도 버너가 망가져서 방법이 없다고."

이 버서크 머드 크랩을 감정해 보니 '삶아 먹으면 일품'이라고
되어 있었단 말이지.

이대로 통째로 삶는 편이 분명 맛있겠지만, 애초에 4톤 트럭 크
기의 게를 무슨 수로 삶냐고.

그렇다면 잘라서 삶는 수밖에 없는데, 그런다 쳐도 지금 수중
에 있는 가스버너로는 어림도 없을 것 같다.

"그런고로 우선은 모험가 길드에 가져가서 확인부터 받자. 맛
보는 즐거움은 그 뒤로 미뤄두자고."

『끄응.』

『아쉽군그래.』

『체엣.』

『피이~.』

"자자, 다들 그렇게 토라지지 마. 확인을 위해 모험가 길드에
보여줄 뿐이고 금방 돌려받을 테니까."

내가 그렇게 말하자 다들 마지못해 승낙했다.

죽은 버서크 머드 크랩을 아이템 박스에 넣고 곧장 모험가 길
드로 돌아가려던 참에 갑자기 드라 짱이 만류했다.

『아직 시간은 있잖아? 그럼 다음으로 넘어가자고.』

『흠. 좀 전에 잡은 사냥감도 당장 먹을 수는 없다고 하니, 나로

서는 사냥을 계속하는 것도 좋을 것 같네.』

『듣고 보니 그렇군. 이왕 왔으니 물에 사는 말과 검은 악어도 잡아갈까. 겸사겸사 맛있을 것 같은 마물이 있으면 그것도 잡고.』

『아싸~! 스이가 또 쓰러뜨릴 거야~.』

『야! 다음은 내 차례야! 스이는 손대지 마!』

"자자잠깐, 다들 다음 의뢰까지 해치울 생각인가 본데, 딱히 오늘 전부 해치울 필요는 없어! 일단 버서크 머드 크랩 토벌 의뢰는 달성했으니 돌아가자, 응?"

그렇게 설득했지만 녀석들은 납득하지 않았다.

납득하기는커녕 페르가 『돌아가 봐야 심심할 뿐이다』라고 말하자 다른 녀석들까지 『맞아, 맞아』 하고 동의하기 시작했다.

"으~음, 그, 그래, 게, 게 먹고 싶다며?"

『음. 주공, 물론 게는 먹을 것이지만 저녁에 먹으면 되잖나.』

곤 옹의 그 말에 다들 고개를 끄덕였다.

다들 완전히 사냥 모드의 스위치가 켜져 버렸네.

그런 녀석들을 말릴 방법은 내게 없었다.

"하아~ 알겠어요. 그러면 우선 켈피 토벌 의뢰부터 할까. 하지만 신출귀몰하다던데. 물속에 사는 마물이 있는 위치도 감지할 수 있는 거야?"

『끄응, 듣고 보니……. 못할 것은 없지만 물속에 있으면 정확도가 떨어진다.』

기척 감지의 달인이라 할 수 있는 페르도 물속, 그것도 이 큰 강에서는 어려운 모양이다.

『나도 사정은 비슷하네. 그래도 가까이에 있으면 알 수는 있겠지만.』

곤 옹의 말에 페르도『음』하고 고개를 끄덕였다.

근처까지 가야 감지할 수 있다니, 꽤 성가시네.

이 에레메이 강은 맞은편 물가가 보이지 않을 만큼 강폭이 넓어서 강 한복판에 있을 경우에는 페르와 곤 옹의 기척 감지에 걸리지 않을 수도 있을 것 같은데.

그렇다면 이 켈피 토벌 의뢰는 느긋하게 마음을 먹고 임해야 할지도 모르겠어.

그런 생각을 하던 중⋯⋯.

『에이, 뭘 그런 것 갖고. 그렇다면 강에 들어가면 그만이잖아.』

드라 짱이 별것 아니라는 투로 그렇게 말했다.

"아니아니, 드라 짱. 강에 들어가자니, 무슨 소릴 하는 거야. 드라 짱이랑 곤 옹이라면, 강 위로 날아다니며 찾자는 거라면 말이 되지만. 그렇게 되면 둘이서 켈피를 찾아다녀야 한다고. 설마 흠뻑 젖어가면서 마물이 잔뜩 있는 강을 헤집고 다니자는 거야?"

『맞다! 그딴 짓은 절대로 안 할 거다!』

물을 싫어하는 페르도 소리 높여 항의했다.

『나는 날아서 찾아다녀도 상관은 없네만. 다만 지나치게 수면에 붙어서 날면 물보라가 일어나는 데다 마물들이 도망쳐서 말이네.』

곤 옹은 날면서 찾아다녀도 상관이 없다고 했지만, 마물이 도망쳐 버리면 의미가 없잖아.

『무슨 소릴 하는 거야, 몸이 왜 젖어. 스이 말이야, 스이! 왜, 저번에 바다에 갔을 때도…….』

『"아."』

나와 페르가 동시에 입을 열었다.

그랬지!

바다의 도시, 베를레앙에 갔을 때는 스이가 커져서 모두를 태우고 난바다까지 갔었다.

"맞아! 드라 짱의 말대로 스이가 있었어!"

『음! 스이가 있었군!』

모두의 주목이 스이에게 집중되었다.

당사자인 스이는 주목을 받은 게 기쁜지 『스이가 왜~?』라며 통통 튀어 올랐다.

동료가 된지 얼마 안 된 곤 옹만 영문을 모르겠다는 눈치다.

『흠. 나는 무슨 소리인지 통 모르겠네만, 스이가 뭐 어쨌기에 그러는가?』

"그게 말이야……."

이러저러한 일이 있었다고 베를레앙에서 있었던 일을 곤 옹에게 설명했다.

『호오호오, 그렇구먼. 그럼 스이가 있으면 물속에 있는 마물도 어렵지 않게 처치할 수 있다는 뜻인가.』

"바로 그거야.

『그런고로 스이, 커져서 우리를 태우고 강으로 들어가!』

『그렇구나~! 기억났어~! 짭짤한 물에서 했던 것처럼 스이가 커져서 물 위로 떠다니면 되는 거지?!』

　드라 짱의 말을 듣고 스이도 뭘 해야 할지 알아챈 모양이다.

　그리고…….

　『간다~! 으음~.』

　스이가 쑥쑥 커지기 시작했다.

　『주~이~인~ 스이, 커졌어~.』

　"그럼 다 같이 탈게."

　『으~응.』

　이렇게 우리는 거대화한 스이에게 올라타서 에레메이강을 탐색하게 되었다.

　『아, 물고기다아~. 에잇.』

　푹——.

　스이의 몸에서 뻗어나간 촉수가 커다란 물고기를 꿰었다.

　『주인~ 또 물고기 잡았어~.』

　"그래. 영차, 이것도 무겁네에."

　스이의 촉수에 관통되어 죽은 1.3미터 정도는 되어 보이는 대어(大魚)를 받아들어 아이템 박스에 집어넣는다.

　울툭불툭한 갑옷 같은 껍질에 수염이 나서 메기 같은 느낌도 드는 '에레메이 메갈로도라스'라는 물고기다.

　에레메이강에서는 흔한 물고기로(일단은 마물이라는 듯하지만) 감정해 보니 '흰살생선으로 맛이 담백하다'라고 되어 있었으니, 나중에 소테(sauté)나 튀김을 만들어 다 같이 먹을 생각이다.

　에레메이강을 떠다니며 이렇게 스이가 발견한 물고기를 슬쩍슬쩍 잡은 덕에 에레메이 메갈로도라스는 벌써 30마리 정도 아이템 박스에 들어있고, 그 밖에도 '에레메이 새러토가'라는 아로와나 비슷한 물고기(이것도 에레메이강에서는 흔한 물고기라는데, 건어물로 만들면 맛있다고 한다)도 20마리는 아이템 박스에 들어있었다.

　그래서 결국 무슨 말이 하고 싶은가 하면…….

"켈피는 안 보이네에."

『없어어~.』

『그러게. 페르, 좀 어때?』

『어디에 있는지 내 기척 감지에도 안 걸리는군. 곤 옹은 어떻지?』

『내 기척 감지에도 안 걸리는군그래.』

"좀 더 다녀볼까."

『음. 좌우간 찾을 때까지 이동하는 수밖에 없으니까.』

　느릿한 강의 물결을 타고 모두를 태운 스이가 하류로 나아갔다.

　그렇게 얼마간 하류로 떠내려가던 중에…….

『음.』

"페르, 왜 그래?"

『있다.』

『그래. 있구먼.』

　페르와 곤 옹의 기척 감지에 걸린 모양이다.

『좌측 물가 근처에 있는 것 같군. 스이, 좀 더 왼쪽으로 붙어라.』

『알았어~.』

페르의 지시에 따라 스이가 좌측 물가 쪽으로 나아갔다.

"응? 저쪽 물가에 있는 건, 모험가인가?"

다섯 명의 남녀가 밧줄을 묶은 작살 같은 걸로 사냥감을 조준하고 있는 모습이 보였다.

『아무래도 저 녀석들을 노리고 있는 듯하구먼.』

곤 옹이 대뜸 그렇게 말했다.

"노리고 있다니, 켈피가?"

『음.』

"잠깐, 그런 말은 빨리 좀 해!"

나는 초조해져서 강가에 있는 다섯 명의 모험가를 향해 큰소리로 외쳤다.

"거기 있는 다섯 명~ 도망쳐~! 켈피가 노리고 있어~!"

내 목소리를 들은 모험가들이 무슨 일인가 하고 이쪽을 쳐다본 순간──.

텀벙, 켈피가 물보라를 튀기며 다섯 명의 앞에 모습을 드러냈다.

"히히잉~!"

켈피가 사냥감을 앞에 두고 큰 소리로 울었다.

다섯 명 중 네 명은 무사히 강가에서 벗어났지만 여성 모험가한 명이 겁에 질려 엉덩방아를 찧는 바람에 낙오되고 말았다.

켈피가 여성 모험가에게 다가간다.

"이런! 어떻게든 해야 해!"

초조한 내 뒤에서 작은 그림자가 총알처럼 뛰쳐나갔다.

『내가 나설 차례구나!』

『아~ 치사해~.』

"드라 쨩!"

『너 같은 건 마법 한 방이면 충분해!』

푸슉——.

드라 쨩의 얼음 마법, 끝이 뾰족하고 두꺼운 얼음기둥이 켈피의 등부터 배까지를 꿰뚫었다.

"히히이이이이이이잉……."

절규에 가까운 울음소리를 낸 후, 켈피는 숨을 거뒀다.

『좋았어!』

드라 쨩은 그렇게 말하며 공중제비를 돌았다.

『뭐, 드라라면 저 정도는 일도 아니지.』

『동감이구나.』

페르와 곤 옹도 드라 쨩이라면 켈피 정도는 일격에 쓰러뜨릴 줄 알았다는 듯이 쳐다보고 있었다.

『치이, 스이가 쓰러뜨리고 싶었는데~.』

『스이 넌 아까 게를 쓰러뜨렸잖아. 이걸로 비긴 거야!』

신이 난 녀석들에게는 미안하지만 일단 슬그머니 강가에 있는 모험가들을 바라보았다.

일련의 과정을 지켜본 다섯 명은 넋이 나가서 입을 쩍 벌리고 있었다.

이런~ 굳어버렸네.

설명하기도 귀찮으니 이대로 켈피를 회수해서 철수해 버려야지.

아이템 박스에 켈피를 회수한 후, 우리 일행은 잽싸게 그 자리를 떴다.

◇ ◇ ◇ ◇ ◇

『좋았어! 이 기세를 몰아 마지막으로 남은 검은 악어도 쓰러뜨리자!』

나는 의욕에 불이 붙은 드라 짱을 제지했다.

"아니아니, 이쯤 했으면 됐잖아. 급하다고 했던 버서크 머드 크랩은 쓰러뜨렸고, 희생자를 발생시켰던 켈피도 쓰러뜨렸으니까."

오슨 씨가 타이런트 블랙 앨리게이터는 S랭크에 가까운 A랭크 마물에 흉포하지만 덩치가 큰 덕에 모습을 확인하기가 쉬워, 무턱대고 다가가지만 않으면 괜찮다고 했으니까.

그렇게 허겁지겁 오늘 안에 모든 의뢰를 해치울 필요는 없다고.

『너는 무슨 소릴 하는 거냐. 드라가 말한 대로 검은 악어도 잡을 거다. 좌우간 검은 악어는 이 근처에 있으니까.』

『페르의 말이 맞네. 이 앞에 있군그래. 물속에 사는 마물이니 발견했을 때 사냥하는 게 가장 효율적일 걸세, 주공.』

크으윽, 그런 식으로 말하면…….

페르도 곤 옹도 물속에 있는 걸 대상으로 하면 기척 감지의 정확도가 떨어진다고 했으니까.

그런 이유로 물속에 있는 마물을 감지하려면 근처까지 가야 한다는 모양이고.

이번 기회를 놓치면 또 이 넓은 에레메이강을 처음부터 뒤져야만 한다는 뜻이잖아.

그것도 귀찮기는 하니까, 으음…….

"어쩔 수 없지. 사냥을 계속하자."

『그렇게 나와야지!』

『와아~ 이번엔 스이가 해치울래~!』

『아니, 이번엔 내가 잡지. 검은 악어는 깊은 강바닥에 있다. 드라와 스이의 공격은 닿지 않을 거다.』

『에이~.』

이번에도 자신이 잡겠다며 의욕을 내보이던 드라 짱도, 이번에야말로 자신이 잡겠다고 벼르던 스이도 페르의 말에 불만을 표했다.

『드라도 스이도 너무 불평하지 말거라. 이곳은 정말로 깊으니 말이야. 구체적으로 말하자면, 내가 원래의 크기로 돌아가도 쑥 들어가고 남을 만큼 깊구나.』

곤 옹의 말에 화들짝 놀랐다.

"어, 이 강이 그렇게 깊어?!"

『그렇다네. 주공은 빠지지 않도록 조심하시게나.』

곤 옹의 그 말에 쭈뼛거리면서 강을 들여다보고는 마른침을 꿀꺽 삼켰다.

헤엄을 못 치지는 않지만 사나운 수생 마물이 우글거리는 이 강에 빠지면 끝장일지도…….

『드라도 스이도 곤 옹의 말을 들었겠지? 그렇기에 내가 잡겠다는 거다.』

『체엣. 그렇게까지 깊으면 확실히 페르의 말대로 해야겠네. 아
아~ 이번에도 잡고 싶었는데 말이야.』

그렇게 깊다면 포기할 수밖에 없다고 생각했는지 드라 짱은 아
쉬운 눈치였다.

『치이~ 스이의 공격도 안 닿아~.』

스이는 실제로 촉수를 뻗어보았는지 바닥에 닿지 않는다는 사
실에 실망한 듯했다.

"자자, 드라랑 스이는 한 마리씩 쓰러뜨렸으니 됐잖아."

『그렇긴 해. 뭐, 이번 건 어쩔 수 없나.』

『스이도 게를 쓰러뜨렸으니 참을게~.』

"하하, 돌아가면 게를 먹자. 분명 맛있을 거야~."

『그래!』

『응!』

『그런고로 얼른 쓰러뜨려줘~ 페르.』

『나 원, 변덕도 심하군. 스이, 이대로 앞으로 가라. 저 앞쪽에
검은 악어가 있다.』

『알았어~!』

페르의 지시를 받으며 스이가 에레메이강을 거침없이 나아갔다.

『멈춰라, 스이.』

『네~에.』

멈추라는 페르의 말에 스이가 딱 멈췄다.

"여기에 있어?"

『있구먼. 바로 이 아래네.』

곤 옹의 그 말에 나는 엉겁결에 아래를 들여다보았다.

스이의 투명한 몸 아래를 보아도 강바닥은 전혀 보이지 않았고, 곳곳에 보이는 물고기들의 저편에는 새까만 어둠이 펼쳐져 있을 뿐이었다.

『그래서, 검은 악어는 실제로 얼마나 커?』

궁금해졌는지 드라 짱이 그렇게 물었다.

『아까 잡은 게보다 한층 더 크군.』

『오오~ 그렇게 크다고? 크으~ 강바닥에 있지만 않았으면 내가 해치웠을 텐데..』

페르의 답에 드라 짱이 아쉬워했다.

아니, 그 4톤 트럭 크기의 게보다 한층 더 큰 악어라니…….

새삼스럽지만 이세계 무서워.

"그래서 페르, 어떻게 처치할 생각이야?"

『번개 마법으로 처치할 거다.』

"어? 그 말은 설마…….."

『음. 특대 번개를 강에 떨어뜨릴 거다.』

뭐?

"설마 강바닥에 있는 타이런트 블랙 앨리게이터의 숨통을 끊을 수 있을 정도의 위력을 지닌 걸?"

『그래.』

…………

"아니아니아니, '그래'라고 하면 다인 줄 알아?! 그런 건 절대로 떨어뜨리면 안 된다고!"

『왜지?』

"왜긴 왜야! 강바닥에 있는 타이런트 블랙 앨리게이터가 죽을 정도의 위력이면 강에 떠 있는 스이한테도, 그 위에 있는 우리한 테도 영향이 있을 것 아냐! 그뿐만이 아니야! 다른 문제도 넘쳐난 다고!"

『그건 결계를 치면 문제없다.』

『음. 나도 그렇게 생각하네. 그 결계는 내가 책임지고 치도록 하지.』

페르와 곤 옹은 뭐가 문제냐는 투로 대꾸했다.

하지만 페르와 곤 옹은 전혀 이해를 못 했다.

"분명 우리는 그러면 괜찮을지도 모르지만. 그 밖에도 문제가 넘쳐난다니까!"

『주공, 또 무슨 문제가 있다는 겐가?』

『그래. 어디에 문제가 있다는 거야.』

나 참 정말.

페르랑 곤 옹은 모든 걸 강자의 시점으로만 본다니깐~.

"잘 들어, 강바닥에 있는 타이런트 블랙 앨리게이터의 숨통을 끊을 정도의 위력을 지닌 번개 마법을 떨어뜨리면, 주변에 있는 마물은 어떻게 될까?"

『그야 당연히 죽겠지.』

페르의 답에 곤 옹도『그럴 테지』라며 고개를 끄덕였다.

하아, 알면서 그래?

그게 문제란 거라고.

"페르의 번개 마법이 어느 정도의 범위에 영향을 미칠지는 모르지만, 페르의 마법이니 보나마나 광범위하게 영향을 미칠 것 아냐."

『그야 뭐, 그렇겠지.』

잠깐 페르, 왜 의기양양한 표정인 건데?

칭찬하는 거 아니거든?

"그렇다는 건, 그 광범위에 있는 마물이 모조리 죽을 거란 뜻이 잖아. 그러면 어떻게 될 것 같아?"

『어떻게 되긴, 송사리가 얼마가 죽건 무슨 상관이냐. 물론 맛있어 보이는 건 확보할 거지만.』

『나도 그렇게 생각하네. 주공, 뭐가 문제란 건가?』

"답답해 죽겠네, 바로 그게 문제라는 거라고! 잘 들어……."

도무지 말귀를 못 알아먹는 페르와 곤 옹에게 차근차근 설명했다.

페르의 번개 마법으로 타이런트 블랙 앨리게이터뿐 아니라 마물들이 광범위에 걸쳐 죽게 될 거다.

그렇게 되면 이곳, 론카이넨의 모험가들이 난감해진다.

좌우간 이 도시의 모험가 중 대부분은 에레메이강의 마물을 잡아 생활하고 있으니까.

특히 모험가는 하루 벌어 하루 먹고 사는 사람도 많으니 사냥감을 못 잡게 되는 건 사활이 걸린 문제라 할 수 있다.

그럼에도 어느 정도 랭크가 높으면 다른 도시로 갈 수도 있고, 강을 떠나 다른 사냥감을 잡으러 갈 수도 있을 거다.

하지만 랭크가 낮은 모험가들은 그조차도 쉽지 않을지 모른다.

"페르가 그 방법을 사용하면 최악의 경우, 생활이 궁핍해지는 모험가가 대량으로 발생할지도 몰라. 게다가 그렇게 되면 생활고에 시달리게 된 모험가들은 페르를 부모의 원수처럼 원망하게 될 거라고~."

『끄응.』

페르와 곤 옹은 신음했다.

"그런 소문은 빠르게 퍼지기 일쑤야. 모든 도시의 모험가 길드에 가기 껄끄러워질 거라고. 그렇게 되면 너희가 좋아 죽는 고기를 마련하는 데도 영향이 생길걸."

『어, 어째서인가?』

"어째서긴, 간단해, 곤 옹. 나도 작은 마물 정도는 해체할 수 있게 됐지만, 큰 마물은 도저히 혼자서는 무리야. 모험가 길드에 부탁하는 수밖에 없다고. 이번에 사냥할 타이런트 블랙 앨리게이터가 그 대표적인 예고."

…………

『이봐, 페르, 특대 번개 마법은 관둬. 고기를 못 먹게 되면 원망해줄 테다.』

『고기 못 먹게 되는 거야~? 싫어~ 스이, 고기 더 많이 먹고 싶어!』

어느샌가 같이 내 설명을 귀 기울여 듣고 있던 드라 짱과 스이 짱이 염화를 보내왔다.

『페르, 특대 번개 마법은 중지다. 주공의 설명을 듣고 당연히 이해했을 테지만 말이야.』

곤 옹이 페르의 어깨를 앞발로 붙잡으며 말했다.

저기, 곤 옹의 발톱이 파고들었는데?

『알았다니까!』

페르는 실망한 얼굴로 그렇게 말하더니 곤 옹의 앞발을 뿌리쳤다.

『죽지 않을 정도의 위력으로 하지. 곤 옹, 결계를 쳐라. 간다.』

콰릉~ 파직파지지지직——.

느릿하게 흐르는 수면에 번개가 떨어졌다.

"마, 말 좀 하고서 해!"

넓은 강을 가득 메울 정도로 많은 물고기들이 둥둥 떠올랐다.

그리고…….

"우, 우억."

마지막으로 거대한 악어가 떠올랐다.

하얀 배를 무방비하게 드러낸 채로.

"이, 이거 참 크네……."

『네가 잔소리를 해서 위력을 낮췄다. 곧장 숨통을 끊지 않으면 부활할 거다.』

"어? 뭐? 진짜로?!"

페르의 말에 나는 당황했다.

『드라나 스이한테 시키면 또 다툴 테지. 이번에는 주공이 처리하는 게 좋을 것 같네.』

"어? 나? 페르나 곤 옹이 하지 않고?"

『이렇게 하라고 시킨 건 너다. 마지막 정도는 책임을 져라.』

"내가 시켰다니, 당연한 소릴 한 것뿐인데~!"

『자, 어서.』

"아 정말~!!!!"

나는 아이템 박스에서 마검 그람을 끄집어내서는 스이에게서 떨어지지 않도록 주의하며, 엉거주춤한 자세로 벌렁 뒤집어진 타이런트 블랙 앨리게이터의 턱부터 정수리까지를 꿰뚫었다.

"우오오오오오!"

신중에 신중을 기울여 마검을 빙글빙글 돌린다.

거대 악어, 타이런트 블랙 앨리게이터는 물보라를 튀기며 움찔움찔하더니 이내 힘없이 축 늘어졌다.

"허억, 허억, 해치웠나······."

『그냥 숨통을 끊는 것뿐인데 대체 뭘 하는 거냐, 넌.』

페르는 어이가 없다는 얼굴로 그렇게 말했다.

"그런 소릴 한들 어쩔 수 없잖아. 느닷없이 저렇게 커다란 악어를 죽이라는데. 게다가 금방 부활할지도 모른다고 해서 겁이 났다고."

『겁을 먹은 건 이 자리에 있는 이들 중 너뿐이다.』

크으윽, 혈기왕성한 너희랑 내가 같냐고.

그보다 타이런트 블랙 앨리게이터를 아이템 박스에 수납해야 한다.

두꺼운 앞다리를 끌어당겨서 모두에게 도움을 받아가며 어찌어찌 아이템 박스에 욱여넣었다.

"후우~. 그나저나 이거, 죽지는 않은 거지?"

수면을 가득 메운 물고기를 바라보며 페르에게 묻자 『당연하지』라는 답이 돌아왔다.

『있지있지, 주인~ 이 물고기 전부 잡아도 돼~?』

『맛없어 보이는 것도 있으니 맛있는 것만 잡아가자.』

"전부는 안 되겠지만 드라 짱의 말대로 맛있어 보이는 건 잡아갈까."

그 후에는 내 감정 스킬에 의지해 맛있어 보이는 물고기를 골라 다 같이 열심히 잡아 나갔다.

덕분에 당분간 생선 걱정은 안 해도 될 것 같다.

뭐, 전부 민물고기지만 말이야.

"네? 다, 다시 한번 말씀해주시겠습니까?"

오슨 씨에게 받은 의뢰를 마친 우리 일행은 모험가 길드에 와 있었다.

창구에서 오슨 씨를 불러달라고 해서 의뢰를 마쳤다고 보고했는데, 오슨 씨는 그 말을 듣자마자 놀라서 쩍 벌어진 입을 다물질 못했다.

그의 질문에 나는 다시금 말했다.

"그러니까요, 버서크 머드 크랩에 켈피, 그리고 타이런트 블랙 앨리게이터 토벌을 완료했습니다."

"셋 다 말씀이십니까?"

"네."

"정말로?"

"네에."

어지간히도 믿기지가 않는지 오슨 씨는 신중한 투로 확인을 했다.

"실물을 확인하시는 게 빠르기도 할 테고, 매입도 부탁드리고 싶은데요……."

그렇게 말하자 오슨 씨는 퍼뜩 정신을 차리더니 "그, 그래야지요"라면서, 모험가 길드에서 우리에게 그럭저럭 익숙한 공간인 창고로 안내했다.

그리고…….

"그럼 우선은 버서크 머드 크랩을."

그렇게 말하며 창고의 비어있는 장소에 버서크 머드 크랩을 아이템 박스에서 꺼내서 두둥, 하고 내려놓았다.

"…………."

오슨 씨는 말없이 올려다보았다.

"저기, 이건 다 같이 먹을 예정이니 이대로 가져가겠습니다."

"네? 먹어요?!"

먹을 예정이란 말을 듣더니 오슨 씨는 눈이 휘둥그레졌다.

이 근처 사람들은 안 먹나?

"삶으면 맛있다던데요."

"아니아니, 잠깐 기다려주십시오. 삶는다니, 버서크 머드 크랩의 껍질은 갑옷은 물론이고 방패에도 쓸 수 있는 1급 소재란 말입니다!"

오슨 씨의 말에 따르면 버서크 머드 크랩의 껍질은 장인의 손을 거치면 더욱 단단해져서, 갑옷이나 방패로 만들면 상당히 값어치 있는 물건이 된다는 듯했다.

껍질인 만큼 대부분의 금속보다 가벼운 데다 가죽보다 튼튼해서, 그야말로 마철(魔鐵)에 필적할 정도의 경도를 자랑하는 버서크 머드 크랩 소재의 갑옷과 방패는 고랭크 모험가라면 누구든 사고 싶어 할 물건이라는 모양이다.

그런고로 제발 매입하게 해달라고 오슨 씨는 열심히 설득을 해왔지만……

"저희는 '맛'을 그 무엇보다도 우선시하고 있거든요."

『맞다. 이건 먹을 거다. 껍질 같은 건 아무래도 좋아.』

『음. 맛있다는 말을 듣고 먹을 때를 기대하고 있었단 말이다.』

『맞아. 그걸 옆에서 가로채면 가만 안 둘 줄 알아!』

『게 먹을 거야~!』

먹보 콰르텟이 마구마구 압박을 가했다.

"그렇게 된 겁니다. 확인만 부탁드립니다. 이 버서크 머드 크랩은 의뢰하셨던 마물이 맞지요?"

"아, 네. 이 크기는, 의뢰했던 개체가 분명합니다."

"그러면 확인해주셨으니 회수하도록 하겠습니다."

버서크 머드 크랩을 아이템 박스로 회수하자 오슨 씨가 미련이 뚝뚝 묻어나는 목소리로 "아아~" 하고 신음했다.

나 참, 그런 소리 내지 말아주세요.

이건 의논 끝에 저희가 먹기로 결정이 났다니까요.

이것만은 못 뒤집습니다.

"다음은 켈피입니다."

물에 사는 말, 켈피를 아이템 박스에서 꺼냈다.

버서크 머드 크랩 만큼은 아니지만 이 켈피도 평범한 말(평범하다고는 해도 이쪽의 말은 경주마 같은 것과 비교해도 훨씬 크지만)의 1.5배는 될 정도로 커다랬다.

"이건 맛이 없다고 하니 이대로 매입을 부탁드립니다."

내가 그렇게 말하자마자 오슨 씨가 곧장 직원에게 지시를 해서 켈피를 이동시켜 버렸다.

그렇게 서두르지 않아도 우리 쪽에서는 필요가 없어서 회수할 생각이 없는데.

오슨 씨는 "켈피에서 나는 소재는 가죽 정도뿐이지만 그 가죽도 귀중하기는 하니까요"라고 말했다.

다들 기피하는 탓에 물건이 좀처럼 나돌지 않는다는 모양이다.

하지만 켈피의 가죽은 물을 튕겨내는 성질을 띠고 있어서 마차의 덮개에 쓰기에 좋아, 상인들이 자주 문의를 해온다고 한다.

그렇단 말이지이.

"마지막은 가장 큰 대물, 타이런트 블랙 앨리게이터입니다. 이건 고기가 맛있다고 하니 고기는 저희가 가져가려고 해요. 그리고 가죽도 조금 가져가겠습니다."

가죽은 람베르트 씨에게 선물하면 좋을 것 같아 조금 가지고 돌아가기로 했다.

그리고 내 물건에도 사용하고.

회사원이었을 때 악어가죽 소품을 갖고 싶었던 적이 있었는데 값이 너무 비싸서 포기했던 게 기억났거든.

소재가 손에 들어왔으니 만들어달라고 하는 것도 괜찮을 것 같아서.

"알겠습니다. 그러면 의뢰 보수와 매입 대금 말입니다만……."

오슨 씨의 말에 따르면 보수는 금방 준비할 수 있지만 매입 대금은 정산 등에 2, 3일은 걸린다고 한다.

그런고로 넉넉하게 3일 후에 받기로 했다.

좌우간 좀 전부터 먹보 콰르텟이 염화로 시끄럽게 떠들어대고 있었기 때문이다.

『아직이냐?』라느니 『빨리』라느니 『빨리 게 먹고 싶어』 따위의 말을.

스이의 『주인~ 배고파아~』라는 서글픈 듯한 목소리가 결정타가 되었다.

이거 서둘러야겠다 싶어서 오슨 씨와 3일 후에 정산을 하기로 한 후, 우리 일행은 모험가 길드를 뒤로했다.

자꾸만 재촉을 하는 바람에 나는 페르의 등에 타고 드라 짱과 스이는 곤 옹의 등에 탄 채 메인 스트리트를 폭주했다.

페르와 곤 옹이 나란히 달리자 사람으로 북적여야 할 거리에 저절로 길이 뚫리기 시작했다.

그런 가운데, 나는 버서크 머드 크랩을 어떻게 삶을지를 속으로 궁리 중이었다.

'삶으면 맛있다'고 감정 결과가 떴으니, 어떻게든 삶아서 먹어야 할 텐데에.

그러면 역시 잘게 잘라서 삶아 나가는 방법밖에 없나.

하지만 자르면 맛이 달아나는 데다 질척거리게 될 것 같아 영 마음에 안 든다.

뭔가 좋은 방법이 없을까…….

『주인~ 게 먹는 거 기대된다~.』

태평하기만 한 스이의 염화가 들려왔다.

『하하, 그렇지~? ……아.』

스이와 이야기를 하다가 떠올랐다.

그러고 보니 드랭 던전이었던가? 킬러 호넷이라는 벌 형태의 마물의 집을 커다란 물구슬에 가두는 방법으로 쓰러뜨린 적이 있었지.

그걸 응용하면 어쩌면…….

『페르, 곤 옹, 생각난 게 있으니까 도시 밖으로 나가줘.』

『흠, 게를 먹기 위해 돌아가는 것 아니었나?』

『그 게를 삶으려면 밖에 나가야만 한다고!』

『페르, 주공이 그러시다니 나가는 게 좋지 않겠느냐.』

『게를 먹을 수 있다면 아무래도 좋아. 배고파 죽을 것 같아~.』

드라 짱의 말이 방아쇠가 되었는지 모두의 배에서 일제히 꼬르륵 소리가 났다.

『꼭 맛있는 게를 먹게 해줘야 한다!』

페르는 그렇게 말함과 동시에 방향을 틀었고, 우리 일행은 다시 도시 밖으로 나갔다.

우리 일행은 다시 도시 밖으로 나왔다.

그렇게 도착한 것은 에레메이강의 강가에서 조금 떨어진 곳에 자리한 탁 트인 장소였다.

강과 너무 가까우면 마물이 몰려들 가능성도 있으니까.

이 정도는 떨어져 있어야 차분하게 작업을 할 수 있는 데다 게를 삶은 물을 어떻게 할지 걱정하지 않아도 될 테고.

그런고로 우선은 버서크 머드 크랩을 아이템 박스에서 꺼냈다.

『어이, 그걸 어쩔 셈이냐?』

"어떻게 하기는, 그건 말이지……. 스이, 잠깐 이리 와줄래?"

『왜애~ 주인~?』

곤 옹의 등에 타고 있던 스이가 토~옹 하고 뛰어내려 내게 다가왔다.

"있잖아, 물 마법으로 이 게가 들어갈 정도로 커다란 물구슬을 만들어줄래?"

『알았어~.』

그렇게 말하고서 스이가 『으음~』 하고 힘을 주자 물이 모여들기 시작해 거대한 물구슬을 형성했다.

『주인~ 이 정도면 돼~?』

"그래. 잘했어, 훌륭해."

거기에…….

소금을 휙.

물론 처음에는 조금만.

손가락을 넣었다가 낼름 핥아 보았다.

"역시 물의 양이 많다 보니 이 정도 소금으론 어림도 없나…….."

소금을 더 추가한다.

다시 손가락으로 찔렀다가 낼름.

"살짝 짭짤하네. 너무 많이 넣는 것도 좀 그러니 뭐, 이 정도면 되려나."

그다음은, 이거다.

"파이어볼."

배구공 크기의 불구슬을 투입.

치익——.

금방 꺼지고 말았다.

『뭘 하는 거냐, 너는. 뭐, 지금 걸로 뭘 하려는 건지는 알아챘다만 그건 너무 작지 않으냐.』

페르가 어이가 없다는 얼굴로 그렇게 말했다.

『음. 그 물구슬을 달구고 싶다는 주공의 취지는 알겠지만, 그 파이어볼은 너무 작군그래.』

곤 옹까지 그런 소릴 했다.

"크윽, 나, 나도 알아. 처음이라 시험해본 것뿐이야!"

이런 건 적절하게 조절하는 게 중요하다고.

『뭐야, 그런 거라면 내가 해줄게.』

드라 짱이 그렇게 말하더니 직경이 3미터 정도는 될 듯한 커다란 파이어볼을……

"자, 잠깐, 안돼안돼! 스토~옵!"

허둥지둥 드라 짱을 말렸다.

『왜 말리는 건데~.』

"왜긴, 그렇게 큰 파이어볼을 넣으면 물이 증발해 버릴 것 아냐!"

『까다롭기도 하네. 그럼 어쩌자고?』

"이런 건 조절이 중요한 거야. 불 마법을 쓸 수 있는 페르, 곤 옹, 드라 짱은 워터볼 주변에 모여. 아, 곤 옹은 당연히 불 마법 쓸 줄 알지?"

『물론이네.』

페르, 곤 옹, 드라 짱, 그리고 나까지 불 마법 사용자가 워터볼 근처에 전개했다.

"우선 이 정도 크기의 파이어볼을 투입해줘."

배구공 크기의 파이어볼을 만들어 모두에게 보여주었다.

『그렇게 작아도 되는 거야?』

"일단 어떻게 되나 보려고 그러는 거니까."

마력이 많고 마법도 잘 다루는 드라 짱은 당연히 금방 해냈지만 페르와 곤 옹은……

『어이, 이 정도면 되겠나?』

"페르, 그건 너무 커."

나는 배구공 크기의 것을 만들어서 보여줬는데, 그건 직경이 1미터는 되잖아.

『흐음……. ……끄응………… 후우, 이 정도는 어떠냐?』

"으~음, 좀 크기는 하지만 뭐, 괜찮겠지."

배구공보다 다소 크지만 일단은 괜찮을 거다.

『주공, 내 것은 어떤가?』

"어떠냐니, 누가 봐도 너무 크잖아. 그건 좀 전에 페르가 만든 것보다 크거든?"

곤 옹의 파이어볼은 내가 퇴짜를 놓았던 페르의 파이어볼보다 한층 더 컸다.

『안 되는 겐가. 으~음…… 끄으응………… 흥, 그럼 이건 어떤가?』

"곤 옹 것도 좀 크지만, 뭐 됐어."

페르가 다시 만든 파이어볼과 비슷한 크기가 되었으니 이것도 뭐, 괜찮겠지.

"그러면, 간다."

페르, 곤 옹, 드라 짱, 내가 각각 만든 파이어볼을 워터볼 안에 던져 넣었다.

치익, 치익, 치익, 치익——.

네 개의 파이어볼이 물속으로 사라진다.

으~음, 겉으로 보기에는 아직 먼 것 같은데…….

조심스럽게 손가락을 콕, 하고 워터볼에 담가 보았다.

미지근하네.

그런고로 한 번 더.

이번에는 다소 큼지막한 파이어볼로 만들어 보았다.

"다들 준비됐지? 좋아, 지금이야."

치익, 치익, 치익, 치익——.

또다시 네 개의 파이어볼이 물속으로 사라졌다.

워터볼에서 김이 오르고 있다.

하지만 겉으로 보기에 게를 삶을 수 있을 정도까지는 아닌 것 같은데.

다시 손가락을 콕, 하고 담가서 온도를 확인한다.

목욕물 정도의 온도인가?

이 정도로는 부족하다.

그런고로 한 번 더 하기로 했다.

이번에는 조금 전보다 큼직한 파이어볼이다.

"다들 준비됐지? 간다."

치익, 치익, 치익, 치익——.

세 번째 파이어볼이 물속으로 사라졌다.

이번에는 어떨까?

오, 이번에는 괜찮아 보이는데?

워터볼 위쪽으로 부글부글 기포가 일어나고 있다.

"응, 이 정도면 괜찮겠어."

『드디어 다 된 거냐.』

『귀찮군그래.』

『그러게 말이야.』

"그런 소리 마. 이제 이 뜨거운 워터볼을……. 스이가 나설 차례야. 이 워터볼 안에 거기 있는 커다란 게를 가둬줘."

『네~에!』

스이가 『흐으음』 하고 워터볼을 움직여서 그 안에 버서크 머드 크랩을 가두었다.

『후우, 주인~ 이러면 돼~?』

"응, 완벽해."

하지만 워터볼 안의 기포가 사라졌다.

게를 넣은 탓에 온도가 조금 낮아진 것 같네.

파이어볼을 한 번 더 넣을까.

"페르, 곤 옹, 드라 짱, 다시 한번 파이어볼을 쓰자. 마지막에 만들었던 것보다 조금 작게 하면 돼. 그리고 게한테 닿지 않도록 조심하고."

『그 정도는 말 안 해도 안다.』

페르, 곤 옹, 드라 짱, 내가 게에 닿지 않도록 틈새를 노려서 파이어볼을 넣었다.

치익, 치익, 치익, 치익——.

네 개의 파이어볼이 물속으로 사라지자 다시 워터볼 안에 보글보글 기포가 일기 시작했다.

게를 삶는 도중에도 온도가 내려가지 않도록 파이어볼을 투입하며 삶아 나간다.

그리고. 얼마간 기다리던 중…….

『어이, 아직이냐?』

『주공, 슬슬 배가 고프네만.』

『배고파~. 게는 아직 안 됐어?』

『주인~ 배고파아.』

"조금만 더 있으면 돼."

거대 게는 빨갛게 익어갔다.

"…………좋아, 이제 슬슬 괜찮으려나. 스이, 뜨거운 물은 버려도 돼. 아, 다른 사람들한테 튀지 않도록 조심하고."

『네~에.』

쏴아아——.

"으아뜨뜨!"

뜨거운 물보라가 뺨에 튀어서 엉겁결에 소리쳤다.

『주인~!』

깜짝 놀란 스이가 엄청난 속도로 내 발치로 다가왔다.

"괜찮아, 괜찮아. 뜨거운 게 아주 살짝 뺨에 튀어서 놀란 것뿐
이니까."

『미안해~ 주인~.』

스이가 차가운 촉수를 뻗어 내 뺨에 착 갖다 댔다.

"고마워. 차갑고 기분 좋은걸?"

스이의 다정함에 훈훈하던 중⋯⋯.

『여전히 나약하구나, 너는.』

"나약하다니, 뜨거운 건 뜨거운 거라고."

『그런 것보다 이제 다 된 거지? 어서 먹게 해다오.』

『주공, 나도 어서 먹고 싶군그래.』

『나도~. 빨리 게 줘~.』

『스이도 게 먹고 싶어~!』

아이고.

먹보 콰르텟한테는 식욕이 우선이라 이건가.

어느 정도 식었을 즈음⋯⋯.

"나라도 다리를 뜯을 수 있으려나? 일단⋯⋯ 영차!"

우둑.

"어라, 꽤 간단히 뜯어지네."

그런고로 우둑우둑우둑.

삶아진 버서크 머드 크랩의 다리를 모두 뜯어냈다.

"좋아. 이제 껍질을 뜯어서 안에 든 살을 파내면 되는데⋯⋯.
껍질은 단단하다고 했지이."

론카이넨 모험가 길드의 길드 마스터, 오슨 씨가.

꼭 매입하고 싶다고 했지만 먹을 거라는 이유로 거절했더니 미련이 아주 뚝뚝 떨어지는 표정으로 쳐다봤었는데.

그만큼 질 좋은 소재라는 뜻이겠지?

"역시 평범한 부엌칼로는 안 되려나?"

그렇게 생각하면서도 애용하고 있는 부엌칼 중 하나인, 인터넷 슈퍼에서 산 것을 시험 삼아 가볍게 가져다 대보았다.

우둑——.

"어라? 설마 베어지는 건가?"

인터넷 슈퍼에서 산 부엌칼로 칼집을 내보니 저항감이 조금 느껴지기는 했지만 문제없이 잘렸다.

이 껍질은 단단하다고 들었는데, 뜨거운 물로 삶으면 연해지는 걸지도.

그런 생각을 하며 게의 다리를 처리해 나갔다.

그리고 인터넷 슈퍼에서 고무장갑을 사서…….

"영차."

두꺼운 게 다리에 든 살을 손으로 후벼파다시피 해서 빼낸다.

척 보기에도 통통한 살을 빼내서 먹보 콰르텟의 전용 그릇에 각각 담아 나갔다.

그러다가 아래쪽에 달린 가는 다리 세 개 정도(가늘다고는 했지만 애초에 4톤 트럭 크기는 되다 보니 상당히 두꺼웠지만)를 다른 요리에 쓰기 위해 확보해 두는 것도 잊지 않았다.

"후우, 이 정도면 되려나."

『어, 어이, 아직이냐.』

페르도 곤 옹도 드라 짱도 스이도 게살이 수북이 쌓인 그릇에서 눈을 떼질 못했다.

"푸흡. 그래그래, 먹어."

모두의 앞에 그릇을 놓아주자 더는 못 기다리겠다는 듯이 입 안 가득 욱여넣었다.

나도 녀석들에게 질 새라 게살을 입 안 가득 넣었다.

씹은 순간, 짜릿한 전류가 흘렀다.

먹보 콰르텟인 페르, 곤 옹, 드라 짱, 스이와 눈이 마주쳤다.

그리고…….

┎┰┰"맛있어!!!"┸┸┸

게 특유의 농후한 맛과 달콤한 맛.

그것이 입 안 가득 퍼져서 자연스럽게 미소가 지어졌다.

평생 먹은 것 중 가장 맛있는 게라 해도 과언이 아닐지 모른다.

먹보 콰르텟도 우걱우걱 정신없이 먹고 있다.

녀석들을 따라 나도 게살을 맛보며 부지런히 살을 껍질에서 빼냈다.

어이쿠, 슬슬 이게 나설 차례인가?

소금간을 살짝 해서 삶기만 한 게도 좋지만 나는 이쪽도 좋아한단 말이지.

나는 삶은 게에 찍어먹는 소스 중에 이게 제일 좋은 것 같다.

그런고로 내가 꺼낸 것은 폰즈간장*이다.

※ 폰즈와 폰즈간장 : 폰즈(ポン酢)는 감귤 과즙과 식초로 만든 조미료고, 폰즈간장은 폰즈에 간장을 첨가한 것.

이걸 살짝 찍어서…….

"맛있어!"

신맛이 나는 폰즈와 게살이 절묘한 균형을 이루고 있어.

『어이, 그건 뭐냐?』

"폰즈간장이야. 이걸 찍어도 맛있어."

『다오!』

『나도 주시게!』

『나도!』

『스이도~!』

갓 삶아서 맛이 기가 막힌 게를 더 맛있게 해줄 거라 생각했는지, 녀석들의 눈빛이 바뀌었다.

추가로 수북이 쌓은 게살에 폰즈간장을 뿌려 내주었다.

『흐음, 이것도 맛있군!』

『음, 이 새콤한 것이 의외로 어울리는군그래!』

『맛있어! 이것도 맛나!』

『이것도 맛있어~!』

먹보 콰르텟은 폰즈간장을 뿌린 게살도 마음에 든 모양이다.

그리고 마지막은 이거지.

거대한 게딱지를 힘껏 열어젖혀서…….

"캬아~ 살도 가득하고 게장도 잔뜩 들었네!"

『응? 그건 또 뭐냐?』

귀가 밝은 페르가 뭐냐고 물었다.

"게의 내장 말이야. 전에도 바다에서 먹지 않았나?"

『그랬나? 뭔가 기분 나쁜 색이네~.』

그 말을 들은 드라 짱도 들여다보았는데, 기분 나쁜 색이라니 실례잖아.

뭐, 바다에서 먹었던 게는 이렇게 크지 않았고, 그때는 분명 살을 버무려서 내놓았으니까.

"색만 보고 판단하다니. 게장은 말이야~ 농후하고 감칠맛이 나고, 은은히 쓴맛도 나서 맛있다고."

『뭐야, 쓴 거야아? 스이, 쓴 건 됐어~.』

『나도 됐어. 그 색이랑 생긴 걸 보고 났더니 먹고 싶다는 생각이 하나도 안 들어.』

큭…… 드라 짱은 전에도 맛봤으면서.

게, 게장은 어른 취향이니까.

드라 짱이랑 스이는 결국 꼬꼬마니 어쩔 수 없지.

그렇게 생각하며 빼낸 몸통의 살을 게장에 찍어 덥썩.

"크~ 맛있어. 술이 땡기네에."

『어디, 그렇게 맛있다면 나한테도 줘봐라.』

"페르도 분명 바다에서 먹었을 텐데."

먹고 싶다는 페르를 위해 게장에 찍은 살을 그릇에 담아주었다. 덥썩.

"어때?"

『…………맛없지는 않군. 맛이 없지는 않지만, 살만 먹는 게 훨씬 맛있다.』

크윽, 어른 취향의 맛을 모르는 걸 보니 페르 녀석도 애들 입맛이구나~!

그래, 확실히 이 게살은 무진장 맛있어.

맛있지만, 게장도 맛있다고~.

"그래, 됐어. 게장은 나 혼자 즐기지 뭐. 술이랑 같이!"

『주공, 함께 하겠네.』

"곤 옹~."

『나도 술은 싫지 않으니 말이야.』

"그래~ 좋았어~ 곤 옹, 나랑 같이 어른들만 아는 맛을 즐겨보
자고!"

그런고로 준비를 해야지.

이 게딱지는 너무 크니까…… 이걸로 하자.

게딱지는 아니지만 게딱지 게장 구이다.

다리 껍질의 일부를 사용해 거기에 게장과 풀어헤친 살을 넣고
휘적휘적.

그리고 일본주와 간장을 조금 넣고 BBQ 그릴에서 굽는다.

수분이 날아가면 먹어도 된다.

"여기."

바닥이 깊은 그릇에 일본주 됫병(1.8L)을 콸콸 따라서 곤 옹에
게 내주었다.

선택한 일본주는 리큐어 샵 다나카에서도 인기였던 니가타의
술이다.

일본주를 좋아하는 선배가 담백하고 깔끔한 맛이라 요리에도
잘 어울리니 믿고 사보라며 역설했던 게 생각나서 사보았다.

나는 투명한 컵에 직접 따랐다.

인터넷 슈퍼에서 열심히 찾아서 샀다고.

예나 지금이나 일본주를 마실 때는 살짝 작은 투명 컵이 딱이라니까.

그리고 게장을 살짝 집어서 입에 넣고 꿀꺽.

"크~ 맛있어~."

『어디, 나도.』

곤 옹도 앞발의 발톱으로 슬쩍 집어서 핥듯이 덥썩.

그리고 일본주는 입을 대고 꿀꺽.

『호호오~ 이거 나쁘지 않구먼, 주군~.』

"그치그치? 이거야말로 어른들의 맛이지. 일본주랑 게장의 조합은 최고라니까~."

나와 곤 옹은 술판을 즐겼다.

『뭐가 어른들만 아는 맛이란 거냐. 술꾼들만 아는 맛이겠지.』

페르는 어이가 없다는 듯이 그런 소릴 했지만, 아아~ 안 들리거든요오?

"오, 곤 옹도 꽤 잘 마시네."

곤 옹의 술잔이 벌써 비었다.

"자, 한 잔 더."

그렇게 말하며 다시 따라주었다.

『오, 고맙네, 주군. 그나저나 이 게장이라는 것은 이 술에 무섭도록 잘 어울리는구먼. 자꾸만 마시게 돼.』

"그렇단 말이지. 이걸 안주로 홀짝홀짝 마시다 보면, 어느샌가 그렇게 된다고.”

　곤 옹과 그런 이야기를 하던 중…….

『어흠. 누구보다 일본주를 좋아하는 자가 여기 있네만.』

“데미우르고스 님…….”

『내게 보내는 걸 허락하겠네.』

　아~ 드시고 싶으시군요.

　일본주는 론카이넨에 오기 전에 공물로 바쳐서 수중에 있지만, 그것과 끝내주게 어울리는 안주라는 말을 듣고 나오신 건가.

“아~ 네에네. 그럼 조금 나눠드리겠습니다.”

　데미우르고스 님이 드실 게딱지 구이를 부랴부랴 만들어서 공물로 바쳤다.

『허어허어~ 고맙네~.』

　옅은 빛과 함께 게딱지 구이가 사라졌다.

『후하하, 주공의 앞에서는 신의 위엄이고 뭐고 없군그래. 뭐, 우리도 남 말 할 처지는 아니지만 말이야.』

　곤 옹은 우걱우걱 게살을 맛있게 먹는 페르에게 눈길을 보내며 말했다.

“후후, 뭐 신에게도 삶의 낙은 필요한 법이니까.”

『아, 요전 일의 사례는 얼마 후에 손에 넣을 수 있을 테니 기대하게나~.』

　데미우르고스 님이 직접적으로 사례란 소릴 하시다니.

　나 참~ 이 세계의 신들은 정말 자유롭네요~.

제 4 장 새로운 마도 버너

아침식사를 마치고 다 같이 거실에서 느긋하게 쉬었다.
오슨 씨와 약속한 날은 모레니 오늘은 푹 쉬고 내일은 목적이었던 마도 버너를 사러 갈까 생각했다.
분명 그렇게 생각하고 있었는데…….
『좋아, 사냥하러 가자.』
"잠깐, 페르. 갑자기 그게 무슨 소리야."
『어제 먹은 게, 맛있었지?』
"그래. 분명 맛은 있었지."
『몇 마리 정도 더 잡아두면 또 즐길 수 있을 것 아니냐.』
『오오, 그거 괜찮은 생각이로군!』
『듣고 보니 그러네! 그 게는 또 먹고 싶으니까!』
『스이도 게 또 먹고 싶어~!』
페르의 제안에 곤 옹은 물론이고 드라 짱과 스이도 의욕을 내보였다.
하지만 이건 양보 못 해.
"안 돼 안 돼. 오늘은 이 도시에 온 가장 큰 목적을 달성하기로 마음먹었다고."
『『『『이 도시에 온 가장 큰 목적~?』』』』
나 참, 다들 잊은 거야?
"마도 버너 말이야, 마도 버너!"

내가 그렇게 말하자 그제야 다들 생각이 난 모양이다.

베히모스가 망가뜨려서 못 쓰게 된 마도 버너.

이게 없으면 말도 못 하게 불편하다.

"우리에게는 필수품이라고. 미리 만들어둔 밥은 있지만 여행지나 사냥을 하러 갔을 때 음식이 다 떨어졌는데 이걸 먹고 싶네, 저걸 먹고 싶네 해도 도구가 없으면 죽도 밥도 안 되잖아."

부지런히 비축 음식을 만들어두기는 했지만 먹보 콰르텟의 먹성 앞에서는 불안하기만 한 게 현실이다.

마도 버너가 있으면 그 자리에서 만들 수 있으니 안심감 자체가 다르단 말이지.

『끄응, 밥을 못 만들게 된다는 건가?』

"그래. 이 도시에 오기 전에도 비축 음식을 넉넉하게 해왔고, 지금은 도시에 있으니 어찌어찌 되고 있지만. 만약 여행 도중이고 숲속에 있었다면 어땠을까? 그곳에서 만들어둔 음식이 떨어지면 그 자리에서 음식을 만들어야 하잖아?"

『뭐어, 그렇지.』

『그렇구먼.』

『안 그러면 우리가 밥을 못 먹잖아.』

『밥 못 먹는 건 싫어~.』

"그치? 그렇게 되지 않으려면 역시 마도 버너가 필요하다 이 말이야."

『큰일이로군.』

페르가 화가 난 듯한 투로 말했다.

"아니 글쎄, 아까부터 그렇게 말했잖아. 마도 버너는 우리에게 필수품이라고."

『게가 문제가 아니군. 그 마도 버너라는 것이 먼저다. 다들 알겠지?』

페르가 그렇게 말하자 곤 옹, 드라 짱, 스이도 승낙했다.

『게는 마도 버너란 걸 손에 넣고 난 다음이다.』

『그게 좋겠구나.』

『그래.』

『알았어~.』

다들 게는 포기 안 했구나.

뭐, 마도 버너가 우선이라는 걸 이해해줬으니 됐지만.

그런고로 도시로 레츠 고~.

마도 버너를 사러 가게 되었는데, 이 마도구점이 어디에 있는지조차 모르겠다.

그래서 이럴 때 이용하라고 있는 게 상인 길드라는 생각에 그곳에 들러 마도구점에 관해 물어보았다.

크기가 큰 물건을 찾고 있다고 전하자 그만한 물건을 취급할 만한 곳은 역시 대형 점포일 것이라며 이 도시에서 베스트3에 드는 마도구점을 소개해 주었다.

물론 위치도 정확하게 알려주어서 가까운 곳부터 순서대로 돌아보기로 했다.

우선 첫 번째 가게는 발드넬 마도구점이다.

이 길을 따라 쭉 가다가 두 번째 모퉁이를 왼쪽으로 돌면 바로 보이는 가게라고 했지.

다 같이 발드넬 마도구점을 향해 거리를 걷는 중인데…….

사람들이 싸악 물러나네.

그렇게 벽에 딱 붙을 만큼 피할 필요는 없는데.

첫 번째 날에 있었던 일 때문에 도시 사람들에게도 페르와 곤옹, 드라 짱과 스이가 내 사역마라는 사실이 널리 알려졌을 텐데…….

내 양옆에 버티고 있는 한 덩치 하는 사역마들을 곁눈질로 흘끔 쳐다보았다.

『뭐냐?』

『왜 그러시는가, 주공?』

"아냐, 아무것도……."

거대한 늑대와 드래곤이니까아.

겁이 날 만도 한가.

소란이 일어나지 않은 것만으로도 감지덕지해야 할지도.

그런 생각을 하며 걷다 보니 발드넬 마도구점에 도착했다.

"여기네."

『우리는 이곳에서 기다리고 있겠네.』

가게 안에 여러 상품이 빽빽하게 진열된 걸 보았는지 곤 옹이 그렇게 말하자 페르 일행도 동의를 표하듯이 곧장 가게 앞에 자리를 잡았다.

걸리적거릴지도 모르지만 너그럽게 넘어가 주길 바라는 수밖에.

"되도록 빨리 돌아올게."

그런 말을 남기고서 가게 안으로 들어가자 곧장 점원분이 다가왔다.

"어떠한 물건을 찾으십니까?"

"으음~ 그게요, 마도 버너를 찾고 있습니다만……."

지금까지 사용했던 마도 버너의 사양을 설명하고 그것과 동등하거나 그보다 좋은 물건을 찾고 있다고 전했다.

그러자 점원분이 난감한 표정을 지었다.

"그 정도의 물건은 보통 특수 주문을 받아야 합니다만……."

역시 그렇구나아.

드랭에서 샀을 때는 가게에 놓여 있기는 했지만 최신식이기도 해서 손님을 끌기 위한 특별 상품처럼 취급하는 것 같았으니까.

점원분의 말을 들어보니 현재 발드넬 마도구점에 있는 물건은 인기를 끌고 있는 화구가 두 개인 마도 버너뿐이란다.

그 이상의 물건은 주문 제작을 해야 한다는 모양이다.

주문 접수도 받는 있지만 완성되려면 1년 가까이 걸린다고도 했다.

그 이야기를 듣고서 이거 안 되겠다 싶어서 가게를 나섰다.

"자, 다들 일어나. 다음 가게로 가자."

『꽤 빨리 나왔군.』

"음~ 그 크기의 마도 버너는 없다고 해서. 다음 가게에 있으면 좋겠는데…….”

페르 일행을 데리고 다음 가게인 리고니 마도구점으로 이동했다.

하지만 리고니 마도구점의 반응도 좋지 않았다.

처음 찾았던 발드넬 마도구점과 마찬가지로 잘 팔리는 2구짜리 마도 버너가 주류고 그 이상의 물건은 주문 제작을 해야 한다는 것이다.

어쩌지…….

이거 정말 왕도까지 가야 하려나.

거기에도 없으면 시간은 걸려도 특수 주문을 해서 만드는 수밖에 없고.

으~음…….

이런저런 생각이 들었지만, 없다는 걸 어쩌겠는가.

마지막 가게인 알팔로 마도구점에 희망을 걸어보는 수밖에 없다.

이 가게는 상인 길드가 소개해준 세 곳 중에서도 가장 큰 가게라고 하니 기대해볼 수 있다.

아니, 제발 부탁이니 있어달라고 기도하는 마음으로 다 같이 알팔로 마도구점으로 향했다.

“여긴가…….”

꿀꺽.

분명 지금까지 다닌 곳 중 제일 큰 가게였다.

“그럼 너희는 여기서 기다려줘.”

페르 일행을 남겨두고 나는 가게 안으로 들어갔다.

점원분이 금방 다가와 줘서 원하는 마도 버너의 사양을 말했다.

그러자…….

점원분은 만면의 미소를 지어보였다.

"손님, 운이 좋으시군요! 놀랍게도 지금 말씀하신 마도 버너를 능가하는 성능을 지닌 물건이 있답니다!"

"정말인가요?! 꼭 좀 보여주세요!"

호들갑스럽게 그렇게 말하자 점원분이 쓴웃음을 지으며 실물이 보관되어 있는 창고로 안내해주었다.

그곳에는 업무용 중에서도 보기 어렵지 않을까 싶을 만큼 커다란 마도 버너가 있었다.

지금까지 사용했던 마도 버너보다 한층 더 크다.

무엇보다도 이쪽은 화구가 여섯 개나 된다.

게다가…….

"오븐이 두 개나 있어!"

흥분해서 무심결에 소리치고 말았다.

"네에, 그렇습니다. 이거라면 코카트리스 통구이 두 개를 동시에 만드는 것도 가능하죠!"

점원분이 영업용 대사를 읊기 시작했다.

"위에 있는 버너도 최대로 사용하면 여러 명을 초대하는 자택 파티에도 대응할 수 있습니다."

응응, 이만한 사양이면 요리도 대량으로 만들 수 있겠지.

우리한테 딱이라고 해야 할지, 마치 우리가 사용하기 위해 만들어진 듯한 마도 버너야.

이건 그냥 사는 수밖에 없잖아, 아니, 무조건 산다!

"이거, 사겠습니다! 주세요!!"

점원분은 내 기세에 당황한 듯했지만 조심스럽게 "가격을 아직 말씀드리지 않았는데, 괜찮으시겠습니까?"라고 물어왔다.

"일단은 S랭크 모험가라 돈은 있거든요."

우리 사역마들이 벌어주거든요.

이 마도 버너는 페르와 녀석들의 밥을 만드는 데 꼭 필요한 물건이니, 녀석들에게 올바르게 환원되는 거라 할 수 있단 말이지.

"S랭크 모험가님이시라고요. 이거 실례가 많았습니다. 그럼 이 마도 버너의 가격 말입니다만……."

이 마도 버너의 가격은, 무려 금화 1200닢.

비싸지만 이 사양이라면 납득이 가는 가격이 아닐까.

이전에 썼던 마도 버너도 금화 860닢이었으니까.

대금은 당연히 그 자리에서 지불했다.

마석도 서비스로 받았다.

현금으로 한꺼번에 지불하자 점원분도 미소가 얼굴에서 떠나질 않았다.

"배송은 어떻게 해드릴까요?"

"아, 아이템 박스가 있으니 괜찮습니다."

그렇게 말하고서 손에 넣은 마도 버너를 아이템 박스에 넣었다.

이제 안심이다.

게다가 이렇게 좋은 마도 버너가 손에 들어오다니.

끝이 좋으면 다 좋은 거 아니겠어?

"그나저나 보통은 특수 주문을 하라고 할 텐데, 용케 있었네요~."

"실은 말이지요……."

긴장이 풀려 수다스러워진 점원분에게 들은 이야기에 따르면, 이 마도 버너는 원래 귀족님이 특수 주문한 물건이었다고 한다.

그런데 얼마 전, 완성될 즈음이 되어서야 사양을 바꾸고 싶다는 소리를 했다는 것이다.

본래 특수 주문품은 사전에 제작비를 전액 지불하는 게 원칙이지만 "아직 물건은 완성이 안 되지 않았는가"라며 권위로 찍어 누르는 바람에 울며 겨자 먹기로 가게 측이 지불하게 되었다.

물건이 물건이다 보니 점주를 비롯해서 종업원들도 불량 재고가 될 게 뻔하다고 생각하고 있었다는 모양이다.

그러던 중에 내가 등장해 구입한 것이다.

가게 측은 그야말로 봉변을 당한 격이었지만 나로서는 매우 다행이었다.

가게를 나설 때, 점원분이 "감사합니다!"라면서 깊이 고개를 숙이기까지 했다고.

가게 밖으로 나오자 페르와 곤 옹, 드라 짱과 스이가 애타게 기다리고 있었다.

살짝 불안한 눈치인데.

뭐, 밥을 만드는 데 필요한 물건이라고 그렇게 강조를 했으니까.

『그래서, 어땠지?』

"완벽해. 지금까지 쓰던 것보다 좋은 걸 샀어."

『오오~ 그것참 다행이로군, 주군!』

『좋았어! 이제 맛있는 밥을 언제 어디서든 먹을 수 있겠어!』

『맛있는 밥~.』

녀석들도 기뻐 보였다.

『좋아, 마침 잘 됐다. 밥을 먹자.』

『음. 좋은 생각이구나.』

『마침 출출하던 참이니까.』

『밥 먹자~.』

먹보 콰르텟은 한껏 신이 나서 말했다.

"나 참. 하지만 뭐, 시운전 삼아 그러기로 할까."

◇　◇　◇　◇　◇

돌아오자마자 새로운 마도 버너의 시운전을 겸해 요리를 했다.

아직 저녁을 먹기에는 이른 시간이고, 시간적 여유가 있으니 요전에 쪄둔 게로 만들까 했던 그걸 만들어볼까.

단, 다 되려면 시간이 좀 걸린다고 했더니 먹보 콰르텟이 실망한 표정을 짓기에 비축해뒀던 던전 돼지로 만든 돼지고기 덮밥을 내주었다.

보통 사람을 기준으로 하면 몇 인분일까 싶을 만큼 잔뜩 담아주기는 했지만 먹보 콰르텟의 눈에는 간식 정도로만 보이겠지.

그래도 뭐, 시간은 좀 벌었다.

그 사이에 저녁식사용으로 그걸 만들기로 했다.

만들 요리는 바로, 게살 크림 크로켓이다.

가끔씩 이웃집이 게살 통조림을 나눠주면 직접 만들어 먹었더랬지~.

직접 만드는 편이 양 조절하기도 쉽고 호사스럽게 게살을 잔뜩 넣어 만들 수 있으니까.

이 게살이 듬뿍 든 게살 크림 크로켓이 또 무진장 맛있거든.

게살 통조림으로 만든 게살 크림 크로켓도 그만큼 맛있었는데, 버서크 머드 크랩의 끝내주게 맛있는 게살로 만들면 얼마나 맛있을까.

벌써부터 상상만 해도 군침이…….

안 되지, 안 돼.

그보다 얼른 만들기 시작해야지.

이 집의 부엌에도 흠을 잡을 수 없을 정도로 번듯한 마도 버너가 비치되어 있지만, 이번에는 당연히 방금 구입한 새로운 마도 버너를 쓸 거다.

시운전을 겸한 거니까.

그리고, 이거.

아이템 박스에서 도적왕의 보물에 있던 마도 냉장고를 꺼냈다.

일단은 카레리나에서 여기에 맞는 마석도 찾아서 세팅해놔서 언제든 쓸 수 있도록 해뒀거든.

이 집에도 마도 냉장고는 있었지만 살짝 작아서 수중에 있는 이것도 쓰기로 했다.

마석이라는 말이 나와서 말이지만, 요전에 곤 옹과 게장을 먹을 때 곤 옹이 먹던 것에서 마석이 나왔던 모양이다. 『먹어도 되겠는가?』라고 묻기에 "딱히 상관없어"라고 말했더니 오독오독 씹어 먹더라고.

얼마나 놀랐는지.

맛있냐고 물었더니 맛은 없단다.

마력은 다소 보충되는 것 같지만, 곧 옹쯤 되는 거물에게는 그다지 의미가 없어서 가끔씩 기분에 따라 먹거나 뱉거나 한다나.

마석을 먹는다는 이야기는 처음 들어서 다른 녀석들에게도 물어보았다.

그랬더니 페르는 나와 만나기 전 때까지는 곧 옹과 비슷했다는 모양이다.

하지만 지금은 『그런 건 안 먹는다』라나.

씹어서 깨뜨리면 입 안이 말도 못 하게 까끌까끌해진다며 넌더리가 나는 표정을 지었더랬지.

뭐, 그렇겠지.

그도 그럴 게 돌이니까.

드라 짱은 절대 안 먹는 파(派)였다.

마력이 보급된다기에 먹어본 적도 있다는데 『딱딱해서 먹을 게 못 돼, 그거』라고 했다.

씹어서 깨뜨리는 건 페르나 곧 옹 정도는 되어야 가능한 것 같다.

마석을 통째로 삼키는 것도 도전해 봤다는데, 다음 날 한참을 복통에 시달렸다며 『다시는 안 먹어』라고 했다.

얼마나 큰 걸 꿀꺽 삼켰는지는 모르겠지만 드라 짱의 몸으로 그런 짓을 하는 건 당연히 무리잖아.

스이는 당연하다고 해야 할지, 갓 태어났을 때 나와 페르를 만난 탓에 당연히 먹어본 적이 없지만『먹으라고 하면 먹겠지만, 맛이 없다면 먹기 싫어어~』라고 했다.

그런 걸 왜 먹이겠어.

곤 옹도 입 안에 넣은 걸 뱉기도 좀 그래서 먹은 것뿐이라고 하고.

뭐, 마석은 매물로 내놓으면 좋은 값에 매입해주니 그 돈으로 맛있는 걸로 바꾸는 편이 무조건 이득이라는 말이 나와서 앞으로 마석은 먹지 않는 걸로 결론이 났지만.

매일 함께 있지만 모르는 게 아직 많네, 라는 생각이 듦과 동시에 페르와 녀석들에 관한 새로운 사실을 발견한 게 살짝 기뻤다.

어이쿠, 그런 생각에 젖어서 손을 멈추고 있을 때가 아니었지.

저녁식사 시간에 늦으면 보나마나 먹보 콰르텟이 한 소리할 테니까.

우선 부족한 재료를 인터넷 슈퍼에서 구입하자.

아니 뭐, 부족한 건 버터랑 우유 정도뿐이지만.

그걸 산 후, 조리를 개시했다.

우선 고무장갑을 끼고 보관해둔 버서크 머드 크랩의 다리에 든 살을 빼내서 풀어헤친다.

"후우, 끝났다."

풀어헤친 게살이 특대 사이즈의 볼 그릇 네 개에 가득 쌓였다.

다음은 앨번에게 받은 앨번표 양파를 다진다.

이 양파는 익히면 단맛이 강하게 나서 엄청 맛있단 말이지.

양파는 내 요리에서 꽤 많이 사용하는지라 잔뜩 주는 앨번이 정말 고마울 따름이다.

그런 다음에는 바닥이 깊은 프라이팬에 기름을 두르고 양파의 숨이 죽을 때까지 볶는다.

거기에 게살을 넣고 가볍게 볶은 후, 소금과 후추를 뿌리고 화이트 와인을 넣고 더 볶아서 알코올을 날린다.

여기까지 했으면 다음은 화이트소스 차례다.

바닥이 깊은 프라이팬을 약불로 가열하며 버터를 넣어 녹인 후, 밀가루를 채에 쳐서 눌어붙지 않도록, 그리고 충분히 녹아들도록 볶아 나간다.

거기에 우유를 몇 번에 걸쳐 넣어가며 잘 섞어준다.

전체가 걸쭉해지기 시작하면 남은 우유를 눋지 않도록 거품기로 잘 섞어준다.

걸쭉하고 부드럽고 매끈해지기 시작하면 볶아둔 양파와 게를 넣고 가볍게 소금 후추로 간을 해서 섞는다.

그런 다음에는 트레이로 옮겨 한 김 식히고 랩을 씌워서 냉장고에서 한 시간 재운다.

그러는 동안 반죽물과 곁들임 채소(가니시)를 준비해 둔다.

계란과 물과 밀가루를 넣어서 반죽물을 만들고 나면 빵가루도 준비한다.

이제 곁들여 먹을 양배추와 토마토 차례다.

양배추는 채썰고 토마토는 쐐기(wedge) 모양으로 썰어야지.

정통적인 곁들임 채소이기는 하지만 개인적으로 크로켓에는 이 조합이 최고라고 생각한다.

참고로 이 양배추와 토마토도 앨번표라고.

그 준비가 끝난 참에…….

"아직 한 시간은 안 지났지만 뭐, 괜찮겠지."

재워두었던 게살 크림 크로켓의 재료를 냉장고에서 꺼냈다.

이제 식어서 뭉치기 쉬워진 재료를 차근차근 타원형으로 빚어 나간다.

"좋아, 이제 튀기기만 하면 돼."

타원형으로 빚은 재료를 반죽물에 담갔다가 빵가루를 묻힌다.

그걸 180도 정도로 달군 기름에 노릇노릇해질 때까지 튀기면 완성이다.

"어디 맛을 볼까~."

만든 사람의 특권으로 슬쩍 맛봐야지.

바삭——.

"아뜨뜨. 허후허후, 뜨겁지만, 맛있어!"

겉은 바삭하고 속은 눅진~한 게 최고의 상태다.

게살이 듬뿍 들어서 게살의 풍미도 느껴지고, 흠잡을 수 없을 만큼 맛있다.

내가 만들어놓고 말하자니 좀 그렇지만, 무진장 맛있어서 대성공이다.

게살 크림 크로켓을 차근차근 차례차례 튀긴다.

갓 튀겨진 상태를 유지하기 위해 바삭하게 튀겨진 게살 크림 크로켓을 아이템 박스에 일시 보관하는 것도 잊지 않았다.

그런 식으로 게살 크림 크로켓을 양산해 나갔다.

"후우~ 겨우 다 튀겼네. 이제 그릇에 담아볼까……."

큰 그릇에 양배추와 토마토를 담고, 게살 크림 크로켓을 보기
좋게 수북이 쌓아올린다.

"좋아, 완성이야. 그럼 목이 빠져라 기다리고 있을 먹보들한테
먹여볼까."

『뭐냐, 이건.』

그릇에 담긴 양배추와 토마토를 보자마자 페르는 얼굴을 찌푸
렸다.

"게살 크림 크로켓이야. 양배추랑 토마토는 곁들임 채소고. 처
음에만 내놓을 거고 못 먹는 음식도 아니니 그 정도는 먹어."

내가 그렇게 말하자 부루퉁한 표정을 지었지만, 싫은 건 일찌
감치 처리해 버리자는 듯이 양배추와 토마토를 한입에 덥썩 먹어
치웠다.

이것 봐, 마요네즈 같은 건 필요 없는 거야?

『주공, 게살이라면 어제의 그것을 사용한 요리인가?』

"맞아. 버서크 머드 크랩의 살을 듬뿍 넣어서 맛있다고~. 아,
양배추랑 토마토에 마요네즈 뿌려둘게."

채소가 남아있는 곤 옹과 드라 짱, 스이의 그릇에 마요네즈를
뿌린다.

『끄응, 내 것에는 없지 않았느냐!』

"페르는 뿌리기 전에 먹어버렸잖아. 이제 채소는 안 내놓을 테

니까 입가심으로 게살 크림 크로켓을 먹어봐. 처음에는 그 상태로 그대로. 아무것도 안 찍어도 괜찮으니까. 아, 뜨거우니까 조심하고."

『헤에~ 어제 잡은 게를 사용한 요리야? 맛있어 보이네.』

맛있어 보이는 게 아니라 맛있다니깐, 드라 짱.

『안이 촉촉해서 맛있어~! 스이, 이거 너무 좋아~!』

한발 먼저 먹고 있던 스이가 엄청 흥분해서 푸들푸들 몸을 떨었다.

『정말이네! 바삭바삭하고 촉촉한 데다 게 맛도 나서 맛있어! 나도 좋아, 이거!』

드라 짱도 게살 크림 크로켓이 마음에 든 모양이다.

『맛있군그래~. 이러한 것은 처음 먹었네. 뭐, 주공이 내어주는 것은 전부 처음 먹는 거나 다름없지만 말이야. 그나저나 주공과 함께 있으면 정말 질릴 틈이 없구먼~. 주공을 따라 나서기로 결단한 나 자신을 칭찬해주고 싶은 기분이야.』

게살 크림 크로켓을 와구와구 먹으며 곤 옹이 진지하게 그런 소리를 했다.

곤 옹이 따라오는 바람에 내 수고는 더 늘었지만 말이야.

『어이, 한 그릇 더. 당연히 이쪽만.』

페르가 깨끗해진 그릇을 앞발로 내밀며 그렇게 말했다.

싹싹 비운 걸 보니 페르도 게살 크림 크로켓은 맛있다고 생각한 모양이네.

"그래그래, 알았다고. 여기."

게살 크림 크로켓만 담은 그릇을 페르에게 주었다.

"아, 소스 뿌릴까? 그대로 먹어도 맛있지만 소스를 뿌려도 맛있어."

『음. 뿌려라.』

게살 크림 크로켓에 소스를 뿌려주자 페르가 그걸 와구와구 먹기 시작했다.

그리고 또다시 깔끔해진 그릇 앞에서 페르가 소스 범벅이 된 입가를 날름 핥더니…….

『내일은 게를 잡으러 간다. 이건 결정사항이다.』

『그거 괜찮구나.』

『찬성~.』

『게 잡으러 갈래~!』

내일 예정이 어느샌가 정해져 버렸다.

하루 종일 에레메이강에서 게를 잡겠다니…….

게살 크림 크로켓을 먹인 건 실수였을지도.

어제는 페르가 선언한 대로 에레메이강에서 게를 잡았다.

다 같이 크게 변한 스이를 타고 에레메이강을 하루 종일 마구 탐색하고 다녔다.

그 덕분이라고 해야 할지, 세 마리의 버서크 머드 크랩을 잡는 데 성공했다.

아무리 그래도 4톤 트럭 크기까지는 아니었지만.

세 마리 모두 그것보다 다소 작은 개체였다.

뭐, 그래도 찾는 것 자체가 어려운 게를 세 마리나 확보해서인 지 다들 만족스러운 얼굴이었지만.

민물고기도 추가로 입수했으니 나로서도 나쁘지는 않았다.

다만 하루 종일 강 위에 떠다니다 보니 무진장 지쳐버렸다.

모두를 태우고 분발했던 스이에게는 미안하지만, 역시 땅을 딛고 있을 때가 제일 마음이 놓인다고.

그런고로 오늘은 정오가 다 될 때까지 느긋하게 지내다가 점심을 든든하게 먹고서 모험가 길드로 갈 거다.

참고로 점심밥은 던전 돼지를 사용한 돼지 스테이크 덮밥이었다.

사실은 에레메이강에서 잡은 메기 비슷한 생선인 에레메이 메갈로도라스를 튀겨먹을까 하고 있었는데, 먹보 콰르텟이 입을 모아 『고기!』라고 요청을 해서 변경했다.

중농 소스[*], 간장, 술, 맛술, 설탕, 다진 마늘로 만든 매콤달콤한 양념을 두른 고기와 쌀밥이다.

먹보 콰르텟의 식욕이 제대로 폭발해서 추가로 잔뜩 만들어야만 했다…….

새로운 마도 버너도 매우 큰 도움이 되었지.

뭐, 그건 둘째 치고 지금은 모험가 길드로 가는 도중이다.

물론 한가했던 녀석들도 같이 따라왔다.

스이를 태운 페르와 드라 짱을 태운 곤 옹이 내 양옆에서 쿵쿵대며 걷고 있다.

당연히 인파가 싸악~ 갈라졌다.

어쩔 수 없는 일이기는 하지만, 그래도 좀…….

"늑대랑 드래곤이야~. 만져보고 싶어어"라고 하는 아이의 어머니가 "쉿, 보면 못 써!"라고 하는 모습을 봤을 때는 뭐라 형용할 수 없는 기분이 들었지.

겉모습은 무섭게 생겼지만 페르도 곤 옹도 식욕이 무엇보다도 우선인 좋은 녀석들인데 말이야.

그러다 보니 모험가 길드가 보이기 시작했다.

『악어 고기인가. 기대되는군그래.』

곤 옹……. 웃고 있는 걸지도 모르지만 엄니가 보여서 주변 사람들이 무서워하니까 그러지 말라고.

『음. 오늘 저녁은 악어 고기가 좋겠어.』

※ 중농(中濃) 소스 : 우스터소스와 돈가스 소스의 중간쯤 되는 것으로 묽고 매운 맛이 입에 남는 우스터소스보다 농도가 진하고 약간의 단맛과 매운맛이 난다.

페르도 마찬가지고.

『악어 고기는 나도 처음이라 기대되는걸.』

『기대돼~.』

드라 짱이랑 스이는 너무 들뜨지 말고.

주변에 계신 분들이 이번에는 당황스러워 하잖아.

주변 일대에 혼돈을 마구 흩뿌려가며 우리 일행은 잽싸게 모험가 길드로 들어갔다.

◇　◇　◇　◇　◇

"이번 의뢰의 토벌 보수 말씀입니다만, 버서크 머드 크랩이 금화 200닢, 켈피가 금화 135닢, 타이런트 블랙 앨리게이터가 금화 170닢입니다. 매입 건은……."

길드 마스터의 방에서 오슨 씨에게 이번 의뢰의 토벌 보수와 매매 대금에 관한 설명을 들었다.

다 합쳐서 금화 650닢이란다.

켈피의 가죽과 타이런트 블랙 앨리게이터의 가죽이 좋은 값에 팔렸다는 모양이다.

그리고 늘 그렇듯 이곳도 금화보다 한 단계 높은 화폐로 지불하겠단다.

"이게 그 보수입니다. 확인해 보시지요."

오슨 씨에게 마대를 건네받았다.

안에는 요즘 들어 자주 보게 된 큼직한 금화가 한가득 들어 있었다.

그 큼직한 금화를 꺼내서 세어 나간다.

1, 2, 3, 4…………… 대금화로 65닢, 딱 맞네.

사실 금화 쪽이 쓰기 편하지만 백금화로 받는 것보다는 그나마 낫다.

그건 정말로 쓸 곳이 없다고 해야 할지, 한정적이니까.

아니 그보다 말이야, 요즘엔 이 정도 금액으로는 놀라지도 않게 됐다는 점이 기가 막히다고나 할까.

하하…….

"네. 대금화 65닢, 정확하군요."

그렇게 말하며 대금화를 다시 마대에 집어넣었다.

그 후, 살짝 궁금했던 걸 물어보았다.

"저기, 버서크 머드 크랩을 화나게 한 귀족 모험가는 아직 이 도시에 있습니까?"

질이 안 좋을 듯한 귀족집 도련님 같으니 이 도시에 있다면 얽히지 않도록 해야지.

뭐, 페르 일행도 있으니 큰일이야 나지 않겠지만 뼛속까지 바보라면 무슨 짓을 할지 모를 일이니까.

갈취 교단분들 같은 전례도 있고.

"아뇨, 성가신 일을 이쪽에게 떠맡기고는 냉큼 떠나버리셨습니다."

오슨 씨가 하아, 하고 한숨을 내쉬며 그렇게 말했다.

우와아, 뭐라 위로의 말씀을 드려야 할지.

아니 뭐, 그 버서크 머드 크랩에 관한 일은 이미 정리가 됐지만 말이야.

하지만 귀찮게 굴 듯한 게 없다는 사실을 알고 나자 살짝 안심이 되었다.

"무코다 씨, 그래서 그 버서크 머드 크랩은······."

오슨 씨가 조심스럽게 그렇게 물어왔다.

버서크 머드 크랩의 껍질에 상당히 미련이 남은 듯했으니 신경이 쓰이겠지.

하지만······.

"다 같이 맛있게 먹었습니다. 삶아서 먹었는데 굉장히 맛있더라고요."

『음. 그건 나쁘지 않았지. 나쁘지 않은 맛이었다.』

『예상보다 훨씬 맛있었지, 그 게는. 추가로 세 마리를 더 잡은 건 운이 좋았다고 해야겠지.』

『맛있었지, 게!』

『게 맛있었어~.』

내 말을 들은 녀석들도 저마다 맛있었다고 말했다.

드라 짱과 스이는 염화라 오슨 씨에게는 전해지지 않았지만, 페르와 곤 옹은 목소리를 내서 말해서 들렸을 거다.

"정말로 그걸 먹어버리신 겁니까······. 그것도 삶아서······."

그렇게 말하더니 오슨 씨는 어깨를 축 늘어뜨렸다.

"어? 삶으면 안 되는 거였나요?"

"그 껍질은 가공하기 전에 열을 가하면 약해지는 성질이 있습니다……. 그건 껍질에 가치가 있어서 살을 먹으려 하는 사람은 없었는데……."

아니, 그렇게 말씀하신들.

근데 열을 가하면 약해진다고?

어쩐지 단단하다는 것치고는 내 힘으로도 뚝뚝 쪼개지더라니.

그나저나 오슨 씨가 저렇게 낙심할 필요는 없지 않나?

우리 말고도 모험가는 많으니 언젠간 손에 들어올 텐데.

그런 생각을 하다 보니 갑자기 뭔가가 떠올랐는지 오슨 씨의 표정이 환해졌다.

"아까 추가로 세 마리를 더 잡으셨다고 하셨지요?!"

"네? 네에, 뭐어."

분명 추가로 세 마리를 더 잡기는 했지만…….

"그걸 부디 팔아주십시오!"

"으음……."

페르와 녀석들 쪽을 흘끔 쳐다보았다.

『당연히 안 되지.』

『맞네. 우리가 먹으려고 잡은 것이니 말이야.』

페르와 곤 옹이 그렇게 말했다.

이 둘이 거부하자 오슨 씨는 또다시 어깨를 축 늘어뜨렸다.

우리한테 그 게는 완전히 식용이니까요오.

쓴웃음을 지은 채 어깨를 늘어뜨린 오슨 씨와 헤어진 우리 일행은 창고로 향했다.

그곳에서 타이런트 블랙 앨리게이터의 고기 중 일부를 건네받은 것으로 오늘 일정은 끝났다.

　이제 딱히 할 일이 없는데…….

　"거리에 있던 가게라도 구경하러 갈까."

　『찬성! 맛있어 보이는 노점이 있으니까 가자!』

　『음. 가끔은 맛있어 보이는 고기가 있기도 하니까.』

　『흠, 그런 게냐? 그렇다면 나도 먹어보고 싶구나.』

　『스이도 고기 먹을래~!』

　어째 노점 순례가 될 듯한 예감이 든다.

　뭐, 상관은 없지만.

　모두와 그런 이야기를 염화로 나누며 모험가 길드를 나선 참에…….

　"무코다 씨?"

　누가 이름을 부르기에 목소리가 들린 쪽을 보니 그리운 얼굴들이 있었다.

　"여러분, 어째서 이곳에?!"

　내 눈앞에는 바스타드 소드가 잘 어울리는 가우디노 씨, 할리우드 배우 뺨치는 미남 기디온 씨, 워해머를 짊어진 드워프 시그발드 씨, 그리고 금색 실 같은 머리에 녹색 눈을 지닌 엄청난 미인 엘프인 페오도라 씨가 있었다.

　에이블링 던전에서 만났던 A랭크 모험가 파티, '아크(방주)'와의 재회였다.

"드래곤을 새 사역마로 들였다는 소문은 진짜였네……."

우리 일행을 본 가우디노 씨가 먼눈을 한 채 그런 소리를 했다.

그렇게 현실 도피까지 할 일은 아닌 것 같은데.

"게다가……."

기디온 씨가 거기서 말을 끊더니 주위를 살핀 후, 작은 목소리로 "에인션트 드래곤이라면서?"라고 확인을 하듯 물었다.

"네에, 뭐."

그것까지 알고 있었나.

뭐, 다들 A랭크 모험가니까.

정보에는 민감할 수밖에.

"뭐어, 무코다 씨라면 가능하지……."

뭐야, 그게.

그런 이유로 납득하지 말라고요, 시그발드 씨.

페오도라 씨까지 말없이 고개를 끄덕이고 있잖아?

"으음~ 맞아! 너희도 이분들은 기억하지?"

분위기를 전환하기 위해 화제를 바꿔보았다.

『음. 분명 던전에서 만난 인간들이었지.』

『맞아맞아. 기억해.』

『밥도 같이 먹었어~.』

페르와 드라 짱, 스이는 '아크'의 면면들을 기억하는 눈치다.

"그리고 말이죠, 여러분과 만난 후에 새로 사역마로 맞아들인 게 여기 있는 곤 옹입니다."

애매한 분위기가 흐르는 가운데, 기세를 몰아 '아크' 여러분에게 곤 옹을 소개했다.

『나는 주공 이외의 인간은 아무래도 좋네만.』

"잠깐 곤 옹, 그런 소리 하면 안 돼!"

보라고, '아크' 여러분이 입가를 씰룩거리고 있잖아.

제일 연장자니까 분위기 파악 좀 하라고~.

분위기가 더 애매해졌잖아.

이 분위기 어쩔 거야.

으음~ 으~음…….

"마, 맞다, 아, 안에서 차분하게 이야기 나누시죠?"

겨우 생각해 낸 게 이 말이었다.

우리는 모험가 길드 안에 병설된 식당에서 이야기를 하기로 했다.

주문한 미지근한 에일을 마시며 곧장 이야기를 시작했다.

"그래서 무코다 씨는 어째서 이 도시에 있는 거지?"

"그게 말이죠……."

가우디노 씨의 물음에 마도 버너가 망가진 경위와 그걸 새로 장만하러 이 도시에 왔다고 답했다.

르바노프교 총본산을 박살 내고 온 건 당연히 비밀이다.

"'우라노스'라니."

"거 참 터무니없는 곳에 갔었네……."

"뭐, 무코다 씨 일행이라면 갈 만도 하지."

가우디노 씨도 기디온 씨도 시그발드 씨도 어이가 없다는 듯이 한숨을 내쉬며 말하지 말아주시겠어요?

저는 격렬하게 거부했다고요.

"무코다 씨, 그러고 보니 브릭스트 던전도 답파했었지?"

기디온 씨가 그렇게 말하자 가우디노 씨와 시그발드 씨가 "맞아, 그런 소문도 있었지"라면서 고개를 끄덕였다.

"네에. 페르랑 녀석들이 하도 가자고 해서 브릭스트 던전에 갔어요."

다들 세 끼 식사만큼이나 던전을 좋아하니까.

여러분에게 받은 전이석이 큰 도움이 되었죠.

하하하…….

쓴웃음을 지은 채 아크 여러분을 보니, 신이 나서 게살 크림 크로켓을 먹고 있었다.

우리가 에일을 주문했을 때, 페르가 염화로 『우리에게도 뭔가 내놓아라』라고 조르는 바람에 모험가 길드 안이라 너무 냄새가 강한 건 피하자는 생각에 보관해 두었던 요리 중 가장 냄새가 덜 나는 게살 크림 크로켓을 내놓게 된 것이다.

비장의 수로 남겨둔 거였는데…….

참고로 페오도라 씨도 우리의 이야기는 듣는 둥 마는 둥 하며 신이 나서 게살 크림 크로켓을 먹고 있다.

페르 일행에게 크로켓을 내놓았더니 페오도라 씨가 손가락을 문 채 무진장 먹고 싶다는 듯이 응시했다고, 무시할 수는 없잖아.

뭐, 그건 됐고 우리 이야기보다는 가우디노 씨네 이야기가 더 궁금한데.

"여러분이야말로 이 도시에는 어쩐 일로?"

"우린 호위 의뢰 때문에 왔지, 호위."

가우디노 씨의 말에 따르면 우리와 헤어지고서 얼마동안 에이블링 던전에서 탐색을 계속하고 있었다고 한다.

그때 그럭저럭 성과를 올려서 슬슬 다른 도시로 넘어갈까 생각하던 참에 안면이 있던 상인이 이 도시까지 호위해달라는 의뢰를 해 와서 받아들였다는 모양이다.

"당분간 이 도시에서 활동하실 건가요?"

"그게 말이지……."

가우디노 씨가 떨떠름한 얼굴로 말끝을 흐렸다.

"우리 파티는 물에 사는 마물과는 상성이 안 좋거든."

기디온 씨가 대신 그렇게 답했다.

그렇구나.

이 도시에서 모험가로서 활동할 만한 곳은 에레메이강뿐이니까.

"고전할 정도는 아니지만, 그것 말고도 이 도시는 치안이 별로 좋지 않다고 들었네."

시그발드 씨가 그렇게 말하며 옆에서 신이 나서 게살 크림 크로켓을 먹고 있는 페오도라 씨를 흘끔 쳐다보았다.

아아~ 그 동작만으로 대충 짐작이 갔다.

페오도라 씨는 손자까지 있지만 겉모습만 보면 한창 나이대의 미인 엘프니까.

치안이 좋지 않은 장소에 있으면 그것만으로 성가신 일에 휘말려 들 것 같다.

"그렇다면 다른 도시로 이동하실 겁니까?"

"그럴 생각이기는 하지만, 다음 행선지를 어디로 할지 좀처럼 정할 수가 없어서 말이지~."

"왕도나 드랭은 어떠냐는 이야기도 나왔지만, 둘 다 우리가 가기에는 새로울 것이 없는 곳이라고나 할까."

"맞아맞아. 벌써 몇 번이나 갔던 곳이니까~."

가우디노 씨도 기디온 씨도 시그발드 씨도 고민스러운 표정이다.

"그렇지! 참고삼아 묻겠는데, 무코다 씨네는 앞으로 어떻게 할 거야?"

좋은 생각이 났다는 듯이 기디온 씨가 그렇게 물었다.

"저희도 이 도시에서의 볼일은 끝나서 내일모레쯤에 집으로 돌아갈까 하고 있습니다."

가장 큰 목적이었던 마도 버너도 무사히 손에 넣었으니, 내일 잽싸게 기부를 마치고 내일모레에는 카레리나를 향해 출발할 수 있으면 좋겠는데.

으응?

세 사람 모두 의아하다는 표정인데, 내가 뭐 이상한 소릴 했나?

""""집?""""

의아하다는 표정인 세 사람이 동시에 말했다.

"네에. 여러분과 헤어진 후에 카레리나에서 집을 구입했거든요."

"지, 진짜로……?"

"거점을 차렸다고……?"

"부러워 죽겠군그래……."

세 사람의 부럽다는 시선에 살짝 우월감이 들었다.

모험가 중 집을 소유한 사람은 아무래도 적으려나.

이것도 이러니저러니 해도 돈벌이를 해주는 우리 애들 덕분이네.

"맞아, 여러분도 카레리나로 오지 않으실래요? 방은 남아돌 만큼 있으니 집을 숙소로 사용해도 상관없습니다. 카레리나는 좋은 도시라고요~."

'아크' 같은 고랭크 모험가 파티가 있어주는 건 그 도시의 모험가 길드는 물론이고 도시에도 좋은 일이라 권유해 보았다.

늘 신세를 지고 있는 카레리나 모험 길드의 길드 마스터에게 조금이나마 은혜를 갚을 수 있을지도 모르니까.

"카레리나라~. 그러고 보니 늘 그냥 지나치기만 하고 느긋하게 도시에 체류한 적은 없네."

"생각해 보니 그렇군."

가우디노 씨와 기디온 씨가 그런 말을 주고받았다.

"음. 카레리나, 좋을지도 모르겠구먼! 그렇게 하자고! 무코다 씨도 있으니 말이야."

시그발드 씨는 두 손 들고 찬성을 해주었다.

어째서인지 페오도라 씨도 몇 번이고 고개를 끄덕이고 있다.

아니, 페오도라 씨도 일단 이야기를 듣고 있기는 했군요.

"정말이지, 너희는 욕망에 충실하구나~."

"그러게. 시그발드는 무코다 씨가 맛있는 술을 가지고 있기 때문일 테고, 페오도라는 그렇게 하면 무코다 씨의 맛있는 밥을 얻어먹을 수 있다고 생각하는 거라고."

"들통났다. 하지만 말이야, 무코다 씨에게 얻어먹었던 맛있는 술을 잊을 수가 있어야지. 그건 정말로 맛있었어."

시그발드 씨는 술맛을 기억해내듯이 팔짱을 끼고 눈을 감은 채 그렇게 중얼거렸다.

"맛있는 밥, 최고!"

나도 들어본 적이 없는 또렷한 목소리로 페오도라 씨가 말했다.

정말 욕망에 너무도 충실한 두 사람의 모습에 나도 모르게 쓴웃음이 지어졌다.

뭐, 술과 밥을 대접하는 데 그렇게 많은 품이 드는 건 아니니까.

'아크'의 면면들과 그런 이야기를 하던 중…….

『어이, 집에 돌아가자는 소릴 하는 것 같은데, 우린 안 돌아간다.』

"뭐? 페르, 그게 무슨……."

『주공, 그렇게 된 걸세. 나도 페르에게 전해들은 것뿐이네만.』

"그렇게 된 거라니, 곤 옹까지 무슨 소릴 하는 거야?"

『우리가 지금부터 갈 곳은, 던전이다.』

"…………뭐? 아니아니, 난 그런 소리 못 들었거든?"

이제 집으로 돌아가는 일정만 남은 줄 알았는데.

"어이어이, 무코다 씨, 뭐가 어떻게 된 거야?"

곁에서 이야기를 듣고 있던 '아크'의 면면들이 당황해서 말했다.

당황한 건 나도 마찬가지지만.

그도 그럴 게, 던전에 갈 거라는 이야기는 안 했잖아.

『이야호~! 듣자 하니 아무도 손대지 않은 던전이라면서? 엄청 기대된다~.』

『던전, 던전♪ 던전은 스이한테 맡겨줘~♪』

드라 짱과 스이도 알고 있었는지 염화로 들리는 목소리가 무진장 신이 나 있었다.

……응?

잠깐만 있어 봐, 아무도 손대지 않은 던전?

………….

"아앗~~~!"

『후하하, 기억났다. 요전에 들른 도시에서 들었던 이야기다. 아무도 손대지 않은 던전이 있다는 재미있는 이야기를 내가 잊을 리가 있나.』

젠장~ 기억났어!

브릭스트에서 기부 순례를 할 때, 전쟁의 신 바하근 님의 교회에서 들었던 이야기구나!

군웅이 할거하는 소국군에 아무도 손대지 않은 던전이 있다는 이야기다.

『이곳에서 가까웠지? 그 소국군이라는 곳은.』

페르가 씨익 미소를 짓듯 날카로운 이를 내보이며 내게 바짝 다가왔다.

벌써 가기로 작정을 했구나, 이 녀석~.

곤 옹도 재미있을 것 같다고 생각하는지 전혀 반대하지 않고, 드라 짱과 스이는 아주 신이 날 대로 난 듯 보였다.

"소국군의 던전인가."

"심지어 아무도 손대지 않은 던전."

"보물이 잠들어 있을 것 같군그래."

"맛있는 식재료가 있을지도."

'아크'의 면면들은 나와 페르 일행이 나누는 대화를 듣고 맥락을 이해한 모양이다.

심지어 모험가 정신이 꿈틀대는지(페오도라 씨는 방향성이 살짝 이상했지만) '아크'의 면면들도 눈을 황황히 빛내고 있었다.

『흠, 너희도 그렇게 생각하는 거냐.』

페르가 으스대며 '아크'의 면면들에게 물었다.

"네에. 아무도 손대지 않은 던전이라니, 아주 재미있을 것 같군요."

가우디노 씨가 그렇게 말하자 기디온 씨와 시그발드 씨, 그리고 페오도라 씨도 동의했다.

『너희도 우리를 따라올 테냐?』

"그래도 되겠습니까?"

『이 녀석의 지인이지? 그렇다면 상관없다.』

"그렇다면 꼭 함께하게 해주십시오."

『나도 들어간 적이 없는 던전이다. 단단히 각오하고 따라와라.』

"바라는 바입니다."

『후하하하하하, 기대되는군.』

"하하하하하하, 그러게 말입니다."

잠깐잠깐잠깐, 왜 의기투합하는 건데!

아니, '아크' 여러분은 왜 이럴 때 곧장 결정을 내리는 거냐고요~!

◇　◇　◇　◇　◇

어째서인지 '아크'의 면면들과 함께 던전에 가는 게 결정된 건에 관하여.

하아~ 정말 왜 이렇게 되는 건데~.

우리 일행과 '아크' 멤버들은 이 도시에서 빌린 집으로 향했다.

나 말고는 다들 들떠서 즐거운 듯 와글와글 왁자지껄 떠들어대고 있다.

가우디노 씨를 비롯한 '아크' 멤버들은 페르와 의기투합하더니 어느샌가 『아무래도 좋다』고 했던 곤 옹하고도 친해졌잖아.

게다가 염화가 통할 리가 없는 드라 짱과 스이하고도 어째서인지 그럭저럭 친해졌고.

공통된 화제인 던전이라는 게 그렇게까지 매력적인 거야?

게다가 어느샌가 '아크' 멤버들을 집에 초대해서 숙소를 제공하기로 하게 되기도 했고.

페르가 내 볼일이 끝나면 곧장 던전으로 갈 테니 집으로 오라는 소릴 하자마자 바로 결정이 됐다.

가우디노 씨 일행도 던전에 따라갈 생각으로 가득해서 거절할 수가 없었다고.

모험가 길드에서 그 이야기가 나왔을 때, 밥이 목적인 페오도라 씨는 주먹을 치켜들기까지 했다.

그렇다고 카레리나에 오면 집에서 묵어도 된다는 소릴 해놓고
이 도시에서 빌린 집에는 초대하지 않겠다고 할 수도 없는 노릇
이고.

나 참, 왜 이렇게 된 거냐고~.

애초에 던전은 실컷 다녔잖아.

드랭에 에이블링에 고기 던전에 브릭스트.

게다가 전부 답파했다고.

충분하잖아.

그런데 또 던전이라니…….

나 말고는 다들 갈 생각으로 잔뜩 들떠 있는 걸 보고 있자니.

그냥 될 대로 되라는 생각만 드네.

"나 원 참, 다들 뻔뻔하기도 하다니까…….."

현재 부엌에서 악어 고기를 사용한 저녁밥을 준비 중이다.

집에 도착하자마자 페르가 『좋아, 밥이다. 기운을 북돋기 위해
악어 고기를 먹자』라는 소리를 했기 때문이다.

기운을 북돋기 위해서라는 건 핑계고, 애초부터 악어 고기를
먹을 생각이었으면서.

게다가 페르는 '아크' 멤버들에게 으스대며 『너희도 먹게 해주
마』라는 소리까지 했다.

가우디노 씨와 기디온 씨는 사회성이 좋은지 그 말에 "잘 먹겠

습니다"라면서 맞장구까지 쳤다고.

시그발드 씨도 험상궂은 얼굴에 미소를 띤 채 "잘 먹겠네"라고 했고 페오도라 씨는 덩실덩실 춤을 추더라.

곤 옹은 곤 옹대로 『주공이 만든 밥이니, 음미하며 먹거라』라는 소리나 하고.

음미하며 먹으라니, 곤 옹이야말로 처음부터 내가 만든 밥을 우걱우걱 먹어댔으면서.

드라 짱과 스이만은 『악어 고기는 어떤 맛일까?』 『기대돼~』 같은 대화를 나눠서 내 마음을 훈훈하게 해주었지만.

뭐, 어차피 저녁밥은 만들어야 해서 나는 그대로 부엌으로 직행했다.

던전에 관한 대화로 이야기꽃을 피울 모두에게서 도망쳤다고 볼 수도 있겠지만.

나 참, 왜 다들 저렇게나 던전을 좋아하는 거람.

대박을 터뜨리면 좋기야 하겠지만 위험을 무릅쓰면서까지 던전에 가려 드는 심정을 나는 도저히 이해할 수가 없단 말이지.

그쪽은 신경 끄고 모두가 요청한 악어 고기 요리를 만들어볼까.

우선 맛부터 봐야지.

타이런트 블랙 앨리게이터는 어떤 맛이 날까…….

악어 고기는 닭고기와 비슷하다고 들었는데 실제로는 어떨지.

가볍게 소금 후추로 간을 해서 구워 시식해 보았다.

이쪽에 오고서 뱀이니 뭐니(아니 뭐, 애초에 저쪽 세계에는 없는 마물로 분류되는 것들이지만)하는 것들을 먹어온 탓에 딱히 저항감은 없었다.

그런고로 덥석.

"흠……. 분명 닭고기 같은 맛이네. 흰살생선 같기도 하고, 좌우간 잡내 없는 담백한 맛이 나."

'아크' 멤버들도 있으니 이번에는 정통적인 요리가 좋겠어.

그렇다면 역시 카라아게를 빼놓을 수 없겠지?

전에도 '아크' 멤버들에게 대접했을 때 매우 평가가 좋았던 데다 페르 일행도 카라아게는 아주 좋아하니까.

카라아게로 한다 쳐도 이 고기는 간장 베이스로 간을 하는 게 맞을지도 모르겠다.

그 대신 토핑으로 마요네즈와 레몬, 시치미[*], 파 소스 같은 것도 준비하자.

그렇게 하면 여러 가지 맛을 즐길 수 있으니까.

나머지는 무난한 선택이긴 하지만 소테로 할까.

의외로 담백한 맛이 나는 고기니 농후한 크림소스로 하자.

소스 건더기는 버섯이 좋겠어.

메뉴를 정했으니 우선은 인터넷 슈퍼에서 장을 봐야겠다.

저거랑 이거랑 이걸 사고………… 좋아, OK.

재료가 모였으니 우선 튀김을 할 준비부터 하자.

악어 고기를 썰어서 평소처럼 간장 베이스의 양념에 재워둔다.

그 사이에 토핑으로 쓸 파 소스와 소테를 조리해야지.

※ 시치미(七味) : 정식 명칭은 '시치미토가라시'로 고춧가루를 주재료로 해서 일곱 가지 향신료를 섞어 만들어진 조미료.

파 소스는 아주 간단하다.

볼에 다진 파를 넣고 거기에 다진 마늘과 생강(병에 든 제품을 사용해도 괜찮다), 식초, 간장, 물, 설탕, 참기름을 넣고 휘적휘적.

이번에 식초는 흑식초를 사용해 봤는데, 부드러운 신맛이 나서 꽤 괜찮았다.

파 소스는 됐으니 이제 소테다.

우선 크림소스에 사용할 버섯을 썬다.

만가닥버섯은 밑뿌리를 잘라 풀어두고, 양송이버섯은 밑동을 잘라서 얇게 썬다.

그 작업이 끝나면 손바닥 크기로 썰어둔 악어 고기에 칼집을 살짝 내고 소금 후추로 간을 해서 밀가루를 가볍게 묻혀둔다.

그걸 달군 프라이팬에 기름을 둘러 구워 나간다.

양쪽 면이 노릇하게 구워지고 안까지 다 익으면 일단 악어 고기를 꺼내 둔다.

생각보다 기름이 안 나와서 닦아내지 않은 프라이팬에 그대로 버터를 녹여 만가닥버섯과 양송이버섯을 볶았다.

버섯들의 숨이 죽으면 소금 후추를 치고 가볍게 섞듯이 볶다가 화이트 와인을 넣는다.

화이트 와인의 알코올이 날아가면 생크림과 치킨 콩소메 수프 가루(과립형)를 넣고 걸쭉해질 때까지 끓인다.

마지막으로 소금 후추로 간을 하면 버섯 크림소스가 완성된다.

이번에는 하지 않을 거지만 가루 치즈를 넣으면 더욱 농후하고 부드러워져서 맛있다고.

이제 악어 고기 소테를 그릇에 담고 버섯 크림소스를 듬뿍 끼얹으면…….

"버섯 크림소스를 곁들인 악어 고기 소테 완성!"

음, 제법 잘 됐는걸.

고독한 요리사의 효과로 대량 생산된 버섯 크림소스를 곁들인 악어 고기 소테는 아이템 박스에 잠시 보관해두고, 이제 카라아게를 튀기자.

이번에는 바삭바삭하게 두 번 튀길 거다.

중간 온도로 튀긴 후, 고온으로 다시 튀기는 거다.

차근차근 튀기자 황금빛을 띤 카라아게가 쌓이기 시작했다.

"이 정도면 되려나. 좋아, 이걸로 준비 완료야."

완성된 요리를 아이템 박스에 넣고 거실에서 저녁밥을 이제나 저제나 하고 기다리고 있는 먹보 콰르텟과 '아크' 멤버들(구체적으로는 페오도라 씨)에게 향했다.

"애들아, 밥 다 됐어~."

잔뜩 먹는 페르, 곤 옹, 드라 짱, 스이의 앞에는 각각 버섯 크림소스를 곁들인 악어 고기 소테를 쌓아올린 큰 그릇과 카라아게를 산더미처럼 쌓은 큰 그릇을 놓아주었다.

'아크' 멤버들과 내 앞에는 각각 버섯 크림소스를 곁들인 악어 고기 소테가 담긴 그릇을, 카라아게는 큰 그릇에 담아서 마음대로 집어갈 수 있도록 했고, 인터넷 슈퍼에서 잔뜩 산 버터롤도 바구니에 쌓아서 이것도 마음대로 집어갈 수 있도록 했다.

카라아게의 토핑도 레몬, 마요네즈, 시치미, 파 소스를 준비했다.

"오늘은 타이런트 블랙 앨리게이터의 고기를 사용한 튀김과 소테입니다. 드세요."

내가 그렇게 말하기 전부터 먹보 콰르텟은 우걱우걱 와구와구 먹고 있었지만.

『음. 역시 카라아게는 맛있군.』

『이 하얀 게 뿌려져 있는 것도 나쁘지 않군그래.』

『그러게. 농후한 맛이 익어 고기랑 잘 어울려!』

『둘 다 맛있어~.』

정통적인 메뉴로 하길 잘했네.

"아, 맞아. 이번에 카라아게에는 이것저것 뿌려서 다른 맛을 즐길 수 있도록 준비했어."

『그런 말은 빨리 좀 해라!』

그 자리에서 한 그릇을 낼름 먹어치운 페르가 그렇게 말했지만, 어차피 더 달라고 할 거잖아.

『한 그릇 더다!』

그것 봐.

『좋아, 뿌려라.』

일단 내가 좋아하는 파 소스를 뿌려서 내주었다.

그걸 보고 있던 곤 옹과 드라 짱, 스이도 차례로 더 달라기에 페르와 마찬가지로 파 소스를 끼얹은 카라아게를 내주었다.

그리고 '아크' 멤버들도 실로 맛있게 먹고 있었다.

처음에는 타이런트 블랙 앨리게이터의 고기라는 말을 듣고(너무 고급 식재료라) 겁을 냈지만, 드시라고 거듭 권하자 그제야 손을 대기 시작했다.

약 한 명, 먹보 엘프님은 거침없이 카라아게를 산더미처럼 퍼 갔지만.

그리고…….

"여러분에게는 이걸 드리죠."

뚜껑을 딴 병맥주를 가우디노 씨와 기디온 씨, 그리고 시그발드 씨의 앞에 내려놓았다.

"오오, 고마워! 역시 무코다 씨. 뭘 좀 안다니까~."

"그러게 말이야. 고마워, 무코다 씨."

"크~ 무코다 씨의 술을 또 마시게 되다니, 감동이로구만."

세 사람 다 엄청 기뻐 보였다.

이번에는 나 자신도 마시고 싶어서 리큐어 샵 다나카에서 선물 세트로 팔고 있는 살짝 괜찮은 술을 사봤다.

평소에는 아그니 님에게 공물로 바치기만 했지만, 손님도 있으니 가끔은 괜찮겠지 싶어서.

참고로 페오도라 씨에게는 사이다를 드렸다.

페르 일행에게 따라주고 있었더니 엘프의 미식가 센서가 반응한 건지 빤히 쳐다보더라고.

그래서 페오도라 씨에게도 따라줬지.

곧장 사이다를 마시고 눈을 반짝거리더라.

"크~ 맛있어!"

"너무 맛있어! 아닌 게 아니라, 우리가 평소 술집에서 마시는 술은 뭐였나 싶어진다니까."

맛있게 맥주를 마시는 가우디노 씨와 기디온 씨를 보며 나도 맥주를 마셔 보았다.

오오, 확실히 맛있네.

향도 좋고 깊은 맛이 나.

가끔은 이런 맥주도 괜찮을지도.

"푸하~ 맛좋다! 한 병 더!"

"이것 봐, 너무 빨리 마시는 거 아냐, 시그발드?"

"별수 있나! 이 맥주가 너무도 맛있는데!"

"분명 맛있기는 하지만 말이야~ 그럴수록 좀 더 음미하며 마시라고."

"맛이야 잘 보고 있지. 술을 맛보며 잔뜩 마시는 게 드워프 아닌가."

"자자, 싸우지들 마시고요. 여기요."

시그발드 씨에게 맥주를 추가로 내드렸다.

"오오, 고맙구먼, 무코다 씨."

시그발드 씨는 맥주를 받아들더니 곧장 벌컥 들이켰다.

그나저나…….

"여러분, 맥주만 맛보고 계신데, 그러다 최고의 맥주 안주인 카라아게가 다 떨어질걸요?"

내가 그렇게 말하자 가우디노 씨, 기디온 씨, 시그발드 씨의 시선이 카라아게가 담긴 그릇에 집중되었다.

중앙에 놓아둔 그릇에 산더미처럼 쌓여있던 카라아게는 어느샌가 절반 이하로 줄어 있었다.

"어이~ 페오도라, 너 너무 먹는 거 아냐?!"

"그래! 아니, 양손으로 먹는 건 반칙이잖아!"

"그래, 맞다, 너는 혼자서 너무 많이 먹어!"

세 사람의 지적에도 페오도라 씨는 동요하지 않고 아무렇지도 않은 얼굴로 카라아게를 두 손에 든 포크로 찍어서 먹고 있었다.

"아~ 정말이지, 맛있는 걸 앞에 둔 페오도라한테는 무슨 말을 해도 소용없어. 전부 먹어치우기 전에 우리도 먹자."

경쟁이라도 하듯 카라아게를 먹기 시작한, 살짝 애들 같은 '아크'의 멤버들을 보고 있자니 나도 모르게 웃음이 났다.

그런 식으로 평소보다 북적거리면서도 즐거운 저녁식사 시간이 흘러갔다.

오늘 우리 일행은 론카이넨의 교회와 고아원을 순례하기로 했다.

요즘 주기적인 행사가 되어가고 있는 기부 순회다.

그렇게 일정을 정한 우리와 별개로 '아크' 멤버들은 다음 행선지인 던전에 갈 준비를 위해 물품을 구입하려 나갔다.

오늘 아침, '아크' 멤버들이 던전에 갈 준비 삼아 이것저것 물건을 사러 간다기에 식사는 내가 담당할 테니 식료품은 사지 않아도 된다고 전했더니 얼마나 기뻐들 하던지.

그렇게나 내가 만든 밥을 먹는 게 기쁜 걸까, 싶어서 자세히 물어보니 물론 그런 이유도 있지만 던전을 탐색할 때 짐에서 가장 부피를 차지했던 식료품을 아예 챙기지 않아도 된다는 게 무엇보다도 기쁘다는 듯했다.

'아크'는 던전에 들어갈 때, 개개인이 드는 최소한의 짐을 제외하면 페오도라 씨가 지닌 아이템 박스에 의존하고 있었다고 한다.

페오도라 씨의 아이템 박스는 엘프의 것치고는 다소 작은 편이라는 모양이다.

던전 탐색에 나서면 때때로 한 달 이상 들어가 있을 때도 있다.

그 식량만으로 아이템 박스의 태반이 가득 차버린다고 한다.

게다가 그 식량도 맛은 둘째 문제고 육포나 딱딱한 빵 같은 오래 가는 것이 중심이 되기 마련이라는 듯했다.

그리고 그 밖에도 빈자리에 예비 무기며 포션류, 거기에 들어

가는 던전에 따라 필요할 법한 자잘한 것들을 욱여넣으면 빈틈도 없을 정도로 짐이 많아진다는 모양이다.

드랭 던전에 들어갔을 때, 모험가 길드에서 던전에서 식량이 얼마나 중요한지에 관한 이야기는 들었지만, 모험가들에게 실제로 들으니 그 중요성과 절실함이 더욱 강하게 전해졌다.

그럼에도 가우디노 씨는 "아이템 박스를 소유한 멤버가 있는 우리는 복받은 편이지"라고 했다.

더불어 시그발드 씨도 진지하게 "우리는 각자 음료수용 마도구를 가지고 있다는 점도 큰 이점이지. 그 아이템을 일찌감치 손에 넣어서 다행이었어"라는 소리를 했는데, 듣고 보니 그런 것 같다.

인간은 음식만으로는 살 수 없으니까.

물도 필요하다.

음료수용 마도구를 소지하지 않은 모험가들은 물을 물통에 담아 들고 다닌다고 하니, 시그발드 씨가 진지하게 저런 말을 할만도 하다.

분명 페르가 평범한 물 마법으로 만든 물은 음료수로 쓸 수 없다고 했으니, 물 마법을 쓸 수 있는 멤버가 있다고 물 문제가 해결되지는 않을 테니까.

우리는 다들 가호를 받아서 그쪽으로는 걱정할 필요가 없지만.

내 인터넷 슈퍼도 있고.

평범하다고 하기에는 좀 그렇지만 '아크' 같은 모험가에게 이야기를 들으니 여러모로 배울 게 많았다.

멤버 중에 아이템 박스 소유자가 없을 경우에는 매직 백에 의

존해야 한다는데, 던전에서 운 좋게 매직 백을 발견하면 좋겠지만 그러지 못한 경우에는 당연히 구입하는 수밖에 없다.

그렇게 되면 또 그걸 구입하기 위해 큰돈이 필요해진다.

게다가 실제로 매직 백 자체가 시장에 그다지 많이 나돌지도 않는다.

아이템 박스를 소유한 멤버가 없는 모험가들에게 매직 백은 던전 탐색을 하기 위한 필수품이라 할 수 있는 물건이라, 취득했을 경우에도 매물로 내놓는 일이 드물다는 모양이다.

그런고로 던전을 탐색하는 모험가들도 제법 고생이 많다고 한다.

기디온 씨는 "아이템 박스를 소유한 멤버가 있는지, 매직 백을 가지고 있는지. 모험가로서 C랭크 위로 올라갈 수 있을 것인가는 그 부분에 달려 있다고 할 수 있단 말이지"라고도 말했다.

레벨을 올리는 데에는 역시 던전이 제일이다 보니, 일정 기간 동안 던전에 들어가서 있을 수 있는지가 실력에도 큰 영향을 미칠 수밖에 없다.

실력에 영향을 미친다는 것은 곧, 모험가 랭크에도 큰 영향을 미친다는 뜻이다.

매직 백, 우리는 꽤 많이 갖고 있는데.

페르 일행이 사냥을 할 때 사냥감을 회수할 때 필요하니까.

뭐, 원래도 필요한 만큼을 제외하고 매물로 내놓고 있었지만, '아크'의 이야기를 듣고 나니 앞으로도 그렇게 하자는 생각이 강해졌다.

어쨌든 세간에서는 고랭크 모험가로 분류되는 A랭크 모험가 파티인 '아크' 멤버들조차도 이런 식인 걸 보면, 모험가로 벌어먹고 사는 것도 쉬운 일이 아닌 것 같다.

어쨌든 카우디노 씨 일행의 이야기를 듣고 나니 '나는 상당히 운이 좋은 거였구나'라는 생각이 새삼 들더라.

뭐, 아침식사를 하며 그런 이야기를 하고서, 각각 볼일을 보고자 거리로 나선 것이다.

오슨 씨가 사전에 알려준 정보 덕에 이 도시에는 바람, 대지, 불, 물의 여신님과 소국군에 가까운 덕인지 꽤 커다란 전쟁의 신의 교회가 있다는 사실은 알았다.

기부 순례를 한 후에는 본인들, 그러니까 신들에게 공물을 바칠 준비 작업도 할 예정이다.

던전에 가기 전에 공물을 바쳐두지 않으면 차일피일 미루게 될 것 같으니, 미리미리 해두려고.

말 그대로 신들도 애타게 기다리고 계시는 탓에 일정이 밀리면 꽤나 성가시게 굴 것 같기도 하고.

그런고로 신들의 요청 사항도 어제 중에 들어두었다.

평소와 같은 주문이기는 했지만 가짓수가 많으니까.

준비 작업을 위해서라도 기부 순례를 얼른 끝내도록 할까.

우선 이곳에서 가장 가까운 대지의 여신 키샤르 님의 교회부터.

"얘들아, 대지의 여신님의 교회부터 가자."

"생각했던 것보다 시간이 걸렸지만, 다음에 갈 전쟁의 신의 교회가 마지막이네."

『얼른 끝내고 돌아가자…….』

『음. 그게 좋겠구먼…….』

페르와 곤 옹이 기진맥진해진 투로 말했다.

『이것 봐, 페르랑 곤 옹, 괜찮은 거야~?』

『괜찮아~?』

페르와 곤 옹에 탄 드라 짱과 스이가 물었다.

『그 녀석들은 왜 그렇게 귀찮게 구는 건지…….』

『사도님, 사도님 하고 들러붙질 않나…….』

그렇게 중얼거리는 페르와 곤 옹을 보며 쓴웃음을 지었다.

처음에는 추어올려주자 우쭐거리더니 뭐라는 건지.

르바노프교와 관련된 사건 덕분에 페르와 곤 옹은 창조신 데미우르고스 님의 사도로 인식되고 만 것인지, 여신들의 교회를 찾을 때마다 아주 난리가 났더랬다.

데미우르고스 님과 의논해서 4대 여신을 비롯한 종교의 주요 교회 관계자들에게는 목소리가 들리도록 해둔 탓에 르바노프교 사건 이야기는 다 새어나갔으니까.

처음에 갔던 대지의 여신님의 교회부터 가장 높은 사제님을 비롯해서 교회 관계자들이 줄지어 모여들어 페르와 곤 옹 앞에 무릎을 꿇는 등, 아주 장관이었다.

페르와 곤 옹도 싫지만은 않은 눈치이기에 나도 모르게 분위기에 휩쓸려서 "사도님께서 내리시는 겁니다"라면서 기부금을 건

넸더니…….

아주 난리가 났었지.

사제님은 기쁨의 눈물을 흘리는 정도가 아니라 오열을 했다고.

교회 관계자들에게 둘러싸여 좀처럼 돌아갈 수가 없게 되어 진땀을 빼야 했다.

겨우 다음으로 향한 물의 여신 루카 님의 교회에서도 마찬가지로 열렬한 환영을 받는 바람에 좀처럼 빠져나올 수가 없었지.

게다가 말이야, 거기서도 사도의 이름으로 기부를 했더니 또 난리가 났거든.

아니 왜, 대지의 여신님의 교회에서 사도의 이름으로 기부를 했을 때 그 난리가 났었잖아?

그런데 갑자기 내 이름으로 하면 그건 그것대로 문제가 커질 것 같은 예감이 들었거든.

그런고로 물의 여신님의 교회에서도 마지막에는 교회 관계자들에게 둘러싸여서 좀처럼 빠져나올 수가 없었다.

그럼에도 "또 갈 곳이 있어서요" 하고 강행돌파해서 빠져나왔지만, 다음으로 향한 바람의 여신 닌릴 님의 교회에서도 같은 일이 벌어졌고, 그다음에 간 불의 여신 아그니 님의 교회에서도 그랬더랬다.

좌우간 '사도님'이라는 말을 연발하는 교회 관계자들의 맹공세에 페르와 곤 옹은 아주 넌더리가 나버린 것이다.

그리고 겨우 마지막인 전쟁의 신 바하근 님의 교회에 도착했다.

안으로 들어가자 근육이 울뚝불뚝한 땀내 나는 남자들이 한쪽 무릎을 꿇고 왼손을 가슴에 대고 있었다.

"사도님, 방문해주셔서 감사합니다."

중앙에 있던 다박수염이 어울리는 유달리 울뚝불뚝한 중년 남성이 그렇게 말했다.

『으, 음.』

조금 전까지 있던 여신님들의 교회와는 다른 환영 방식에 페르와 곤 옹은 다소 당황한 눈치였다.

나도 그렇기는 했지만 이번에는 어디까지나 수행원 같은 느낌으로 온 거니 한 걸음 물러서서 보고 있을게.

"우리는 전쟁의 신의 신도, 한 마디 말씀을 듣는 것보다 몸을 부딪히는 것을 긍지로 아는 자들. 부디 저와 겨루어주십시오."

오오~ 이 아저씨, 페르와 곤 옹을 보고도 겁먹지 않고 겨루기를 신청했어.

그나저나 느닷없이 겨루기를 하자니, 혈기도 왕성하네.

전투가 잦은 소국군과 가까운 영향도 있으려나.

그런 생각을 하고 있자, 페르와 곤 옹이 아주 싫지는 않다는 표정을 지었다.

『호오.』

『흐음.』

그렇게 중얼거리며 페르와 곤 옹이 서로 마주보았다.

『해서, 누구와 겨룰 것이지?』

페르가 그렇게 묻자…….

"부디 에인션트 드래곤 님과 겨루게 해주십시오."

아저씨는 곤 옹을 응시하고 있었다.

누, 눈빛이 장난이 아니야.

아저씨의 대답을 들은 페르는 조금 부루퉁해진 듯했다.

『좋다. 덤비거라.』

곤 옹은 신이 나서 아저씨에게 그렇게 말했다.

그와 동시에 곤 옹을 타고 있던 드라 짱이 내게로 날아왔다.

『뭔~가 일이 재미있게 됐네.』

드라 짱은 그렇게 말했지만…….

『곤 옹, 다치게 하지 마. 적당히 해.』

염화로 그렇게 곤 옹에게 전하자『알고 있네, 주공. 애초에 이 녀석 정도로는 내게 상처 하나 낼 수 없네. 다만 그걸 알면서도 내게 도전한 그 기개에 응해주는 정도는 괜찮지 않을까 싶네만』이라고 답했다.

그리고 곤 옹과 겨루기 위해 울뚝불뚝한 다박수염 아저씨가 앞으로 나서자, 그 뒤를 따르듯 이번에는 울뚝불뚝한 대머리 아저씨가 소리쳤다.

"저는 펜리르 님에게 도전하고 싶습니다!"

『홋, 좋다.』

대머리 아저씨의 그 말에 페르가 여유롭게 답했다.

그 시점에서 페르를 타고 있던 스이에게 말을 해서 이쪽으로 불러들였다.

『주인~ 페르 아저씨 싸우는 거야~?』

"그래."

『좋겠다아~. 스이도 하고 싶어.』

"으~음, 이번에는 페르 아저씨랑 싸우고 싶다고 했잖니. 스이는 던전에서 싸우자?"

어차피 던전에 가는 건 못 피할 것 같으니까~.

『던전~! 응, 스이, 던전에서 잔~뜩 풋풋해서 해치울 거야~.』

"하하하, 그러렴."

하아~ 스이는 또 던전에 가면 흥분할 것 같네…….

『맞다, 페르도 다치게 하면 안 돼.』

페르에게도 염화로 못을 박듯 말하자 이쪽도 『말 안 해도 안다』는 답이 돌아왔다.

다박수염 아저씨가 창을 겨누었다.

대머리 아저씨는 바스타드 소드를 겨누었다.

주변에 있는 땀내 나는 전쟁의 신의 신도들은 마른침을 삼키며 두 사람을 지켜보고 있다.

"그럼."

"갑니다!"

다박수염 아저씨는 곤 옹에게, 대머리 아저씨는 페르에게 덤벼들었다.

그리고…….

곤 옹은 미동도 하지 않고 머리로 다박수염 아저씨의 날카로운 찌르기를 받아냈다.

페르는 그 자리에서 앞발의 발톱 하나로 대머리 아저씨의 참격을 받았다.

채앵──.

슈팍──.

다박수염 아저씨의 창은 창부리가 우직, 하고 찌부러져 버렸다.

그리고 대머리 아저씨의 바스타드 소드는 중간 부분이 슈팍, 하고 절단되어 버렸다.

두 아저씨는 깜짝 놀랐다.

그리고 땀내 나는 신도들은 입을 쩍 벌렸다.

아니아니아니, 본인의 실력에 자신이 있었던 거겠지만 상대는 에인션트 드래곤과 펜리르라고.

그렇게 생각하기는 하지만, 상황이 이렇게 되니 가시방석이 따로 없네.

그런 생각을 하던 중, 페르와 곤 옹이 염화로 말했다.

『어, 어이, 지금 당장 돌아가자.』

『으, 음. 그게 좋겠어.』

페르와 곤 옹은 어쩐지 초조한 눈치다.

자꾸만 나를 흘끔거리는 페르와 곤 옹의 시선을 좇아보니…….

건물 뒤며 나무 뒤에서 반짝거리는 눈으로 페르와 곤 옹을 쳐다보는 아이들이 있었다.

아하~ 아이들이 몰려들기 전에 도망치자는 거구나.

뭐, 이번엔 바라는 대로 해주도록 할까.

그런고로 "사도님께서 내리시는 겁니다"라고 하며 기부금을 근처에 있던 신도에게 건네고서 우리는 잽싸게 전쟁의 신의 교회를 뒤로했다.

『후우, 살았다. 애송이들은 거리낌이 없어서 불편하단 말이지.』

『맞다. 우리 앞에서도 겁을 먹질 않으니 말이야.』

지금까지 기부를 하러 찾은 교회에서 거침없이 여기저기를 만져댄 탓에 아주 넌더리가 난 모양이다.

"애들인데 그 정도는 괜찮잖아."

『그래, 애들은 적당히 상대해주면 그만이라고.』

『같이 놀면 재미있는데~.』

나와 드라 짱과 스이의 말에 페르와 곤 옹은 벌레라도 씹은 듯한 표정을 지었다.

이 세계에서 최강이라 일컬어지는 양대 거두의 천적은, 의외로 어린애일지도 모른다는 생각에 나는 쿡, 하고 웃었다.

"그럼, 해보실까."

페르 일행과 '아크'의 면면들은 이미 잠자리에 들었지만, 나는 자기 전에 처리해야 할 일이 하나 더 있었다.

교회와 고아원 순례를 마친 뒤에 신들이 주문한 물건들은 준비해 두었다.

이런저런 일 때문에 예정했던 것보다 돌아오는 시간이 늦어졌지만, 어찌어찌 무사히 준비할 수 있었다.

정말이지, 교회 관계자들의 사도님 공세 때문에 고생이 이만저만 아니었네.

하지만 나는 그나마 나은 편이다. 사도님 공세를 정통으로 맞은 페르와 곤 옹은 아주 지긋지긋하다는 눈치였으니까.

그나저나 다른 도시에서도 기부 순례를 하면 그런 일이 벌어질까?

그렇다면 뭔가 다른 방법을 생각해 둬야 할지도 모르겠는걸.

너무 귀찮게 굴면 페르와 곤 옹이 폭발해버릴 것 같으니까.

뭐, 그건 그때 생각하기로 하고 지금은 신들에게 공물을 바쳐야지.

내일은 던전으로 출발하기로 했으니(개인적으로는 좀 더 느긋하게 있다 가도 될 것 같지만, 잔뜩 들뜬 페르 일행과 '아크' 멤버들이 예정을 그렇게 정해버렸다) 일찍 자야 할 테고.

"여러분, 오래 기다리셨습니다~."

말을 걸자 우다다다, 발소리가 들려왔다.

『기다렸느니라~!』

『후후후, 기다리고 있었어~.』

『여어, 기다리고 있었다!』

『기다렸어.』

『오오~ 기다리고 있었네!』

『왔구나, 왔어!』

정말이지 소란스러운 신들이라니까.

"으음, 내일은 일찍 일어나야 하니 후딱후딱 건네 드리려고 하는데요."

『또 던전에 간다면서? 다음 외부 브랜드 계약도 머지않았네.』

이 목소리는 키샤르 님인가.

아니, 잘도 알고 계시네.

또 이쪽을 엿보고 있었나?

『당연하지. 널 보는 건 우리의 오락거리 중 하나니까~.』

이건 아그니 님인가.

큭, 오락거리라니.

사생활이고 뭐고 없구만.

신에게 불평을 해봐야 소용없겠지만.

『걱정 말거라. 볼일을 보는 장면 같은 건 안 봤느니라. 아니, 그런 건 보고 싶지도 않느니라.』

이 목소리는 닌릴 님이네.

보고 싶지도 않다니, 그러면 애초부터 전부 보지 마시든가요.

나 원 참.

『그런 건 됐고, 다음 외부 브랜드는 화과자점이 좋겠느니라!』

그런 건 됐다니, 닌릴 님⋯⋯.

이전에도 말했지만요. 외부 브랜드는 뭐가 나올지 모른다니까요.

『나는 아이스크림 가게가 좋아. 무조건 아이스크림 가게.』

루카 님까지~.

『이봐들, 너희는 저 인간의 이야기를 듣기는 한 건가?』

『어떤 외부 브랜드가 나올지는 확인해 봐야 알 수 있다고 했잖아.』

헤파이스토스 님, 바하근 님, 나이스입니다.

"바로 그겁니다. 게다가 다음 외부 브랜드가 해방되는 건 레벨

160이라고요. 아직 한참 멀었거든요?"

정말이지 다들 성질도 급하다니까.

레벨 160은 한참 멀었는데.

'고독한 요리사' 칭호가 생긴 걸 확인했을 때가 레벨 90이었으니, 그렇게 갑자기 레벨이 오를 리가 없다고.

"그러면 후딱후딱 건네 드리겠습니다. 우선 닌릴 님부터."

닌릴 님이 주문하신 건 평소와 같은 단것이다.

이번에도 『후미야의 한정 케이크와 도라야키는 꼭 넣거라!』라고 하셨지.

그런고로 이번에 준비한 한정 케이크는 봄의 벚꽃을 사용한 각종 케이크다.

연한 핑크색을 띤 크림이 보기에도 아름다운 벚꽃 몽블랑에, 반죽에 벚꽃을 사용한 핑크색 벚꽃 시폰 케이크, 그리고 새하얀 생크림 위에 벚꽃잎을 본뜬 핑크색 크림이 흩뿌려진 벚꽃 롤케이크.

당연히 모두 다 예쁘고 맛있어 보였지만 '벚꽃'이라는 글자를 보니 일본은 봄이구나, 다시 한번쯤은 벚꽃을 보고 싶었는데, 라는 생각이 들어서 고르는 동안 살짝 침울해졌던 것은 비밀이다.

나머지는 평소처럼 조각케이크와 홀케이크를 적당히 골랐고, 닌릴 님이 너무도 좋아하는 도라야키를 잔뜩 넣었다.

"그럼 받아주십시오."

테이블 위에 놓아둔 단것이 담긴 종이상자가 옅은 빛과 함께 사라졌다.

『고마우니라~! 므하~ 기다리고 또 기다렸던 케이크와 도라야키니라~!』

환희에 찬 목소리와 함께 부스럭부스럭 종이상자를 여는 소리가 들려왔다.

『잠깐, 닌릴, 여기서 먹지 말고 네 궁으로 돌아가서 먹어!』

『나 참, 키샤르는 시끄럽구나~. 돌아가서 혼자 느긋하게 만끽할 것이니라, 후흥.』

투덜대는 말에 이어 우다다다, 발소리가 들려왔다.

아무래도 닌릴 님은 돌아간 모양이다.

주변에 아무도 없다고 또 허겁지겁 먹어치우지 않아야 할 텐데.

『정말 소란스럽네, 닌릴은. 자, 다음은 내 차례야.』

네에네, 물론 알고말고요, 키샤르 님.

아이템 박스에서 종이상자를 꺼냈다.

키샤르 님의 공물은 단가가 비싸기도 해서 종이상자가 다소 작았다.

이번에도 키샤르 님은 ST-Ⅲ 시리즈를 주문하셨다.

이 고급 스킨케어 시리즈에 완전히 매료되어서 『내 피부에는 이게 아니면 안 돼』라고 말씀하셨지.

그리고 스킨과 로션을 구입하셨다.

그 뒤로는 이래저래 미용에 대해 공부하신 키샤르 님의 지식 자랑이 이어졌다.

키샤르 님이 말하기를 『피부는 말이야, 결국 보습이 제일이야, 보습』이라고 하셨는데, ST-Ⅲ의 스킨을 매일 듬뿍 사용하는 것은 물론이고 매일 마스크 팩을 하는 것도 효과적이란다.

하지만 매일 고급스러운 것을 쓸 수는 없는 일이다.

바로 그때, 『하지만 말이야』라며 키샤르 님께서 역설하셨다.

『요즘엔 가성비 좋은 마스크 팩이 많이 나와서, 평소 관리를 할 때는 가성비 좋은 마스크 팩을 써도 충분히 효과가 있대! 그러다 중요한 날은 다소 비싼 미용 성분이 듬뿍 담긴 마스크 팩을 사용하는 거지. 듣자마자 납득이 가더라니까~?』

그 말을 들은 나는 키샤르 님의 입에서 가성비라는 단어가 나왔다는 사실에 놀랐더랬다.

게다가 신계에 있는 키샤르 님한테 중요한 날이라는 게 있기는 할까 싶기도 했고.

물론 입 밖에 내어 말하지는 않았지만.

게다가 키샤르 님은 『네가 있던 세계는 정말 미용에 관심이 많더라~. 굉장히 많이 배웠어. 나도 더 열심히 공부해야지』라고 말씀하셨는데, 뭔가 엄청나게 우리 세계에 물든 듯한 기분이 들었다.

미용 관련에 한해서 말이야.

뭐, 본인이 즐거워 보여서 잠자코 있었지만.

그런고로 키샤르 님께는 ST-Ⅲ 스킨 & 로션과 가성비 마스크 팩 30장 들이를 세 개 구입.

마스크 팩은 마츠무라 키요미에서 잘 팔리는 상품 TOP3를 골랐으니 만족하실 거다.

"키샤르 님, 받아주십시오."

『고마워!』

들뜬 목소리와 함께 테이블 위에 놓아둔 종이상자가 사라졌다.

『다음은 나, 내 차례야!』

씩씩한 이 목소리는 아그니 님이다.

아그니 님이 주문한 건 당연하게도 맥주다.

아침 연습 후에 마시는 맥주는 무엇보다도 각별해서 끊을 수가 없다면서.

게다가 『이게 있어서 최선을 다해 아침 연습을 할 수 있는 거라고』라고도 하셨지.

닌릴 님과 키샤르 님은 작은 목소리로 『그 바람에 부하 하급신들은 곤욕을 치르고 있다만』 『그러게. 다들 힘들다고 투덜대던걸』이라고 말씀하셨지만.

이번에는 전부 맡기시겠다기에 여러 가지 맛을 비교할 수 있는 선물 세트가 괜찮겠다 싶어서 그걸 중심으로 골라 봤다.

우선 국산 원료를 고집한 여섯 종료의 Y비스 맥주가 든 선물 세트.

그리고 S사 위스키의 대명사라 할 수 있는 국산 위스키의 원주(原酒)통에서 숙성한 맥주를 블렌딩한, 집념이 가득한 고급감 넘치는 맥주 선물 세트다.

거기에 맥주 장인이 신념과 정성을 쏟아 만든 크래프트 맥주를 모은 세트와 지역 맥주 세트 몇 개.

마지막으로 아그니 님이 슬그머니 『깔끔한 데다 목넘김도 좋단 말이지』라고 했던 말이 떠올라서 깔끔한 맛의 맥주라 하면 역시 이거지, 싶은 은색 라벨 맥주를 한 상자.

중량감 넘치는 종이박스를 세 개 정도 테이블 위에 올려놓았다.

"여기 있습니다. 아그니 님."

『오, 고맙다! 덕분에 내일 훈련도 문제없겠어!』

아그니 님이 훈련에 대한 의욕에 박차를 가했다.

하급신분들, 힘내십시오.

별 소용은 없겠지만 속으로 응원의 말을 보냈다.

『다음은 내 차례.』

루카 님이군.

루카 님의 주문도 이전과 마찬가지로 케이크와 아이스크림이다.

단, 아이스크림을 다소 많이 달라셨다.

이번에도 바닐라 아이스크림을 많이 넣어달라고 했는데, 그 밖에도 이것저것 시험해 보고 싶다고 하셨다.

루카 님은 누구보다도 진심인 아이스크림 마니아가 되어버린 것 같다.

케이크는 닌릴 님과 마찬가지로 한정품으로 준비하고, 추가로 조각케이크 몇 개를 넣었다.

그 외에는 전부 아이스크림으로 채워봤다.

후미야의 아이스크림은 일단 전부 넣었고, 인터넷 슈퍼의 아이스크림 코너에 있던 바닐라맛도 전부 넣은 다음, 남은 예산을 모두 써서 골고루 골라 넣었다.

케이크가 든 종이상자와 아이스크림이 든 차가운 종이상자를 두둥, 테이블 위에 올려놓는다.

"루카 님, 여기 있습니다."

『고마워. 아껴 먹을게.』

루카 님은 어디 사는 유감 여신과 달리 계획적으로 먹는 것 같았지.

바람직한 일이다.

『좋아, 다음은 우리 차례네.』

『기다렸다고~.』

애주가 콤비, 헤파이스토스 님과 바하근 님이다.

두 분은 저번에 고급 위스키를 주문하셨는데…….

『어째서 자네의 세계에는 이런 맛있는 술이 있는 건가. 또 같은 걸 마시고 싶어졌잖아.』

『그러게 말이야. 너무 맛있어서 문제야. 하지만 맛있는 술은 비싸지, 너무 비싸.』

『내 말이. 저번에 받은 여섯 병은 최고로 맛있었지만, 그걸 주문하면 위스키의 양이 너무 부족해진단 말이지!』

『하지만 그 맛은 잊을 수가 없다고!』

주문을 받을 때 그런 말씀들을 하셨는데.

원망하듯 말씀하신들 저 때문이 아니잖아요.

두 분 모두 고민하고 또 고민하신 것 같지만, 고급 위스키는 포기하기 어려웠는지 블루 라벨이 상징적인 위스키와 국제 대회에서 여섯 번이나 금상을 차지했다는 농후한 맛의 위스키, 초콜릿 몰트라 불리는 맥아를 사용한 고급스러운 디자인의 병에 든 위스키까지 세 병은 다시 주문하셨다.

나머지는 적당한 가격의 위스키 중에서 두 분이 아직 마신 적이 없는 걸 골라 달라시기에 리큐어 샵 다나카를 봤더니 캐나디

안 위스키 특집 코너가 있기에 거기서 골라보았다.

캐나디안 위스키는 두 분에게 그렇게 많이 드리지 않았던 것 같으니까.

그 결과, 캐나디안 위스키의 대표격으로 잡내가 없고 깔끔한 맛의 위스키와 세 번의 증류 후에 화이트 오크통에서 숙성한 부드럽고 깔끔한 목넘김을 즐길 수 있는 위스키, 그리고 가벼운 목넘김과 풍부한 단맛을 즐길 수 있는 캐나다에서 유일하게 100퍼센트 호밀만 사용해 만드는 위스키.

거기에 특집 코너에서 추천하고 있던 위스키 외에도 캐나디안 위스키 랭킹에서 적당한 가격대의 것을 골라보았다.

지난번보다 병의 숫자는 늘었으니 괜찮겠지.

위스키가 빽빽하게 담긴 종이상자를 아이템박스에서 꺼내 테이블 위에 올려놓았다.

"헤파이스토스 님, 바하근 님, 고대하셨던 위스키입니다."

『호호오~! 고맙구먼!』

『오랜만에 위스키를 잔뜩 마실 수 있겠어! 고맙다!』

두 분은 잔뜩 들떠서 말했다.

분명 오늘은 술로 밤을 새시겠지.

뭐, 적당히 즐기세요.

신들에게 공물을 바치는 작업도 막바지로 치달은 가운데, 마지막은 당연히 이분이다.

"데미우르고스 님~."

『불렀는가~.』

"공물입니다. 받아주십시오."

『고맙구먼..』

데미우르고스 님께는 평소처럼 일본주와 매실주를 준비했다.

전국 10대 양조장에서 만든 대음양의 맛을 비교할 수 있다는 열 병짜리 세트가 있기에 일본주를 좋아하는 데미우르고스 님에게 는 딱이라는 생각이 들어서 그걸 골라봤다.

그리고 품종이 다른 매실을 사용한 매실주 세트가 있기에 재미 있을 것 같아서 그것도 골랐다.

마지막으로 평소처럼 간단한 안주, 프리미엄 캔 안주 세트를 넣었다.

데미우르고스 님께 바칠 공물이 든 종이상자가 사라지고서 잠 시 이야기를 나누었다.

"데미우르고스 님, 그 후……라기보다는 론카이넨에서는 난리 도 아니었다고요."

『그런 소리 말게나. 그건 그렇고 자네들, 일 처리를 아주 잘 하 더군~.』

그런 소리 말라니요.

사도님, 사도님, 하고 들러붙어서 난리도 아니었다고요.

『주요 교회 관계자들에게는 내 목소리를 비롯해서 전부 들리도 록 했으니 말이네. 그 녀석들에게는 펜리르와 에인션트 드래곤이 내 사도처럼 느껴졌겠지. 아주 틀린 말은 아니기도 하고.』

"네? 페르랑 곤 옹은 데미우르고스 님의 사도인 건가요? 그렇 게까지는 말씀하지 않으셨던 것 같은데요?"

『················그럼 이만!』

"그럼 이만이라니요, 저기요~ 데미우르고스 님~!"

뭐야~ 페르와 곤 옹은 데미우르고스 님 공인 사도인 거야?

뭐, 뭐어, 두려움의 대상이 되는 것보다는 나을지도 모르지만, 뭔가 복잡한 심정이네에.

그리고 다음 날——.

아침을 먹고 예정보다 이르지만 빌렸던 집 열쇠를 상인 길드에 반납하고서 모험가 길드에 인사를 하러 갔다가 론카이넨 밖으로 나왔다.

빌렸던 집의 집세는 모험가 길드가 대주기로 한 탓에 하루치를 손해 보는 모양새가 되어서인지 오슨 씨의 표정이 경직되어 있었지만, 맡겼던 의뢰를 다 처리했으니 그건 좀 봐줬으면 좋겠는데.

좌우간 우리 먹보 콰르텟이······.

『드디어 던전이군.』

『나도 처음 가는 장소라 기대되는구먼.』

『가슴이 두근거리네~.』

『던전 기대돼~.』

잔뜩 기대를 하고 있었거든.

그리고 이쪽도······.

"아무도 손대지 않은 던전이라니, 어쩐 일로 가슴이 뛰네."

"그러게. 자고로 모험은 이래야지!"

"보물 쪽도 기대할 수 있겠군그래."

"맛있는 고기가 있으면 최고일 텐데."

'아크' 멤버들도 잔뜩 기대하고 있고.

이런 멤버가 모여 있는데 어떻게 하루 더 여기 머물자고 해.

『주공, 이쯤이면 되겠는가?』

곤 옹이 그렇게 말하기에 주변을 둘러보고서 이쯤이면 괜찮겠다 싶어 나는 고개를 끄덕였다.

『좋아, 그럼 다들 내게 타거라.』

당연히 소국군 던전으로도 곤 옹을 타고 이동할 예정이다.

"아, 우리만 탈 거니까 너무 커지지는 말고."

『음. 알겠네.』

우리의 대화를 듣고 있던 가우디노 씨가 놀란 투로 입을 열었다.

"잠깐, 무코다 씨, 설마 에인션트 드래곤을 타고 가는 거야?"

"네에. 그게 제일 빠를 테니까요."

『너희는 주공의 지인이다. 사양 말고 타거라.』

곤 옹의 그 말에 가우디노 씨는 쭈뼛거리면서, 페오도라 씨는 덤덤하게 올라탔다.

기디온 씨와 시그발드 씨는……

"어라, 두 분 다 왜 그러세요?"

얼굴이 파랗게 질려서 곤 옹을 타지 않고 망설이고 있었다.

"저 둘은 높은 곳을 싫어하거든……"

가우디노 씨가 쓴웃음을 지으며 그렇게 말했다.

"어이, 빨리 타라고. 너희가 그러고 있으면 던전으로 갈 수가 없잖아."

"에에잇, 남자는 배짱이다!"

기디온 씨가 그렇게 말하며 파랗게 질린 얼굴로 올라탔다.

"어이, 시그발드!"

"젠장~! 드워프 정신을 보여주마!"

그렇게 말하더니 시그발드 씨는 짧은 다리로 곤 옹의 등으로 기어 올라갔다.

『그러면 간다.』

곤 옹이 그러한 말과 함께 떠올랐다.

그리고…….

"우오오오오오오."

"우와아아아아아악."

그날, 론카이넨 교외에 자리한 평원에는 굵직한 절규가 울려 퍼진 것이었다.

"주, 죽는 줄 알았네……."

기디온 씨가 갓 태어난 송아지처럼 당장에라도 쓰러질 듯이 비틀대는 걸음걸이로 곤 옹에게서 내려 무릎을 꿇더니 파랗게 질린 얼굴로 그렇게 말했다.

할리우드 배우 뺨치게 생긴 얼굴이 엉망이 됐네.

"영차! 크아~ 이 자식 무거워 죽겠네!"

가우디노 씨가 키는 작지만 탄탄한 근육덩어리 같은 시그발드 씨를 업고 곤 옹 위에서 내렸다.

그리고 털퍽, 다소 난폭하게 땅바닥에 눕혔다.

시그발드 씨는 곤 옹이 날아오르자마자 눈을 까뒤집고 기절해 버렸기 때문이다.

"둘 다 한심해."

화려한 동작으로 땅바닥에 내려선 페오도라 씨가 날카롭게 딴죽을 걸었다.

"시, 시끄러워~. 난 기절까지 하진 않았다고!"

기디온 씨, 무릎을 꿇은 채 얼굴이 파랗게 질려서 반론한들 설득력이 없거든요?

아니 뭐, 심정은 어느 정도 이해하지만.

곤 옹을 타고 몇 번이나 비행한 적이 있는 나도 최근에야 겨우 적응이 된 것 같으니까.

'아크' 사람들의 대화를 들으며 우리는 곤 옹에게서 내렸다.

후우, 역시 땅이 최고라니까.

『좋아, 바로 들어간다.』

『나도 즐길 수 있으면 좋겠구먼.』

『좋았어, 간다!』

『던전~!』

도착하자마자 페르, 곤 옹, 드라 짱, 스이는 던전에 들어갈 생각으로 가득한 듯했다.

"아니아니아니, 오늘은 관두자."

내가 그렇게 말하자 녀석들은 불만스러운 눈치였다.

『왜지?』

"왜긴, 곧 해가 지잖아. 지금 들어가는 것보다 오늘 밤에는 저녁밥을 먹고 느긋하게 쉬고 내일 들어가는 게 좋지 않겠어? 우리끼리 온 것도 아니잖아."

그렇게 말하며 '아크' 멤버들에게 시선을 던졌다.

기디온 씨는 아직도 얼굴이 파랗게 질려있고, 시그발드 씨에 이르러서는 정신을 차리지도 못했다고.

『나약한 것들이군.』

『칫. 그러게 말이야.』

『나약해~.』

『내 등에 타는 영광을 누렸건만 무례한 녀석들이로구먼. 이런 식이라면 다음에는 안 태워줄 거다.』

"그런 소리 말고."

나 참, 염화라 안 들려서 망정이지 목소리를 내서 말했다면 '아크' 멤버들…… 아니, 기디온 씨와 시그발드 씨가 좌절했을 거라고.

누구에게든 싫어하는 건 있기 마련이니까.

아니, 애초에…….

"페르도 곤 옹도 자신만만하게 '금방 찾을 수 있을 테니 괜찮다'라고 하더니, 던전을 찾는 데 한참 걸렸잖아."

그런 탓에 하늘 여행을 하는 시간이 길어진 거고.

『이, 이렇게 찾기 어려운 장소에 있는 걸 어쩌란 거냐.』

『맞는 말이네, 주공. 이렇게 외진 장소에 있지 않았는가. 나와 페르가 있었기에 찾아낸 것이나 다름이 없어.』

"그건 확실히 그럴지도 모르지만 말이야."

페르와 곤 옹의 말대로 이 소국군 던전은 분명 외진 곳에 있어서 찾기가 어려웠다.

서부극에 나올 법한 황야의 바위가 포개어진 틈새에 난 구멍이 던전의 입구였더래서, 용케 발견했다는 생각이 들긴 했다.

"뭐 어쨌든, 내일 들어가자. 알겠지?"

『끄응, 어쩔 수 없지.』

『음.』

"드라 짱이랑 스이도 던전은 내일 들어가는 거야."

『체엣, 어쩔 수 없지.』

『내일이라~.』

들어가지 말자는 건 아니니 괜찮잖아.

사실 개인적으로는 안 들어가고 싶을 정도지만.

"나는 저녁식사를 준비할게."

집에서 만들어 온 비축 식량은 있지만 던전에서 식사할 때 먹는 게 좋을 테니까.

이번에는 후딱 잽싸게 만들기로 했다.

그런고로 갓 손에 넣은 마도 버너를 아이템 박스에서 꺼냈다.

"무, 무코다 씨?!"

가우디노 씨가 놀라서 소리쳤다.

아아, '아크' 여러분 앞에서 마도 버너를 꺼낸 건 처음이었나?

"지금부터 저녁식사를 준비하겠습니다. 우리는 다들 많이 먹어서 마도 버너를 가지고 다니거든요."

"가지고 다니는 물건치고는, 너무 크잖아…………."

가우디노 씨, 작은 목소리로 중얼거렸지만 다 들리거든요.

뭐, 처음이니 놀랄 만도 하지.

이렇게 커다랗고 본격적인 마도 버너를 꺼내면.

하지만 우리는 이 정도는 되어야 감당이 되거든.

어쨌든 잽싸게 저녁밥을 만들어볼까.

우리 쪽 녀석들의 절대적인 조건인 고기 요리 중 간단하게 만들 수 있는 메뉴를 꼽자면, 역시 덮밥이겠지.

덮밥은 우리에게 거의 기본 메뉴라 할 수 있을 정도이기도 하고.

그럼 메뉴는…… 좋아, 그걸로 하자.

참깨향이 나는 돼지고기 양배추 덮밥.

참깨 가루를 잔뜩 사용해 향긋한 참깨향이 식욕을 자극하는 일품이다.

무엇보다도 인터넷 슈퍼에서 뭔가를 추가로 구입하지 않아도 되는다는 점이 포인트다.

아무리 그래도 '아크' 멤버들의 앞에서 인터넷 슈퍼를 띄울 수는 없으니까.

오늘은 모두가 잠든 후에 조미료 같은 걸 어느 정도 인터넷 슈퍼에서 보충해두는 게 좋을지도 모르겠는걸.

뭐, 그런 건 나중에 생각하고 참깨향이 나는 돼지고기 양배추 덮밥을 만들자.

고기는 던전 돼지의 고기를 사용하고, 양배추는 앨번이 집에 있는 밭에서 키운 앨번표 양배추를 쓴다.

만드는 법은 아주 간단하다.

양배추를 적당한 크기로 듬성듬성 썰고, 던전 돼지의 고기를 얇게 썰어서 역시나 적당한 크기로 손질해 둔다.

그런 다음 간장, 술, 맛술, 설탕, 참깨 가루를 섞어 조미료를 만들어둔다.

이제 프라이팬에 참기름을 둘러서 달구고 던전 돼지 고기의 색이 바뀔 때까지 볶고서 양배추를 투입.

양배추의 숨이 죽기 시작하면 준비해둔 혼합 조미료를 넣고 전체를 섞듯이 볶아주면 완성이다.

아이템 박스에서 꺼낸 질냄비에 든 갓 지은 밥을 그릇에 퍼담고, 그 위에 돼지고기 양배추 참깨 가루 볶음을 얹고 참깨를 우수수 뿌려주면…….

"좋아, 완성이야."

그렇게 말하고서 고개를 든 순간 화들짝 놀랐다.

마도 버너 앞에 당장에라도 침을 흘릴 듯한 얼굴을 한 먹보 콰르텟이 진을 치고 있었기 때문이다.

그리고 이 사람도.

"페오도라 씨……."

반짝반짝 빛나는 눈으로 완성된 참깨향이 나는 돼지고기 양배추 덮밥을 물끄러미 쳐다보고 있다.

"네에네, 가져갈 테니까 저쪽에서 먹자고요."

덮밥과 마도 버너를 아이템 박스에 넣자 페오도라 씨는 서글픈 표정을 지었다.

곧 먹을 거니 그런 표정 짓지 마시라고요.

쓴웃음을 지으며 가우디노 씨 일행이 있는 곳으로 향했다.

"아, 시그발드 씨, 깨어나셨군요. 괜찮으세요?"

"어엉. 어찌어찌 괜찮네~."

아직 완전히 회복한 것 같지는 않지만 말하는 걸 보니 금방 회복할 것 같다.

"내일이면 던전에 들어갈 테니 술은 오늘까지만입니다."

선물용으로 쓸 법한 살짝 비싼 병 맥주를 가우디노 씨, 기디온 씨, 시그발드 씨에게 건네주었다.

"오오, 받아도 되겠어, 무코다 씨?!"

"캬아~ 이런 데서 술을 마실 수 있다니, 최고구만~."

"이얏호우! 술이다~! 역시 무코다 씨라니까."

이런 곳에서 술을 마실 수 있을 거라고는 생각도 못 했는지, 세 사람 모두 무척 기뻐 보였다.

『술인가. 주공, 나도 마셔도 되겠는가?』

술맛을 아는 곤 옹이 그렇게 입을 열었다.

"어쩔 수 없지."

커다랗고 바닥이 깊은 그릇에 맥주를 따라주었다.

한 병으로는 가득 차지 않을 것 같지만, 뭐 아무럼 어때.

"페오도라 씨는 이걸 드세요."

이쪽도 살짝 사치스러운 병에 든 과즙 100퍼센트 사과 주스다.

페오도라 씨는 곧장 주스를 꼴깍꼴깍 마시더니 기쁜 듯이 환한 표정을 지었다.

"페르랑 드라 짱, 스이도 주스 줄게."

마찬가지로 과즙 100퍼센트 사과 주스를 커다랗고 바닥이 깊은 그릇에 따라 주었다.

"그리고 이게 저녁식사야."

참깨향이 나는 돼지고기 양배추 덮밥을 각자의 앞에 내려놓았다.

먹보 콰르텟 + 먹보 엘프가 기다렸다는 듯이 게걸스럽게 먹기 시작했다.

"잘 먹을게, 무코다 씨."

"맛있어 보여~."

"이 향은, 이 술에도 잘 어울릴 것 같구먼."

"용케 알아채셨네요. 이 덮밥은 맥주에도 잘 어울려요."

그런고로 나도 병맥주의 뚜껑을 열었다.

그리고 우선 참깨향 나는 돼지고기 양배추 덮밥을 입 안 가득 욱여넣었다.

음~ 맛있어!

매콤달콤한 맛에 참깨향이 가미되어 아주 중독될 것 같은 맛이야.

아구아구 덮밥을 먹다가…….

꿀꺽꿀꺽꿀꺽, 푸하~.

"맛있어!"

맥주가 진짜 잘 어울리네에~.

끝내줘.

『어이, 한 그릇 더다.』

『나도 주시게. 아, 술도 더 주시겠는가, 주공.』

『나도 한 그릇 더!』

『스이도~! 마실 것도 더 줘~!』

먹보 콰르텟이 빈 그릇을 일제히 나에게 내밀었다.

"……음!"

페오도라 씨도인가요.

아니, 입 주변이 밥풀투성이가 됐거든요?

"어이, 페오도라~ 사양 좀 해라!"

기디온 씨가 페오도라 씨에게 그렇게 딴죽을 걸었지만 본인은 들은 체 만 체 했다.

"정말이지, 맛있는 것이라면 사족을 못 쓰는군그래, 이 녀석은."

"그러니까, 이런 면만 없으면 참 좋겠는데 말이야아."

시그발드 씨와 가우디노 씨도 어이가 없다는 표정이다.

"너무 그러지 마세요. 저희 쪽은 다들 먹보라 잔뜩 만들었거든요. 게다가 개인적으로 맛있게 먹어주는 편이 더 좋기도 하고요."

그렇게 말하며 먹보 콰르텟과 먹보 엘프에게 추가 음식을 내주었다.

"여러분도 더 드실래요?"

가우디노 씨, 기디온 씨, 시그발드 씨에게 그렇게 말하자 조심스럽게 추가 주문을 하셨다.

그리고…….

"무코다 씨, 이쪽도 더 줄 수 있겠는가?"

시그발드 씨가 맥주병을 흔들며 애원하듯이 물었다.

"시그발드 씨한테는 이쪽이 메인이었나요."

"이것 봐, 페오도라한테 뭐라고 할 처지가 아니었잖아~."

"그래 맞아, 시그발드."

가우디노 씨와 기디온 씨는 시그발드 씨에게도 어이가 없다는 표정을 지어보였다.

"와하핫, 아니, 무코다 씨가 주는 술은 맛이 있어서 나도 모르게 말이지~."

그런 대화에 쿡, 하고 웃으며 시그발드 씨에게 맥주를 추가로 내주었다.

"내일부터 던전에 들어가야 하니 적당히 드세요."

"오오, 알고말고."

그렇게 말하며 시그발드 씨가 벌컥벌컥 맥주를 목에 들이부었다.

그러고서 가우디노 씨, 기디온 씨, 시그발드 씨는 내일부터 들어갈 이 던전에 관해 열띤 대화를 나누었다.

페르 일행도 들어갈 생각에 잔뜩 신이 난 것 같고…….

그런데 아무도 손을 안 댔다는 건 자세한 정보가 없는 던전이라는 뜻이잖아.

정말 괜찮은 건가?

아무 일도 없어야 할 텐데…….

페르와 곤 옹, 드라 짱에 스이까지 최강 전력이 있는데도 나는 살짝 불안했다.

◇   ◇   ◇   ◇   ◇

"이 '된장국'이라는 수프, 좋은걸……."

양배추와 양파와 유부가 든 된장국을 후릅, 하고 마시며 가우디노 씨가 그렇게 말했다.

"그러게. 뭔가 마음이 놓이는 맛이란 말이지."

가우디노 씨의 말에 동의하며 기디온 씨가 맞장구를 쳤다.

"나는 이 '맛국물 계란말이'라는 게 마음에 드는구먼. 폭신한 식감에 씹는 순간 뭐라 형용하기 어려운 감칠맛이 좌악, 하고 흘러넘치니."

맛국물 계란말이를 베어물며 시그발드 씨가 진지한 투로 말했다.

"확실히 이것도 맛있어."

조금 전에 된장국을 마시던 가우디노 씨가 시그발드 씨를 따라 계란말이를 깨물었다.

"아닌 게 아니라 무코다 씨가 만든 밥은 뭐든 맛있지만."

인터넷 슈퍼에서 산 밥에 섞어먹는 맛가루로 만든 주먹밥(이번에 사용한 건 갓이 든 제품이다)을 베어 물며 기디온 씨가 그렇게 말했다.

그러자 가우디노 씨와 시그발드 씨가 "그건 그렇지"라면서 힘껏 고개를 끄덕였다.

호화스럽기는커녕 단출한, 평범한 아침밥이지만 그렇게 말해주니 기분이 썩 나쁘진 않았다.

페르 일행처럼 아침부터 고기 메뉴를 먹는 건 '아크' 멤버들에게도 힘들 것 같아서 나와 같은 담백한 아침식사 메뉴를 내놓았다.

다들 체격이 좋다 보니 잘 먹어서 양은 내가 먹는 것의 배로 늘렸지만.

아, 페오도라 씨는 몸이 가녀린데도 잘 먹는다고 해야 할지, '아크'에서도 가장 많이 먹는다고 해도 과언이 아닐 정도라 다른 세 사람과 같은 양을 주었다.

그럼에도 불구하고 냉름 먹어치웠기에 추가로 주먹밥을 세 개 더 내주었는데…….

눈 깜짝할 새 사라졌네.

그리고 이번에는 코카트리스 데리야키 덮밥을 먹고 있는 페르 일행을 부럽다는 눈으로 쳐다보고 있다.

페오도라 씨, 담백한 메뉴이기는 했지만 아침부터 너무 드시는 거 아닌가요.

그것도 모자라 페르 일행의 든든한 고기 메뉴까지 부럽다는 듯이 쳐다보다니, 식탐이 엄청나네.

아니, 모험가는 육체파 직업이니 어쩌면 아침부터 고기를 내놓는 게 좋았으려나?

나도 일단은 모험가면서 그런 생각이 들고 말았다.

"저기, 아침부터 고기를 먹는 건 좀 그렇지 않나 싶어서 저랑 같은 담백한 식사를 내놓았는데, 든든한 고기 쪽이 좋았을까요?"

가우디노 씨 일행에게 물어보았다.

"아니아니, 나는 아침엔 이런 담백한 게 더 좋아."

"나도."

"젊을 때였으면 모를까, 요즘에는 나도 아침에는 담백한 게 좋군그래."

역시 그렇지?

하지만 그렇지 않은 분이 한 사람 계신 것 같은데요.

"페오도라 씨는 고기가 더 좋으셨던 것 같네요……."

페르 일행을 응시하는 페오도라 씨를 보며 내가 그렇게 말하자 세 사람 모두 질린 듯한 표정을 지었다.

"저 녀석과 우릴 같다고 생각하면 안 돼. 좌우간 아침부터 스테이크 2인분을 아무렇지도 않게 주문하는 녀석이니까."

"저렇게 늘씬한데 우리보다 훨씬 잘 먹고 말이야~."

"저 녀석의 위장은 분명 마철로 되어 있을 게야."

아니아니, 시그발드 씨, 위장이 마철로 되어 있을 거라니 너무 하잖아요.

뭐, 오래 알고 지낸 세 사람이 저렇게까지 말하는 걸 보니 평소에 어땠을지 짐작은 가지만 말이야.

『어이, 이 엘프 좀 어떻게 해라.』

『우리의 밥을 부럽다는 듯이 보고 있네.』

『귀찮게 이쪽을 뚫어져라 쳐다보고 있다고.』

『스이네 밥을 보고 침 흘리고 있어~.』

먹보 콰르텟이 염화를 통해 불평을 해왔다.

페오도라 씨, 먹보 콰르텟이 이런 불평을 할 정도면 심각한 거라고요.

"페오도라 씨."

페오도라 씨에게 코카트리스 데리야키 덮밥을 보여주었다.

눈앞에 데리야키 덮밥이 나타나자 페오도라 씨가 눈을 떼질 못했다.

데리야키 덮밥을 움직이면 페오도라 씨의 시선도 같이 이동한다.

푸흐흡, 뭔가 재미있네.

무심결에 나는 데리야키 덮밥을 이리저리 움직여 보았다.

데리야키 덮밥을 따라 페오도라 씨의 시선도 상하좌우로 움직였다.

아차, 이러고 있을 때가 아니지.

"던전에 들어가기 전이라 과식은 안 좋을 것 같으니 딱 이것까지만 먹는 거예요."

그렇게 말하자 페오도라 씨가 몇 번이고 고개를 끄덕였다.

페오도라 씨에게 데리야키 덮밥을 건네자 행복한 듯이 입에 넣기 시작했다.

"무코다 씨, 우리 페오도라가 폐를 끼쳐서 미안해."

"정말, 뭐라 할 말이 없어."

"이 녀석은 맛있는 것만 보면 그 자리에서 꿈쩍도 안 하니 말이야."

가우디노 씨도 기디온 씨도 시그발드 씨도 쓴웃음을 지은 채 말했다.

페오도라 씨는 데리야키 덮밥도 냉큼 비워버리고는 아쉽다는 표정을 지었지만, 그래도 추가로 더 주지는 않기로 했다.

그런 식으로 평소보다 북적거리는 아침식사 시간이 지나갔다.

그리고 아침식사를 마치고 잠시 식후 휴식을 가진 후······.

『그럼, 가자.』

『맛있는 고기를 얻었으면 좋겠구먼.』

『그게 제일이긴 하지!』

『스이, 잔~뜩 풋풋해서 쓰러뜨릴 거야~!』

평소처럼 느슨한 분위기의 우리 일행의 뒤를 진지한 얼굴을 한 '아크'의 멤버들이 따르는 포진으로 던전에 돌입했다.

"이, 이것 참······."

『뭐야, 물이 있다는 이야기는 없었으냐!』

『호오호오. 이렇게 나왔나. 재미있군그래.』

『우와~! 이러면 물고기도 잡을 수 있겠는데?!』

『물고기~! 고기도 있을까아?』

우리가 그런 감상을 늘어놓는 가운데, '아크' 멤버들은 놀란 얼굴로 아무 말도 못 하고 있었다.

평소 태평해 보이는 페오도라 씨조차도 심각한 표정이다.

이런 걸 봤으니 놀랄 만도 하지만.

던전에 들어선 후, 일단 동굴처럼 생긴 곳을 얼마간 나아가자 막다른 길에 계단이 있었다.

그곳을 내려가자마자 이런 광경이 펼쳐졌으니 말이다.

눈앞이 온통 녹음과 물로 가득 차 있다.

이전에 TV에서 본 적이 있는, 세계 최대의 습지대와 비슷한 광경이 펼쳐져 있었던 것이다.

"습지대라. 엄청나게 넓을 것 같네⋯⋯."

『크르르르르, 초목이 자라나 있다고 들었건만. 그 녀석, 나에게 거짓말을 한 건가?!』

물을 싫어하는 페르는 잔뜩 화가 났다.

그런데 말이야⋯⋯.

"아니, 초목은 있잖아."

『크윽. 하지만 말이다.』

"하지만이고 뭐고, 애초에 말이야. 이 던전에 관해 이야기해준 전쟁의 신의 교회 사람도 분명 실제로 던전에 들어온 적은 없댔잖아. 그럼 소문으로 들은 걸 테니 거짓말을 한 건 아니잖아."

『끄응.』

"그럼 관둘래? 난 그래도 전혀 상관없는데."

아니, 개인적으로는 이대로 던전 탐색이 중단되면 만만세일 거다.

『그만두기는!』

"그럼 참아."

나와 페르가 그런 이야기를 주고받고 있자…….

"무코다 씨, 이야기 도중에 미안하지만 큰일 났어! 팽 보어가 우릴 발견했다고."

그렇게 말하는 가우디노 씨의 시선 끝에는 커다란 멧돼지가 이를 드러내고 있었다.

나는 무심결에 그 멧돼지를 빤히 쳐다보았다.

아니아니아니, 멧돼지의 이빨이 저렇게 날카로웠던가?

"페오도라! 기디온! 시그발드!"

'아크'의 리더인 가우디노 씨가 소리쳤다.

페오도라 씨가 활시위를 당겨서 팽 보어를 조준한다.

가우디노 씨, 기디온 씨, 시그발드 씨도 각자 무기를 쥐고 준비를 마쳤다.

"꾸위이이이익."

팽 보어가 큰소리로 울부짖으며 이쪽으로 돌진해 왔다.

만약을 위해 뒤로 물러나 안전권인 페르와 곤 옹의 사이에서 '아크'가 싸우는 모습을 볼 수 있겠구나, 하는 생각에 기대하던 중…….

『스이가 해치울래~!』

스이가 뛰쳐나가 산탄을 쏘았다.

풋———.

스이의 산탄이 팽 보어의 머리, 그것도 미간에 깔끔하게 명중
했다.

그리고 관성으로 움직이고 있던 팽 보어의 거대한 몸이 가우디
노 씨 일행의 앞에서 털푸덕 쓰러졌다.

"…………."

'아크' 여러분들의 눈이 휘둥그레졌다.

『와아~! 쓰러뜨렸다~!』

팽 보어를 쓰러뜨린 스이는 한껏 신이 났다.

……미안, 정말로 미안.

스이는 분위기 파악을 잘 못하거든요오오오.

이렇게 우리 일행과 '아크'의 여러 의미에서 전도다난한 합동
던전 탐색이 시작되었다.

◇　◇　◇　◇　◇

현재 던전 1계층(이 맞겠지?)인 습지대를 거대해진 스이를 타
고 절찬 탐색 중이다.

그 이유는 습지대인 걸 확인한 페르가 주파하기를 거부했기 때
문이다.

이야기를 하다가 곤 옹을 타고 지나가자는 의견도 나왔지만,
그러면 마물이 나올 때마다 착륙해야 하니 오히려 귀찮아질 것이
라는 이유로 거대해진 스이를 타는 것으로 결론이 났다.

그 후, 좌우간 휑뎅그렁한 습지대라 비행이 가능한 곤 옹과 드

라 짱, 드래곤팀이 선행해 하늘에서 확인하고는 터무니없이 많은 마물을 발견했다는 소식을 전해왔다.

참고로 스이가 새치기를 한 일에 관해서는 그러면 안 된다고 설교를 하고(전에도 가르쳐줬지만 던전에 와서 신이 났는지 까맣게 잊은 모양이었다), '아크' 여러분에게 드롭 아이템으로 나온 가죽과 이빨을 건네고서 죄송합니다, 하고 사과했다.

뭐, 그런고로 습지대 탐색 개시다.

물새 같은 게 가끔씩 보이기는 했지만 우리가 다가가면 금방 날아가 버렸고, 곤 옹과 드라 짱이 딱히 염화로 알려주지 않는 걸 보면 송사리일 거다.

그렇게 얼마 동안 나아가던 중.

카피바라 같은 것도 꽤 자주 보였지만(내가 아는 카피바라의 두 배는 컸지만), 이것도 곤 옹과 드라 짱이 딱히 염화로 알려주지 않았으니 별것 아니겠지.

『이봐~ 그럭저럭 괜찮은 사냥감을 찾았어.』

드라 짱이 염화로 알려주었다.

『요 앞에 있는 강에 작긴 하지만 악어가 꽤 있더구먼.』

곤 옹이 보충 설명을 했다.

"알았어. 곤 옹이랑 드라 짱은 가서 기다려줘."

그렇게 염화로 답하고 우선 페르와 스이에게 확인을 구했다.

"페르랑 스이는 들었지?"

『음. 악어라. 뭐 나쁘지 않지.』

『악어 쓰러뜨릴래~.』

이제 '아크' 멤버들에게 확인할 차례다.

"요 앞에 강이 있는데, 거기에 악어 마물이 있나 봐요."

"그래? 그렇다면 드롭 아이템으로는 가죽과 이빨, 그리고 고기를 기대할 수 있겠군."

"꽤 많다고 하니 둘로 나뉘어서 잡죠."

"그래. 합동이기는 하지만 역시 각각 움직이는 게 연계를 취하기도 쉬울 테니 더 낫겠지."

역시 가우디노 씨, 척척 알아들으시네.

"너희도 괜찮겠지?"

가우디노 씨가 기디온 씨, 시그발드 씨, 페오도라 씨에게 묻자 세 사람 모두 진지한 얼굴로 고개를 끄덕였다.

이거야말로 모험가라는 느낌이 드네.

역시 우리랑은 다른가 봐.

강 앞에서 곤 옹, 드라 짱과 합류했다.

그런데…….

"악어가 잔뜩 있네……."

강가에도 강에도 5미터급의 악어가 일일이 세기 겁날 만큼 잔뜩 있었다.

곤 옹은 작다고 했는데 어딜 봐서 작다는 거야.

하하하…….

"호오. 이건 레드 테일 카이만이로군."

이 마물을 아는지 시그발드 씨가 그렇게 말했다.

그 이름대로 분명 꼬리 쪽이 빨갰다.

근데, 카이만?

내가 잘못 아는 게 아니라면 카이만은 비교적 작은 편인 악어였던 것 같은데.

이 세계에서는 이것도 작은 편이라는 뜻인가?

뭐, 지금까지 봤던 악어 마물의 크기를 생각하면 그런 것 같기도 하지만.

"레드 테일 카이만이라. 고기도 가죽도 좋은 값에 팔리지."

"그래. 세 마리는 잡고 싶은걸."

"아니, 좀 더 욕심을 내보지. 나도 그렇지만 자네들도 슬슬 갑옷을 새로 장만하는 편이 좋을 테니까."

"그렇기는 해."

"그러면 분발해 볼까. 공격은 평소처럼 페오도라부터 시작하지. 부탁한다."

"알았어."

'아크' 멤버들의 대화를 옆에서 듣고 있으니 이게 평범한 모험가인 걸까, 라는 생각이 들어 이 나이 먹고 살짝 설레고 말았다고.

"무코다 씨, 그럼 둘로 갈라지자고. 걱정할 필요는 없겠지만 조심해."

"네. 여러분도 조심하십시오."

그렇게 답하자 말을 걸어준 가우디노 씨를 비롯한 '아크' 여러분이 가볍게 손을 흔들며 강가에 있던 레드 테일 카이만에게 향했다.

"그러면 우리도 가볼까."

『이런 송사리를 상대로는 의욕이 안 생기는군.』

『그런 소리 말라고. 던전 탐색은 이제 시작됐을 뿐이니까.』

『페르의 심정을 모르는 바는 아니지만, 초반에는 다 이런 것 아니겠느냐.』

툴툴대는 페르에게 페르와 드라 짱이 의욕적인 목소리로 답했다.

"그래, 맞아. 게다가 고기는 좋은 값에 팔린다니까 맛이 없지는 않을 것 아냐. 악어 고기라면 카라아게를 해도 맛있고."

그렇게 말하자 페르, 곤 옹, 드라 짱, 스이의 움직임이 순간적으로 멈췄다.

그리고…….

『카~라~아~게~!』

그렇게 외치며 거대 스이가 레드 테일 카이만에게 돌진했다.

"잠깐~ 스이~~~?!"

갑자기 움직이기 시작한 스이에게서 떨어지지 않고자 나는 필사적으로 매달렸다.

『카라아게의 재료가 된다면 이러고 있을 때가 아니지. 나도 잡겠다!』

스이 위에서 화려한 동작으로 뛰어내린 페르도 레드 테일 카이만에게 향했다.

『우리는 강 속에 있는 녀석들을…… 가만, 강에 있는 녀석을 죽여 봐야 고기는 강바닥에 가라앉잖아?』

『듣고 보니 그렇군. 좋아, 내가 잡아서 강가로 던지마. 드라는 차례로 처리하거라.』

『알았어!』

어어~? 곤 옹이랑 드라 짱, 갑자기 왜 그렇게 손발이 착착 맞아? 같은 드래곤끼리 통하는 게 있다, 이거야?

『에~~~잇!』

풋──.

스이에게서 진동이 전해져왔다.

"우와와왓, 스이~."

거대한 몸으로 스이는 커다란 산탄을 발사했다.

그 산탄에 맞은 레드 테일 카이만의 옆구리에는 커다란 구멍이 뚫려 있었다.

"으헤엑."

그리고 레드 테일 카이만이 사라진 자리에는…….

『치이, 고기가 아니야아아.』

가죽만 남아 있자 스이는 불평을 했다.

"아, 아니, 악어는 아직 있으니까 잔뜩 쓰러뜨리면 고기도 나올 거야."

『으~음. 스이, 많~이 쓰~러~뜨~릴~래~! 에잇~ 에잇~ 에이~~~잇.』

스이가 강가에 있던 레드 테일 카이만에게 닥치는 대로 산탄을 쏘아댔다.

나는 사냥에 정신이 팔린 스이에게서 슬그머니 내렸다.

"스이……."

그 귀여웠던 스이는 어디로 가버린 걸까 싶어서 나는 살짝 수심(愁心)에 잠겼다.

저 앞에서는 페르가 닥치는 대로 발톱 참격을 날려 레드 테일 카이만을 죽이고 있다.

곤 옹과 드라 짱은 훌륭한 연계 플레이를 펼치고 있다. 조금 커진 곤 옹이 양쪽 앞발로 레드 테일 카이만을 잡아다 차례로 강가로 던지면 드라 짱이 그걸 얼음 마법으로 처리하는, 마치 공장 제조 작업을 연상케 하는 모습으로 레드 테일 카이만을 처리하고 있었다.

그런 식으로 먹보 콰르텟인 페르, 곤 옹, 드라 짱, 스이는 씨를 말릴 기세로 레드 테일 카이만을 드롭 아이템으로 바꿔 나갔다.

카라아게라는 한 마디에 이런 일이 벌어질 줄이야.

카오스가 따로 없네…….

그리고 얼마 지나지 않아서 레드 테일 카이만은 사라졌다.

강가에는 대량의 드롭 아이템이 널브러져 있었다.

"하아……. 던전 정기 이벤트인 드롭 아이템 줍기를 해보실까. 너희도 도와~."

『당연한 소리. 카라아게의 재료이니 말이다.』

『음. 고기는 빠짐없이 회수해야지.』

『맞아!』

『카라아게~!』

페르와 드라 짱에게 매직 백을 맡기자 페르와 스이, 곤 웅과 드라 짱이 팀을 이루어 드롭 아이템을 줍기 시작했다.

"그럼 나도 주워볼까. 나 참, 늘 그렇지만 많기도 하네……. 아, 야, 너희들 고기만 줍지 말라고. 다른 것들도 일단은 주워!"

고기만 줍고 가죽과 이빨은 무시하는 먹보 콰르텟에게 주의했다.

"나 참, 모처럼 드롭 아이템이 나왔으면 아깝지 않게 어느 정도는 회수해야 할 것 아냐."

투덜대면서 나는 계속 손을 움직였다.

고기에 가죽에 이빨, 그리고 또 고기, 가죽…….

묵묵하게 드롭 아이템을 주워 나간다.

"아~ 허리야……."

아저씨처럼 허리를 토닥토닥 두드리던 중, 등 뒤에서 누가 날 불렀다.

"무, 무코다 씨……."

뒤를 돌아보니 '아크' 멤버들이 있었다.

아직도 여기저기 널려 있는 대량의 드롭 아이템을 보고 놀란 눈치다.

"아, 아니, 저기, 다들 의욕이 넘쳐서……."

나는 시선을 피한 채 그렇게 설명했다.

"우리도 네 마리 쓰러뜨려서 시작이 좋다고 생각하고 있었는데……."

기디온 씨, 먼눈을 한 채 그런 말씀을 하신들.

"어, 저기, 서둘러서 드롭 아이템을 회수할 테니까 잠시만 기다려주세요."

그렇게 말하고서 원인을 제공한 먹보 콰르텟에게도 염화로 지시를 내려서 최대한 빨리 드롭 아이템을 주워 모았다.

"후우~ 드, 드디어 끝났네."

대충 끝나서 안도하던 참에…….

『음, 한 마리 남아있었군.』

페르의 시선을 좇아보니 강을 유유히 헤엄치는 레드 테일 카이만의 모습이 보였다.

『흠, 내가 잡아오도록 할까.』

곤 옹이 그렇게 말하며 날아올랐다.

그리고 헤엄치는 레드 테일 카이만을 곤 옹이 집어 들고 상승하려던 순간.

첨버~엉──.

곤 옹의 본래 크기에 비하면 작기는 해도 10미터급인 그 몸에 필적할 정도로 거대한 물고기가 수면에서 뛰어올랐다.

덥썩──.

그러고는 다짜고짜 곤 옹이 붙잡은 레드 테일 카이만을 물었다.

『나의 사냥감을 채가려 하다니, 고얀 놈이로구먼.』

그렇게 말하며 거대 물고기의 머리를 덥썩 집어 상승한다.

거대 물고기가 당황해서 파닥파닥 꼬리를 흔들었지만 때는 이미 늦었다.

아니, 천하의 에인션트 드래곤에게 싸움을 건 시점에 이미 명운이 다한 것이라고 해야 하리라.

거대 물고기의 머리에 곤 옹의 발톱이 푸욱, 하고 파고드는가 싶더니 강가에 도착했을 때는 숨이 끊어져 있었다.

『악어를 잡으려 했건만 물고기가 낚였군그래.』

곤 옹이 그렇게 말하며 내 앞에 거대 물고기를 들이밀었다.

곤 옹, 저기 말이야, 이런 걸 내민들 뭘 어떡하라고.

옆을 흘끔 쳐다 보니 '아크' 멤버들이 또다시 놀란 얼굴을 하고 있었다.

◇　◇　◇　◇　◇

곤 옹에게 받은 거대 물고기가 사라지더니 드롭 아이템으로 바뀌었다.

놀라서 감정하는 걸 깜박했네.

뭐, 아무렴 어때.

드롭 아이템은……

"거대한 살코기와 마석, 그리고 보물 상자가 나왔나. 곤 옹이 손쉽게 처치하기는 했지만 의외로 고랭크 마물이었던 건가?"

그런 말을 혼자 중얼거리고서 감정했다.

우선은 거대 흰살.

【엠퍼러 도라도의 살코기】

담백하면서도 감칠맛이 있으며 열을 가하면 살이 응축되고 보슬보슬한 식감이 되어서 매우 맛있다.

"이 살코기, 열을 가하면 보슬보슬해져서 아주 맛있다는데."

『호오. 그래서 어떻게 해서 먹을 거냐?』

"전골을 하면 좋을 것 같네."

『전골이라. 좋군.』

그렇게 말하며 페르가 츄릅, 하고 입맛을 다셨다.

『전골 좋다. 그것도 맛있지~.』

『스이, 전골 좋아~!』

드라 짱도 스이도 벌써부터 전골 모드에 돌입했다.

『전골이라고?』

아, 곤 옹은 아직 전골을 먹어본 적이 없었지.

"전골은 말이야, 여러 가지 재료를 끓이면서 먹는 요리야."

『끓이면서 먹는다는 말이지…….』

전골이 어떤 것인지 곤 옹은 상상이 안 되는 눈치였다.

『마무리 요리가 또 맛있다구~.』

『맛있어~.』

드라 짱과 스이는 마무리 요리가 맛있다고 역설했지만 곤 옹은 역시가 이해가 안 되는지 『마무리 요리라는 게 무어냐?』라고 물었다.

이건 먹어봐야 알 수 있겠지.

뭐, 전골은 조만간 먹게 해줄게.

나는 그렇게 생각했지만 먹보들은 거기서 멈추질 않았다.

『좋아, 다음 메뉴는 전골이다.』

『찬성!』

『찬성~.』

"아니아니, 점심식사는 만들어둔 걸로 간단하게 마칠 예정이었다고."

『간단하게는 무슨. 맛있는 식재료가 있으니 당연히 먹어야지.』

아니, 뭐가 당연하다는 건데.

딱히 당장 먹을 필요는 없잖아.

『저렇게까지 말하니 나도 그 전골이라는 걸 먹어보고 싶네, 주공.』

보라고, 페르랑 드라 쨩이랑 스이가 전골 얘기를 하는 바람에 곤 옹까지 전골 타령을 하기 시작했잖아.

"나도, 그거, 먹고 싶어!"

내 뒤에서 그렇게 주장한 것은…….

"페오도라 씨…….".

반짝반짝 빛나는 눈으로 페오도라 씨가 자신도 먹고 싶다고 격하게 주장을 해댔다.

페르와 곤 옹이 계속 목소리를 내서 말해서 들어버렸잖아.

"어이, 페오도라, 뻔뻔한 것도 정도껏 해야지!"

가우디노 씨가 그렇게 말했지만 당사자는 들은 척도 안 했다.

"그보다 무코다 씨는 감정 스킬이 있는 거야? 이야기를 들어보니 그런 것 같은데."

뜨끔…….

뜬금없이 그런 소리를 한 기디온 씨를 나는 경직된 얼굴로 쳐다보았다.

"아이템 박스도 상당히 큰 걸 갖고 있고……. 혹시 무코다 씨는, 용사님이야?"

핵심을 찌르는 바람에 식은땀이 이마에 배어나기 시작했다.

용사는 아니지만 저쪽 세계에서 온 건 사실이라 초조해졌다.

"기디온 이 녀석! 남의 스킬에 관해 꼬치꼬치 캐묻지 마라!"

"그래. 그건 도리에 어긋나는 짓이라고."

시그발드 씨와 가우디노 씨가 떨떠름한 얼굴로 기디온 씨에게 주의를 줬다.

"나도 알아. 하지만 용사님일지도 모른다고 생각했더니 궁금하잖아. ⋯⋯⋯⋯내 동경의 대상이니까."

기디온 씨가 마지막으로 중얼거린 한 마디에 시그발드 씨와 가우디노 씨가 반응했다.

"푸흡, 뭐야 자네, 용사를 동경했던 게야?"

"웃을 것까진 없잖아. 어릴 적에 부모님이 읽어준 그림책 속 이야기가 머릿속에 남아 있어서 그래! 그것 때문에 나는 모험가가 된 거기도 하고. 모험가를 직업으로 삼는 남자놈들은 많건 적건 그런 면이 있잖아."

"후하하. 부정은 안 하겠지만 너도 의외로 귀여운 면이 있었구나."

"시끄러워~!"

시그발드 씨와 가우디노 씨가 놀리자 기디온 씨는 얼굴이 새빨개졌다.

후우우, 내가 용사인가 아닌가 하는 이야기는 어찌어찌 유야무

야됐나.

하지만 그렇지 않을까, 하는 생각은 계속 머릿속에 남아있겠지.

『어이, 점심식사 때까지는 아직 시간이 있으니, 사냥을 계속한다.』

페르의 그 한마디에 우리는 다시 거대해진 스이를 타고 습지대를 나아갔다.

참고로 엠퍼러 도라도에서 나온 보물 상자 안에는 내 손바닥만한 황금 비늘 다섯 개와 자잘한 에메랄드, 루비가 들어있었다.

"페오도라!"

가우디노 씨의 지시에 페오도라 씨는 물 흐르는 듯한 동작으로 화살을 쏘았다.

'아크' 멤버들이 지금 상대하고 있는 것은 블루 헤드 오터라고 하는, 정수리 부분에 파란 털이 돋아나 있는 게 특징인 C랭크의 수달처럼 생긴 마물이다.

내가 아는 수달보다 상당히 크고 흉포해 보이는 생김새를 하고 있었지만.

"캬오오오오오."

페오도라 씨의 화살이 눈에 명중하자 블루 헤드 오터는 비명을 질렀다.

"시그발드!"

"오냐! 우랴앗!"

터엉——.

블루 헤드 오터의 머리에 시그발드 씨의 자랑거리인 워해머가 박혔다.

"기디온, 간다!"

"그래!"

마지막으로 목에 가우디노 씨가 바스타드 소드로 참격이, 배에 기디온 씨가 창으로 찌르기를 박아넣자 블루 헤드 오터는 절명하여 모피를 드롭했다.

"오오~."

나는 무의식적으로 박수를 쳤다.

이거야, 이거!

이게 모험가지.

『뭘 그렇게 좋아하는 거냐. 저런 송사리를 쓰러뜨려서 뭘 하려고.』

페르가 불만스러운 얼굴로 그렇게 말했다.

"그런 소리 말라고. 저 마물의 모피는 발수성이 있어서 꽤 비싼 값에 팔리는 모양이니까."

거대해진 스이를 타고 나아가던 도중, 블루 헤드 오터를 발견한 가우디노 씨가 꼭 잡고 가게 해달라고 부탁하기에 멈췄다.

블루 헤드 오터의 모피는 발수성이 좋아 수요는 많지만, 물건이 그리 많이 나돌지 않아 상당한 가격에 거래된다는 듯했다.

게다가 A랭크 파티인 '아크' 멤버들에게는 위험 부담 없이 잡을

수 있는 사냥감이라 가능하면 많이 잡고 싶다나.

그런고로 '아크' 멤버들은 거대해진 스이에게서 내려 블루 헤드 오터 사냥에 힘쓰고 있었던 것이다.

일단 페르와 스이에게도 "사냥할래?"라고 물어봤지만 페르가 『저런 송사리는 필요 없다. 고기도 맛이 없으니까』라고 말하자 스이도 『맛이 없으면 됐어~』라고 말했다.

우리 애들의 사냥 기준은 맛이 있는가 없는가니까.

그런고로 나와 페르는 거대해진 스이 위에 머물고 있다.

스이는 꾸벅꾸벅 졸고 있고 페르도 관심 없다는 듯이 눈을 감고 있지만, 나만은 흥미진진하게 '아크' 멤버들의 전투를 지켜보고 있었다.

연계를 취해가며 싸우는 모습이 꼭 영화를 보는 듯해서 흥분되더라고~.

저런 전투방식도 동경하기는 하지만, 실제로 나보고 저렇게 할 수 있겠느냐고 하면…….

"뭐, 무리겠지."

나 자신이 겁쟁이라는 건 아니까.

역시 나는 강한 동료와 같이 다니는 게 딱 좋아.

안심과 안전이 제일이라고.

그런 생각을 하며 옆에 있던 페르를 쳐다보고 있자…….

『뭐냐?』

"아니, 나는 너희 동료라 다행이다 싶어서."

『뜨, 뜬금없이 무슨 소리냐.』

"아니 왜, 이러니저러니 해도 너희가 모두 강한 덕에 이런 곳에 있어도 어느 정도는 여유를 부릴 수 있는 게 아닐까 싶어서."

뭐, 페르와 녀석들을 만나지 못했다면 애초에 던전 같은 곳엔 얼씬도 안 했겠지만.

『흠, 잘 알고 있군. 고마운 줄 알아라.』

"하하하. 그래그래, 고오맙다."

『흠.』

"응?"

『곤 옹과 드라가 돌아온 것 같군.』

페르가 바라보는 방향을 보자 검은 점이 보였다.

드래곤팀인 곤 옹과 드라 짱은 정찰을 한다는 핑계로 별도 행동을 하고 있었는데 돌아온 모양이다.

"야, 저거, 곤 옹이 뭔가 들고 있지 않아?"

다가오고 있는 곤 옹을 보니, 앞발로 뭔가 길고 가는 걸 쥐고 있는 것 같은데.

『슬슬 점심시간인 것 같아서 돌아왔어~.』

드라 짱이 한발 먼저 우리에게 도착했다.

"저기, 곤 옹은 뭘 들고 있는 거야?"

『아아, 저거? 너한테 줄 선물이라더라.』

"선물?"

그렇게 생각하며 고개를 갸웃하고 있자…….

"헉."

내려선 곤 옹의 발치에서, 통나무만큼이나 두꺼운 녹색 뱀이

꾸물거리고 있었다.

『그럭저럭 괜찮은 사냥감이 있기에 주공에게 선물로 드리려고 가지고 돌아왔다네.』

…………

이런 걸 가지고 돌아온들, 뭘 어쩌라고.

뺨을 씰룩거리며 녹색 뱀을 감정해 보았다.

【헌터 그린 아나콘다】

A랭크 마물. 자신의 몸 색깔을 살려서 초목에 숨어 사냥감에게 다가가 난폭하게 물어뜯는다. 그 가죽은 빛깔이 아름다워 호사가들 사이에서 인기가 있다. 고기는 담백하며 맛이 좋다.

"고, 고기는 맛있는 모양이네."

『호오, 그러냐. 그럼 어서 처리해라.』

고기가 맛있다는 말을 듣더니 페르가 처리하라는 소리를 했다.

"처리하라니, 내가?"

『곤 옹도 그러려고 살려서 가지고 돌아온 것 아닌가?』

『음. 주공의 레벨을 올리는 데에 도움이 되지 않을까 싶어서 말이야.』

쓸데없는 배려라고는 생각하지만, 힘들게 가져와 줬는데 그렇게 말할 수는 없는 노릇이고……

"서, 선물은 드롭 아이템으로 줘도 괜찮은데 말이야. 드라 짱한테 매직 백도 들려 보냈잖아."

『응? 이쪽에도 꽤 많이 들었어.』

드라 짱이 목에 걸고 있던 매직 백을 들어 보이며 그렇게 말했다.

크윽, 그럼 이 뱀도 드롭 아이템으로 바꿔서 가지고 오지 그랬어.

『자, 얼른 해라.』

"알았으니까 재촉 좀 하지 마."

어쩔 수 없이 아이템 박스에서 미스릴 창을 꺼냈다.

그리고…….

『주공, 머리를 잡고 있으니 그렇게 겁낼 것 없네. 자, 정수리를 단숨에 푹 찌르시게.』

"어, 으응."

에에잇, 나도 남자라고, 해보자!

그런 생각을 하며 엉거주춤한 자세로 "이야압!" 하고 정수리를 찔렀다.

헌터 그린 아나콘다의 움직임이 멈췄다.

그리고 헌터 그린 아나콘다가 사라진 자리에는 고기와 녹색 가죽이 남아 있었다.

무사히 처리해서 안도의 한숨을 내쉬던 중…….

"무코다 씨…………."

어느샌가 블루 헤드 오터 사냥에서 돌아와 있던 '아크' 멤버들이 미묘한 표정으로 나를 보고 있었다.

"무코다 씨, 그래서는 강해질 수 없네…….."

시그발드 씨의 말에 가우디노 씨, 기디온 씨가 응응, 하고 고개를 끄덕였다.

거기에 평소 표표하기만 한 페오도라 씨까지 고개를 끄덕이고
있었다.

어? 어? 언제부터 보고 있었어요?

아니, 매번 이러는 건 아니라고요~!

'아크' 멤버들에게 억울하게도 오해를 샀지만, 매번 이러지는 않는다고, 이번에는 우연히 곤 옹이 선물로 가져와 준 거라고 구구절절하게 설명해서 오해를 풀었다.

맞지? 괜찮은 거지?

그렇다고 믿겠습니다, 아크 여러분.

마음을 다잡고 점심식사 준비에 돌입했다.

질퍽하지 않은, 비교적 말라 있는 넓은 풀밭을 발견한 우리는 그곳에서 점심식사를 하기로 했다.

물론 페르와 곤 옹이 결계를 쳐줘서 안전성도 완벽하게 확보했다.

먹보 콰르텟인 페르, 곤 옹, 드라 짱, 스이에 먹보 엘프인 페오도라 씨가 기대감이 가득한 눈빛을 보내오고 있다.

네에네, 알았다고요.

엠퍼러 도라도를 사용한 전골을 해달라는 거죠?

나 참, 비축해둔 요리로 점심식사는 좀 간편하게 때우려고 했는데~.

그나저나 전골이라.

엠퍼러 도라도가 흰살생선이니 어떤 전골을 해도 어울리겠지만 '아크' 멤버들도 있으니 독특한 것보다는 정석적인 게 좋겠지?

그렇게 되면 역시 모둠전골이려나.

하지만 그건 너무 평범한 것도 같고.

으~음……

일단 인터넷 슈퍼를 볼까.

'아크' 멤버들에게 들키지 않도록 주의하며 꺼내놓은 마도 버너 뒤에 숨어서 인터넷 슈퍼를 띄웠다.

그리고 종종 신세를 지고 있는 전골 소스가 있는 메뉴를 살펴보았다.

"오, 이거 괜찮을지도."

내가 발견한 것은 채소 국물 소스였다.

담백하지만 채소의 감칠맛이 담겨 있고 고기는 물론 생선하고도 잘 어울리는 소스다.

"좋아, 이걸로 하자. 오늘은 채소 국물 전골이야."

메뉴를 정했으니 곧장 채소 국물 소스를 장바구니에 넣는다.

건더기로 넣을 채소류는 이미 많으니 괜찮지만 버섯류가 없네.

버섯의 감칠맛이 전골에서 빠지면 섭섭하지.

그런고로 표고버섯과 만가닥버섯도 구입.

도착하자마자 종이상자를 열어 잽싸게 재료를 꺼냈다.

물론 마도 버너 뒤에 숨어서.

이제 전골을 후다닥 만들어보실까.

수중에 있는 채소에서 배추와 파, 당근을 꺼낸다.

이건 모두 앨번이 수확한 거다.

농가 출신인 앨번은 밭일이 즐거운지 이제 여러 가지 작물을 키우고 있다.

그렇게 수확한 걸 나한테도 나눠줘서 고마울 따름이다.

무엇보다도 앨번이 키운 채소는 무진장 맛있기도 하니까.

그 무진장 맛있는 앨번표 배추와 파, 당근을 썬다.

배추는 잎과 심으로 나누고 잎 부분은 듬성듬성 썰고 심 부분은 잘게 썰고, 파는 어슷썰기를 한다.

당근은 껍질을 벗겨서 반달 모양으로 썬다.

평범한 당근이라면 둥근 모양으로 썰었겠지만, 앨번이 주는 당근은 크니까.

뭐, 앨번이 키운 채소는 전부 다 크지만.

이제 표고버섯과 만가닥버섯 차례다.

표고버섯은 밑동을 떼어 반으로 자르고 만가닥버섯은 밑동을 잘라내어 잘 풀어둔다.

"좋아, 이 정도면 되려나. 이제 질냄비를 준비하고……."

질냄비에 물과 고형 채소 국물 소스를 퐁당.

채소 국물 소스가 녹으면서 끓어오르면 재료를 넣고 그게 다 익으면 완성이다.

보글보글 끓는 전골은 척 봐도 맛있어 보였다.

살짝 전골 국물의 맛을 볼까.

호록.

"오오~ 엄청 맛있어. 이거 내 취향일지도. 담백하면서도 깊은 맛이 나서 좋은걸, 이거."

앨번표 무진장 맛있는 채소의 감칠맛과 버섯의 감칠맛, 엠퍼러 도라도의 감칠맛까지 합쳐져 실로 맛있는 국물이 됐다.

그 맛있는 국물을 차분하게 맛보고 있자…….

빠안——.

먹보 콰르텟 + 먹보 엘프가 이쪽을 빤~히 쳐다보고 있었다.

"그렇게 쳐다보지 마, 지금 줄 테니까. 저리들 가 있으라고."

그렇게 말하자 다들 떨떠름한 얼굴로 해산했다.

그나저나 페오도라 씨는 식사 시간만 되면 자연스럽게 페르네랑 합류해서 재촉을 해오네.

정말 무시무시한 식탐이야.

『이 물고기는, 꽤 맛있군!』

『이것이 전골이라는 건가. 이것도 맛있군그래.』

『역시 전골은 좋은걸~? 이 생선도 맛있어!』

『물고기 맛있어~.』

"채소도 먹어~. 앨번이 정성껏 키운 채소라 무진장 맛있단 말야. 아, 옆에서 말하고 있는데 생선만 먹지 말라고, 페르."

『너는 왜 매번 '채소를 먹어라'라고 잔소리를 하는 거냐. 나는 싫다고 몇 번이나 말했을 텐데.』

페르가 벌레라도 씹은 듯한 얼굴로 불평을 했다.

"그렇긴 하지만 고기만 먹으면 몸에 안 좋잖아. 채소는 건강에 좋으니 싫어도 먹어야 한다고."

『그렇다 해도 가호가 있는 내가 몸이 상할 일은 없다고도 했을 텐데.』

페르는 어이가 없다는 듯이 말했다.

하지만 나는 이렇게 생각하거든.

"가호가 있어도 폭음폭식은 안 된다고. 역시 균형 잡힌 식사를 해야지."

『페르 아저씨, 이 채소 맛있어~.』

"그치, 맛있지? 누구랑 달리 스이는 착해서 편식을 안 한다니깐."

『에헤헤~. 스이, 고기도 생선도 너무 좋아~! 채소도 싫지는 않고~.』

"그래그래."

슬라임에게 몸 상태가 안 좋을 때가 있을까 의문이기는 하지만 편식하지 않고 뭐든 먹는다는 건 여러 가지 영양소를 섭취하고 있다는 뜻이니 분명 좋은 일일 거다.

『나도 채소를 좋아하는 편은 아니지만, 이건 맛있다고 생각해. 이 이파리는 맛이 배어들어서 얼마든지 먹을 수 있을 것 같아.』

그렇게 말하며 드라 짱이 배추를 와구와구 먹었다.

"그렇지? 전골에는 배추지. 전골에 들어간 배추는 엄청 맛있지?"

『나도 주로 고기만 먹어왔네만, 주공의 요리는 뭐가 들어있어도 맛있군그래.』

크으~ 듣기 좋은 소릴 다 해주네.

"고마워, 곤 옹."

『무얼, 사실을 말한 것뿐일세.』

그리고 곤 옹과 드라 짱과 스이와 나의 시선이 페르에게 집중되었다.

『큭……. 뭐, 뭐냐.』

"싹싹 비우지 않으면 추가 음식은 없어."

태연하게 그렇게 선언하자 페르가 얼굴을 찌푸린 채『크으으으으으』하고 신음했다.

무서운 표정 지어봐야 소용없어.

처음에는 쫄았지만 요즘에는 나도 적응을 했으니까.

그리고…….

못 당해내겠다 싶었는지 페르는 불쾌한 표정을 한 채 채소를 모두 먹어치웠다.

『한 그릇 더다! 채소는 넣지 말고…… 아니, 조금만 넣어라!』

'채소는 넣지 마라'라는 추가 주문을 내가 인정하지 않으리라는 걸 알아챘는지 페르는 '조금만' 넣으라고 말을 바꿨다.

"그래그래."

완성된 전골에는 모두 같은 양의 채소가 들어있지만 말이야~.

추가로 내놓은 전골을 보고 페르가 뭐라뭐라 불평을 했지만 안 들린다는 듯이, 보란 듯이 무시했다.

나는 옆에서 전골냄비를 둘러싸고 있는 '아크' 여러분이 있는 곳에 실례했다.

"어떤가요?"

"오오, 무코다 씨. 이 '전골'이라는 요리, 엄청 맛있는걸!"

"그러게. 게다가 채소를 많이 먹을 수 있어서 좋아. 우리처럼 모험가 일을 하다 보면 아무래도 편중된 식생활을 하게 되니 말이야."

"고기만 먹어왔지만 생선도 나쁘지 않군그래."

기디온 씨, 가우디노 씨, 시그발드 씨가 전골을 입으로 옮기며 차례로 그렇게 말했다.

그리고 먹보 엘프 페오도라 씨는, 그 세 사람은 아랑곳 않고 묵묵히 먹고 있었다.

"야, 페오도라 넌 그만 좀 먹어!"

"그래. 다른 사람들 생각도 좀 하라고."

"이 녀석, 생선은 나도 먹어야 하니 남겨둬라."

세 사람이 그렇게 말하자 고개를 들고는 딱 한마디를 했다.

"빠른 사람이 임자."

그러더니 페오도라 씨는 또다시 전골을 입으로 옮겼다.

그런 페오도라 씨가 다 먹어치우게 둘 수는 없다는 듯이 가우디노 씨, 기디온 씨, 시그발드 씨도 허겁지겁 전골로 손을 뻗었다.

페오도라 씨는 여전히 식욕이 엄청나네.

저 날씬한 몸의 어디에 저렇게 들어가는 건지.

약간 어이가 없지만 이 말만은 해둬야지.

"전골은 마무리로 즐기는 방법이 또 있으니 수프는 남겨두세요~."

하지만 우리 애들도 그렇고 '아크' 멤버들도 그렇고, 저런 식이면 나는 마음 편히 먹을 수가 없겠는걸.

만일에 대비해 미리 내가 먹을 걸 덜어두길 잘했어.

우걱우걱 걸신들린 듯 전골을 먹어치우는 면면들 옆에서 나는 덜어두었던 전골을 혼자서 즐겼다.

물론 마무리 요리인 계란물을 넣은 죽도 평가가 아주 좋았다.

만들고 나니 무진장 맛있어서 아주 만족스러운 점심식사가 되었다.

◇　◇　◇　◇　◇

점심식사를 마친 우리 일행은 다시 탐색을 개시했다.

얼마 동안은 이렇다 할 사냥감도 보이지 않아서 거대해진 스이 위에 탄 우리는 평온하게 지내고 있었다.

하지만 우리가 나아가던 초원의 전방에서 갑자기 불길이 일었다.

"우왁, 무슨 일이야?"

『저건 드라의 유사 브레스로군.』

전방을 보고 있던 페르가 그렇게 말했다.

"어? 저 근처에 뭐가 있는 건가?"

『개미겠지.』

"개미?"

『뾰족한 돌탑처럼 생긴 게 여기저기 보이지?』

"아아. 저거, 바위 아니야?"

분명 페르의 말대로 뾰족한 돌 같은 게 여기저기 보였지만 나는 영락없이 바위인 줄 알았는데 아닌 건가?

『저건 개밋둑이다.』

"개밋둑?!"

바위인 줄 알았던 게 개밋둑이라는 사실을 알고 놀라던 중, 선행했던 드라 짱이 돌아왔다.

『이 앞에 흰개미가 있기에 처리해 뒀어.』

직후에 곤 옹도 돌아와 거대 스이의 위에 착륙했다.

『내가 브레스로 처리해도 상관없었지만, 드라가 하겠다고 해서 말이네.』

『곤 옹만 활약하게 둘 것 같아?』

나는 살짝 뺨을 씰룩거리며 그 대화를 들었다.

곤 옹의 브레스는, 너무 강력해서 이쪽도 피해를 입을 것 같으니까 쓰지 마.

그러다 보니 드라 짱의 유사 드래곤 브레스로 인해 불길이 일어난 곳 근처에 도착했다.

까맣게 타버린 개밋둑 근처에 아직도 움찔움찔 움직이는, 곳곳이 불탄 1미터는 될 법한 하얀 거미가 열 마리 정도 있었다.

바위인 줄 알았던 개밋둑도 가까이서 보니 높이가 10층짜리 건물 정도는 될 듯했다.

"저건, 킬러 터마이트인가?"

가우디노 씨가 얼굴을 찌푸리며 그렇게 말했다.

"뭔지 아십니까?"

"그래. 내가 막 모험가가 되었을 때의 일인데……."

가우디노 씨의 말에 따르면 갓 모험가가 되었을 때 딱 한 번 본 적이 있단다.

듣자 하니 어느 마을에 하얀 거미 마물이 나와서 밭에서 키우던 작물을 먹어치우는 피해가 발생해, 모험가 길드에 토벌 의뢰가 들어왔다는 모양이다.

개미 마물은 한 마리 한 마리의 랭크는 낮지만 한 마리가 보이면 근처에 반드시 집이 있다는 뜻이다.

어느 정도 랭크가 높은 모험가에게 의뢰를 하고 싶다기에 당시 그 길드에서도 파죽지세로 두각을 드러내기 시작했던 B랭크 파티가 의뢰를 받기로 했다.

"당시의 나보다 겨우 두세 살 많았을 뿐인데 곧 A랭크가 될 게 분명하다고들 했지. 어쩌면 S랭크도 될 수 있을지 모른다는 소문도 돌아서 나도 동경했었어."

당시를 돌이켜보는 듯한 투로 가우디노 씨가 그렇게 말했다.

하지만 일주일이 지나도 그 B랭크 파티로부터는 소식이 없었다.

"길드가 기대하고 있던 파티이기도 해서 길드가 직접 확인해보라는 의뢰를 내놓았지. 그걸 나와 당시 동료들이 받았고. 그것만큼 괜히 받았다고 생각한 의뢰는 없었어……."

가우디노 씨 일행이 마을로 가보니 사람 한 명 없었다.

이상하다는 생각을 하며 피해를 입은 밭 너머에 있는 숲을 탐색해 보았다고 한다.

그러자 얼마간 들어간 곳에 탑처럼 우뚝 선 개밋둑이 있었고, 그 주변에 수많은 흰개미의 시체가 있었다는 모양이다.

"뜯어 먹혀서 조각난 B랭크 파티의 모습도 있었고……."

그때, 살아남아 있던 흰개미가 조각난 시신을 뜯어먹는 모습을 보고 정신없이 칼을 휘둘렀던 게 지금도 기억에 생생하다는 듯했다.

"갓 시골에서 올라온 15, 16살짜리 애송이한테는 너무도 충격적인 광경이었지. 우리는 4인 파티였는데, 그때 일을 계기로 나

말고는 다들 모험가를 그만뒀어."

나중에 안 사실이지만 흰개미는 킬러 터마이트라는 이름의 마물로, 흔한 개미 계열의 마물보다 식욕이 왕성한 데다 랭크도 한 단계 높았다는 모양이다.

게다가 그 주변에서 킬러 터마이트가 나타난 것은 30년 만의 일이었다고 한다.

"흔한 개미 계열의 마물과 같을 거라 생각한 길드측의 불찰이기는 했지만, 사실을 알게 된 게 한참 뒤라 손쓸 방도가 없었어."

그 후부터는 틈만 나면 마물 도감을 보게 되었다는 모양이다.

모험가 일이라는 게 만만치 않기는 하다지만 15, 16살에 그런 광경을 보면 관둘 만도 하지.

거꾸로 모험가 일을 계속하고 있는 가우디노 씨가 존경스러울 정도야.

"뭐, 그런 내 옛날 얘기는 됐고. 나와는 악연인 킬러 터마이트가 이렇게나 간단하게 유린당하다니……."

"아니, 뭐, 우리 사역마들은 강하니까요."

그렇게 생각할 수밖에.

"갈까요."

"잠깐 기다려! 턱이 드롭 아이템으로 잔뜩 떨어져 있는데, 안 주우려고?"

가우디노 씨의 말을 듣고서야 알아챈 거지만, 약간 갈색을 띤 뾰족한 게 주변 일대에 떨어져 있었다.

"이걸 전부 줍기는 귀찮으니 그냥 넘어갈까~ 했는데요."

그렇게 말하자 가우디노 씨는 놀란 표정으로 입을 열었다.

"킬러 터마이트의 턱은 나이프의 소재로 인기가 많다고. 날카롭기도 하고, 연마하면 투명해져서 공예품으로도 인기가 많다고 들었어."

어, 진짜로?

【킬러 터마이트의 턱】

가벼운 데다 튼튼해서 나이프의 소재로 최적. 연마하면 투명해져 공예품의 소재로도 쓰인다.

정말이네.

"전부는 아무래도 무리니 마대 하나 분량 정도는 회수해서 가죠."

"나머지는 어쩌고?"

"그냥 두려고요. 아, 맞아. 여러분, 필요하신가요?"

"우리한테 주겠다고?!"

가우디노 씨가 달려들 기세로 물어보았다.

그와 동시에 가만히 있던 기디온 씨와 시그발드 씨, 페오도라 씨까지 나를 응시했다.

아니, 압박감이 엄청난데.

"으음~ 드라 짱, 드라 짱이 쓰러뜨린 하얀 개미의 소재, 이분들한테 나눠줘도 될까?"

『음~ 괜찮아. 어차피 못 먹는 거니까.』

드라 짱에게 염화로 물어보니 허락이 떨어져서 '아크' 멤버들에게 "마음껏 가져가세요"라고 전하자 입을 모아 "고마워!"라고 소리치더니 기뻐 날뛰며 거대 스이에게서 뛰어내렸다.

"그럼 나도 주워볼까."

거대 스이 위에서 슬그머니 내렸다.

그리고 드롭 아이템인 킬러 터마이트의 턱을 줍기 시작하려던 참에 거대했던 스이가 작아지기 시작했다.

『있지있지~ 주인~ 개미집 안에 들어가 봐도 돼~?』

"스이 혼자서?"

『응.』

"안돼안돼. 위험하잖아."

『에이~ 싫어싫어! 가보고 싶어~! 스이, 계~속 주인이랑 사람들을 태우고 다니기만 해서 풋풋하고 못 쓰러뜨렸는걸. 재미없어~!』

"큭, 그렇게 말하면……. 그래! 페르, 할 거 없지? 따라가 줘. 응?!"

그렇게 말하자 페르가 뭔 소리냐고 하듯이 의아한 얼굴로 나를 쳐다보았다.

『어이, 입구를 봐라. 내가 들어가기에는 빠듯한 크기다. 저런 곳을 들어가라고?』

"크윽."

『나도 저 크기는 무리네.』

곤 옹이 선수를 치듯 말했다.

아니, 페르도 빠듯하니 곤 옹도 마찬가지인가.

『어쩔 수 없지~. 내가 따라가 줄게.』

"드라 짱……."

『아싸~! 드라 짱 가자~!』

『그래. 그럼 다녀온다.』

『주인~ 다녀오겠습니다~!』

그렇게 말하더니 드라 짱과 스이는 곧장 개밋둑 안으로 들어가 버렸다.

"아아~ 스이~."

『왜 요상한 목소릴 내고 그러냐.』

페르는 어이가 없다는 듯이 그렇게 말했지만 말이지.

"그치만 스이잖아. 아직 어린애라고. 걱정도 안 돼?"

『드라가 같이 갔으니 걱정할 것 없다. 애초에 말이다, 드라와 스이가 함께인데 애를 먹을 만한 상대는 그야말로 드래곤 정도일 거다.』

"그, 그래? 아니, 그래도 말이야……."

『작작 좀 해라. 스이 혼자 갔다 해도 개미 따위는 스이에게 한 주먹 거리도 안 된단 말이다.』

"페르 눈에는 그렇게 보이겠지만, 스이라고! 아직 어린애라고!"

『하여간 너는 너무 과보호다! 내가 인정할 만큼 강한 슬라임은 스이밖에 없건만.』

"페르가 인정하건 말건 상관없어! 아아~ 스이~ 빨리 돌아와 주라~……."

킬러 터마이트의 턱을 줍는 건 까맣게 잊은 채 나는 발을 동동 굴렀다.

『……페르여, 주공은 늘 이런 게냐?』

『하아, 난감하게도 말이다.』

『스이는 거의 엠퍼러 슬라임에 필적할 만큼 강할 터인데.』

『갓 태어났을 때부터 스이와 함께 해왔으니, 아직 어리다는 인식이 있는 것일 테지. 그렇다 쳐도 이 녀석은 골치 아플 만큼 과보호가 심해…….』

이봐, 페르랑 곤 옹, 다 들리거든~?

아니, 과보호인 게 뭐가 잘못인데?

아~ 그보다 돌아오려면 아직 멀었나?

드라 짱이랑 스이가 들어간 개밋둑 앞에서 얼마 동안 우왕좌왕하고 있자…….

"영차."

짊어지고 있던 무거워 보이는 마대를 가우디노 씨가 땅바닥에 내려놓았다.

기디온 씨, 시그발드 씨, 페오도라 씨의 마대도 가우디노 씨의 것만큼이나 빵빵하다.

"무코다 씨, 고마워."

많이 주웠는지 다들 헤벌쭉한 얼굴로 감사인사를 했다.

"어라? 무코다 씨는 안 주운 거야?"

기디온 씨가 아무것도 들고 있지 않은 나에게 의아하다는 듯이 물었다.

"아니, 그게……."

드라 짱과 스이가 개밋둑 안으로 들어가 신경이 쓰여서 그런 걸

할 정신이 아니었다고 설명했다.

"뭐? 사역마잖아."

"사역마는 그러라고 있는 거잖아."

"내 생각도 같네만."

"사역마는 그렇게 취급하는 게 맞아."

내 설명을 들은 '아크' 멤버들이 의아하다는 얼굴로 소곤거리고 있는데, 그건 우리하고 거리가 먼 이야기거든요?

"우리 사역마들은 동료인 동시에 가족 같은 거라고요! 특히 스이는 아직 어린애고요~."

"아, 아아, 그래⋯⋯?"

사람이 역설하고 있는데 왜 식겁하는 건데요오오오.

『어이, 돌아왔다.』

페르의 말을 듣고 홱, 하고 고개를 돌려 개밋둑을 보니⋯⋯.

『우리 왔어~!』

『주인~ 다녀왔어~!』

드라 짱과 스이가 뛰쳐나왔다.

"드라 짱, 스이~~~."

스이를 끌어안고 뺨을 비빈다.

『후후후, 주인, 간지러워~.』

"나 참~ 얼마나 걱정했는데에."

『맞아! 주인한테 선물 줄게~!』

그렇게 말하며 뻗은 촉수 위에는 커다란 유리구슬 크기의 마석과 길이가 5센티미터 정도 되는 타원형의 하얗고 반짝반짝 빛나는 돌이 놓여 있었다.

『나랑 스이가 커다란 흰개미를 쓰러뜨렸더니 나온 거야.』

"그렇구나. 고마워, 드라 짱, 스이."

어찌 되었건 드라 짱과 스이가 무사히 돌아와서 나는 안도의 한숨을 내쉬었다.

개밋둑을 뒤로 한 우리는 다시 거대 스이를 타고 이동했다.

참고로 드라 짱과 스이가 준 하얗고 반짝반짝 빛나는 돌은 감정해 보니 화이트 오팔이라고 떴다.

이건 기념으로 뒀다가 람베르트 씨네 맡겨서 내가 지니고 다닐 만한 걸로 가공해달라고 할까 생각 중이다.

개밋둑에서 어느 정도 떨어지자 10미터 정도 되는 거대한 개미핥기가 느릿느릿 걷는 모습이 보였는데(개밋둑이 있으니 당연히 있겠지……. 예전에 TV에서 본 습지대 다큐멘터리에서도 나왔었으니) 페르가 얼굴을 잔뜩 찌푸린 채 『저것의 고기는 형편없이 맛없다』라고 해서 방치하기로 했다.

개인적으로 솔직하게 말하자면, 저런 것까지 먹어본 건가 싶어서 살짝 식겁하긴 했지만.

뭐, 그건 둘째 치고 그 후에는 페르 일행의 기준으로는 송사리라 할 만한 것들뿐인 데다 괜찮은 사냥감도 없어서 이동에 전념하게 되었다.

그리고 어두워지기 시작한 참에 오늘의 탐색을 종료했다.

이런 필드 던전 계열의 계층에서는 던전 안이라 해도 시간에 맞춰 밝아지거나 어두워지거나 한단 말이지.

신기하게도.

우리 일행은 땅이 비교적 말라 있는 풀밭을 찾아서 오늘의 야영지로 삼기로 하고 자리를 잡았다.

점심 때 전골을 먹었으니 저녁은 비축 식량으로 때울 거다.

먹보 콰르텟인 페르, 곤 옹, 드라 짱, 스이는 『악어 고기로 카라아게~!』 하고 야단이었지만 당연히 기각했다.

저녁 메뉴로는 만들어두었던 던전 소로 만든 소고기 덮밥을 내주었다.

다들 투덜투덜 불평을 하던 것치고는 엄청난 기세로 우걱우걱 먹어치우고 추가 음식까지 마구 주문했지.

'아크' 멤버들은 소고기 덮밥이 상당히 마음에 들었는지, 고기 던전의 던전 소를 사용해 만들었다고 알려줬더니 진지하게 "다음엔 고기 던전에 가볼까" 따위의 소리를 주고받았다.

먹보 콰르텟인 페오도라 씨는 맛있는 것만 먹을 수 있으면 문제없다는 듯이 반짝반짝 빛나는 눈으로 소고기 덮밥을 먹어치웠지.

물론 엄청난 양을 추가 주문해가면서.

그런 식으로 저녁 식사를 마치고 얼마 동안 식후 휴식을 취하고 나자 이제 자는 일만 남았는데…….

"저기, 정말 불침번을 세우실 겁니까?"

"일단은."

"페르랑 곤 옹의 결계가 있으니 어지간한 일이 일어나지 않는한은 괜찮을 텐데요."

"모험가의 습관 같은 거니 신경 쓰지 마."

페르와 곤 옹에게 부탁해서 '아크' 멤버들을 비롯한 모두를 감싸는 결계를 쳐달라고 했는데 말이지.

『저렇게까지 말하는데 그냥 내버려 둬라.』

나와 가우디노 씨의 이야기를 듣고 있던 페르가 살짝 울컥한 투로 그렇게 말했다.

『그나저나 에인션트 드래곤과 펜리르가 친 결계를 믿지 않다니, 무엇을 상대로 가정하고 있는 겐지.』

곤 옹의 말도 살짝 심술 맞게 들렸다.

페르와 곤 옹의 마음도 이해는 되지만 '아크' 멤버들의 마음도 이해가 안 되는 것은 아니다.

분명 불침번을 세우지 않고 야영을 한 적이 없을 테니, 그랬다가는 죽기 십상이라고 생각하는 거겠지.

평범한 모험가들은 다들 그렇게 생각할 거다.

『어이, 그보다 얼른 잘 곳을 만들어라.』

이불 말이구나.

뭐, 내가 아이템 박스 소유자인 건 '아크' 멤버들도 알고 있는데다, 지금 꺼내지 않으면 앞으로의 야영에서도 이불을 쓰지 못할 테니 바닥에 까는 이불 정도는 꺼내도 되려나.

나는 그렇게 생각하며 아이템 박스에서 모두가 깔고 잘 이불을 꺼내 깔았다.

페르도 곤 웅도 드라 짱도 스이도 기다렸다는 듯이 거기 누웠다.

"그럼 우리는 쉬도록 하겠습니다."

"그래. 잘 자라고."

가우디노 씨가 그렇게 답하더니 다른 면면들도 손을 들어 답해 주었다.

나는 이불 위에 모여 잠든 녀석들에게로 향해서.

자리를 잡고 누운 페르의 배에 기대 눈을 감았다.

던전을 다니다 보니 생각보다 많이 지쳤는지, 나는 얼마 지나지 않아 깊은 잠에 빠졌다.

찰싹찰싹.

『……주…… 고파~.』

찰싹찰싹, 찰싹찰싹.

"으아……."

뺨을 찰싹찰싹 때리는 감촉에 천천히 눈을 떴다.

『주인~ 배고파~.』

가슴께에 올라온 스이가 촉수로 내 뺨을 찰싹찰싹 때리고 있었다.

"좋은 아침, 스이."

『좋은 아침~ 주인~. 스이, 배고파~.』

"그래? 조금만 기다려."

살며시 스이를 옆에 내려놓고 기지개를 켰다.

"으음~~~. 후우. 아침 먹기 전에 스이, 세수하게 물 좀 만들어줄래?"

『알았어~. 여기.』

스이가 농구공 크기의 워터볼을 만들어주었다.

거기에 얼굴을 담그고 철벅철벅 세수를 했다.

그리고 아이템 박스에서 수건을 꺼내 얼굴을 닦았다.

"아~ 개운하다. 고마워, 스이~. 어디 보자, 그럼 아침식사 준비를 해볼까."

그렇게 말하며 일어났더니…….

얼굴이 핼쑥해진 기디온 씨가 눈에 들어와서 화들짝 놀랐다.

"기, 기디온 씨?!"

"아아, 무코다 씨구나. 좋은 아침………."

"어, 얼굴이 왜 그래요? 뭔가 엄청나게 피곤해 보이는데요."

눈 아래에 진하게 다크서클이 드리워 있었다.

"아냐, 신경 쓰지 마. 괜찮으니까. 살짝 정신적으로 지친 것뿐이야……."

기디온 씨가 지친 목소리로 그렇게 말했다.

불침번을 서느라 지친 건가?

피로회복에는 돼지고기가 좋다고 들었으니, 아침 식사로는 만들어뒀던 돼지고기 된장국을 내놓을까?

나는 그런 생각을 하며 아침 식사 준비에 돌입했다.

……………….

………….

…….

아침 식사 자리에 모인 '아크' 멤버들이 매우 피곤한 얼굴을 하고 계신데…….

기디온 씨는 아까 봤지만 가우디노 씨도 시그발드 씨도, 평소 말은 없지만 표효한 얼굴을 하고 있던 페오도라 씨까지 눈 아래 다크서클이 생겨 있네.

"괘, 괜찮으세요, 여러분……?"

그렇게 묻자 '아크'의 면면들은 괜찮다는 듯이 고개를 끄덕였다.

끄덕이기는 했지만 척 봐도 많이 피곤한 것 같네.

정말 무슨 일이 있었기에?

아니, 불침번을 서는 게 그렇게 피곤한 일인가?

잘은 모르겠지만 그래서 불침번은 안 서도 된다고 했는데.

"이거 드시고 기운 내세요."

나와 '아크' 멤버들의 아침 메뉴는 던전 돼지와 앨번이 우리 집 밭에서 키운 채소를 듬뿍 사용한 돼지고기 된장국, 그리고 역시나 앨번이 키운 무를 사용한 시라스오로시[*], 거기에 미역과 깨가 든 맛가루를 섞어 만든 주먹밥이다.

분명 치어(시라스)랑 깨랑 미역도 피로 회복에 좋은 식재료였던 것 같으니까.

아침 식사를 내놓자 '아크' 멤버들은 묵묵히 먹었다.

평소 페르 일행이 먹는 고기가 잔뜩 든 밥을 부럽다는 듯이 쳐

※ 시라스오로시(しらすおろし) : 갈아서 물기를 짠 무 위에 치어(멸치 등)를 얹은 것. 간장 등을 쳐서 먹는다.

다 보던 페오도라 씨조차도 오늘은 얌전하기만 하다.

먹보 콰르텟인 페르, 곤 옹, 드라 짱, 스이의 아침 메뉴는 던전 소의 상위종을 사용한 로스트비프 덮밥인데.

평소의 페오도라 씨였다면 격한 반응을 보였을 텐데 말이지.

정말 무슨 일이 있었던 걸까?

~side 아크~

"여러 의미에서 속이 타들어 가는 듯한 불침번이었어⋯⋯."

가우디노가 나직한 목소리로 말하자 다른 멤버들 모두가 고개를 끄덕였다.

"내가 불침번일 때, 헬 스파이더가 코앞까지 온 걸 알아채고 무심결에 비명을 지를 뻔했다고⋯⋯."

기디온이 힘없이 그렇게 말했다.

참고로 헬 스파이더는 크기가 손바닥만 한 거미 마물인데, 엄청 공격적인 데다 맹독을 지니고 있어서 물리면 온몸에 있는 구멍이란 구멍에서 피를 쏟으며 몸부림치다 죽는다고 알려졌다.

"자네 때도 그랬나. 내 차례에도 왔었지. 다섯 마리가 동시에⋯⋯. 결계에 막혀서 우리 근처로는 못 오는 듯했는데, 살아도 산 것 같지가 않았어⋯⋯."

늘 파워풀한 드워프, 시그발드도 피곤함이 짙게 남은 표정으로 그렇게 말했다.

"내 차례에는, 뱀파이어 배트가 나왔어⋯⋯."

원래도 뽀얀 얼굴이 아예 창백해진 채로 페오도라가 나직하게 그렇게 중얼거리자 가우디노, 기디온, 시그발드가 놀란 표정을 지었다.

"세상에⋯⋯."

뱀파이어 배트는 머리끝부터 발끝까지가 2미터는 되는 거대한 박쥐 마물로, 먹잇감에게 마비독을 주입하여 산 채로 피를 빤다.

그렇게 죽은 시신은 삐쩍 말라서 아주 무참한 모습이 된다고 한다.

참고로 헬 스파이더도 뱀파이어 배트도 A랭크 마물이지만 얻을 수 있는 것은 마석 정도뿐이라 모험가들 사이에서는 악명이 자자하다.

목숨을 걸 가치가 없어서 발견하는 즉시 도망쳐야 한다고 해야 할지, 애초에 서식지 근처에는 얼씬도 말라는 말이 있을 정도인 것이다.

""""하아⋯⋯.""""

'아크'의 면면들이 일제히 한숨을 내쉬었다.

"그나저나 그런 상황에서 곯아떨어진 걸 보면, 무코다 씨는 의외로 대담한 것 같아⋯⋯."

가우디노가 그렇게 중얼거림과 동시에 일동이 일제히 무코다를 쳐다보았다.

거대 스이를 타고 습지대를 이동한지도 어언 일주일.

중간에 '아크' 멤버들의 요청으로 멈추거나 페르와 스이의 운동 부족 해소를 위해 그럭저럭 강한 마물과 싸우거나 하며 우리 일행은 순조롭게 전진하고 있었다.

참고로 '아크' 멤버들은 잉꼬처럼 화려한 색의 새를 중심으로 사냥했다.

평범한 잉꼬의 두 배는 될 듯한 이 화사한 새들은 그 화사한 색 때문에 박제품으로 만들거나 깃털은 드레스나 머리장식, 부채 등 장식품으로 가공되며 부유층들에게 절대적인 인기를 자랑한다는 듯했다.

하지만 이 새는 서식권이 한정적인 데다 그곳이 고랭크 모험가들만 도달할 수 있는 장소인 탓에 시장에 도는 숫자가 극단적으로 적다고 한다.

그런고로 당연히 비싼 값에 거래되는 대상인 것이다.

활잡이인 페오도라 씨는 파란색과 붉은색, 녹색의 잉꼬 비스무리한 것을 여섯 마리 정도 처리하며 대활약을 펼쳤다.

물론 이곳은 던전이라 드롭 아이템으로 변했지만, 잉꼬 비스무리한 것의 드롭품은 모두 깃털이었다. 이것도 충분히 가치가 있어서 '아크' 멤버들도 만족스러운 표정을 짓고 있었다.

나도 이거 괜찮다 싶어서 드라 짱과 스이에게 부탁해 열 마리 정도에서 나온 드롭 아이템, 깃털을 확보했다.

집에서 기다리고 있는 종업원들에게 줄 선물로 좋겠다 싶더라고.

깃털 펜 같은 걸로 가공해달라고 해서 건네도 괜찮겠어.

페르와 스이는 블랙 아나콘다(에이블링 던전에도 있던 녀석이다)와 에알레라는 거대한 갈색 소 마물을 사냥하고 있었다.

둘 다 고기가 맛있다는 이유로 사냥하고 있다는 점이 녀석들답기는 했지만.

특히 에알레는 고기가 맛있다고 해서 물가에 있는 무리를 발견하면 적극적으로 사냥했다.

덕분에 대량의 소고기를 획득했다.

던전의 좋은 점은 해체를 하지 않아도 고깃덩이를 드롭 아이템으로 얻을 수 있다는 점이란 말이지.

정찰대인 곤 옹과 드라 짱은 눈에 띄는 마물을 종종 잡고 있었다.

드라 짱에게 매직 백을 맡겨뒀더니 그 안에 이것저것 꽤 많이 들어 있었지.

가죽에 이빨 등은 물론이고 이런저런 고기가.

그중 빅 바이트 터틀의 고기가 있기에 살짝 놀라기도 했다.

에이블링 던전에서 먹었던 걸 기억하고 있던 드라 짱이 늪지에 있던 걸 발견해 잡았다는 듯했다.

이 고기에는 페르와 스이도 반응해서 그 늪지로 원정을 나가 다같이 부지런히 빅 바이트 터틀 사냥에 힘쓰기도 했다.

늪지에 있던 빅 바이트 터틀의 씨를 말릴 기세로 신이 나서 사냥하는 먹보 콰르텟의 모습에 '아크' 멤버들은 살짝 식겁한 눈치였다.

내가 "저거, 엄청 맛있거든요"라고 말했더니 놀란 얼굴로 아예 뒷걸음질까지 쳐버렸지.

그 먹보 엘프, 페오도라 씨까지도.

납득이 안 돼.

자라 전골, 엄청 맛있는데.

일단 빅 바이트 터틀과 그 상위종인 자이언트 바이트 터틀의 고기가 손에 들어와서 나도 먹보 콰르텟도 대만족이다.

자라 전골은 '아크' 멤버들에게도 대접하려고 생각 중이다.

그나저나 이 커다란 자라들은 본래 이런 식으로 늪지 같은 곳에 서식하는 종일 텐데, 에이블링 던전에서는 물이 없는 석벽 던전 안을 어슬렁대고 있던 게 떠올라 새삼 신기하다는 생각이 들었다.

뭐, 신기하고 말고 할 것도 없이 던전이라 그런 것일 테지만.

그런 식으로 늪지대의 길 없는 길을 나아간 끝에 겨우 페르와 곤 옹이 『거의 다 왔다』라는 소리를 했다.

드디어 보스와 대면할 때가 된 것이다.

보스전에 대비해 우리 일행은 푹 쉬었다 가기로 했다.

다소 이르지만 나는 저녁식사 준비에 나섰다.

『그대로 가도 딱히 상관은 없었건만.』

페르가 그런 나를 보고 약간 불만스러운 투로 말했다.

"페르는 그럴지 몰라도 이것저것 준비가 필요하다고."

주로 내 마음의 준비 같은 거.

던전은 어떤 보스가 나올지 몰라 매번 겁이 난다고.

"게다가 이번에는 나뿐만이 아니니 신중에 신중을 기울이는 편이 좋잖아."

『흥, 우리가 있는데 애를 먹을 리가 있나. 순식간에 끝날 거다.』

"분명 페르의 말이 맞을지도 모르지만, 그렇다 해도 딱히 서두를 필요는 없잖아."

『이곳에는 싸울 만한 게 없어서 빨리 다음으로 넘어가고 싶다만……』

"그럼 페르는 이거 안 먹어도 되지?"

『그럴 리가 있나. 그것과 이건 별개의 문제다!』

"그럼 그만 툴툴거려."

페르가 계속해서 『치사하게 밥 이야기를 꺼내다니』하고 투덜댔지만 안 들리는 척했다.

『저기~ 아직 멀었어~?』

"좀 더 걸려."

한편, 드라 짱과 스이는 저녁 식사가 기대되는지 안절부절못했다.

"에이블링 던전의 드롭 아이템으로 잔뜩 나오긴 했지만, 다 같이 먹었더니 몇 번 만에 재고가 바닥났었으니까. 이번에 빅 바이트 터틀의 고기가 손에 들어와서 정말 다행이야."

그렇다, 내가 저녁 메뉴로 만들고 있는 것은 자라 전골이다.

빅 바이트 터틀의 고기는 에이블링에서 잔뜩 얻었지만 하나같이 대식가인 먹보들 탓에 오래 가질 않았다.

그런고로 자라 전골을 먹는 건 오랜만이다.

보스전 직전이기도 하니 기운을 북돋아주는 자라 전골을 먹기에는 딱인 타이밍 아닐까?

『후하하, 페르와 스이는 대식가니까.』

"무슨 소리야, 드라 짱도 꽤 많이 먹잖아."

『들켰네.』

숨긴다고 숨겨질 일이야?

페르랑 스이만큼은 아니지만 그 작은 몸의 어디에 들어가는 건가 싶을 정도로 먹잖아.

"그나저나 드라 짱이 참 잘 찾아냈어~."

『후흐응, 전에 먹었을 때 맛있었잖아! 늪에서 고개를 내민 걸 보고는 그놈이구나 했지.』

"아주 훌륭해."

『드라 짱, 훌륭해~.』

『그렇지?!』

나와 스이가 훌륭하다고 칭찬하자 드라 짱은 살짝 기쁜 눈치였다.

『흠. 저 거북이가 그렇게 맛있는 겐가? 겉모습은 전혀 맛있어 보이지 않네만.』

한껏 들뜬 나와 드라 짱과 스이를 곁눈질하며 곤 옹이 의심스러운 눈초리로 조리 풍경을 지켜보았다.

곤 옹은 내가 내놓는 음식이라면 언제나 맛있다면서 먹었지만,

실물을 보고 나니 '정말인가?' 하는 의심이 든 모양이다.

분명 저걸 보면 그럴 만도 하지.

하지만…….

"곤 옹은 분명 감정 스킬을 갖고 있었지? 해봤어?"

그렇게 슬그머니 속삭여 보았다.

『아니. 설마…….』

그렇게 나직하게 중얼거리면서도 감정을 해본 것인지.

곤 옹은 그 무섭게 생긴 얼굴에 달린 파충류 같은 세로로 긴 동공의 눈을 동그랗게 뜨며 놀랐다.

『이것은! 이거 의심해서 미안하게 됐네. 하지만 이렇게 생긴 것이 맛있을 거라고는 누구도 생각지 못할 걸세…….』

그건 그렇지.

처음에 자라를 먹은 사람은 진짜 용감한 것 같다니까.

『나는 감정 결과 맛있다고 나오기에 먹어본 적이 있었지만, 날 것으로는 그다지 맛이 없더군. 이 녀석이 요리해야 맛있어지는 거다.』

『과연. 역시 대단하시네. 주공.』

"아니 뭘~."

새삼스럽게 그런 소릴 하면 쑥스럽잖아.

한편, '아크' 멤버들은 그런 우리를 멀찌감치서 보고 있었다.

"이, 이봐, 진짜로 빅 바이트 터틀을 먹으려나 본데."

"무코다 씨가 만든 밥은 맛있지만, 저걸 먹는 건 좀……."

"나는 어지간한 건 먹지만, 그래도 괴식은 사양하고 싶구먼."

"나도……."

굳어진 얼굴로 소곤소곤 그런 이야기를 하고 있는데…….

"다 들리거든요? 나 참, 자꾸 그런 소리 하시면 안 드립니다?"

자라 전골, 무진장 맛있는데.

먹어보지도 않고 싫어하면 나중에 후회할 걸요, 진짜로.

그러다 보니 자라 전골이 완성되었다.

"으음~ 맛있겠다."

『드디어 다 됐나!』

『전골~!』

『좋아, 먹자!』

『기대되는군그래~.』

이제나저제나 하고 완성되기를 기다리고 있던 먹보 콰르텟은 벌써 준비가 다 된 모양이다.

"나 참, 지금 퍼줄 테니까 기다리고 있어."

바닥이 깊은 큰 그릇에 퍼서 모두에게 나눠주었다.

『음. 여전히 맛있군!』

『그래그래, 이거야, 이거! 이 맛! 진짜 맛있단 말이지~.』

『맛있어~!』

자라 전골의 맛을 아는 페르와 드라 짱과 스이는 아주 기뻐했다.

『흐음. 확실히 이건 맛있군! 겉모습만 보고 판단하면 안 된다는 건가.』

곤 웅이 자라 전골을 먹으며 신음했다.

바로 그거야.

겉모습만 봐서는 모른다니깐.

뭐, 분명 나도 감정 결과에 맛있다고 되어 있어도 곤충 같은 건 꺼림칙하지만.

그리고 이쪽에도 자라 전골을…….

"오늘 저녁 메뉴인 자라 전골입니다. 드세요~."

'아크' 멤버들은 김이 나는 자라 전골을 뻣뻣한 얼굴로 응시하며 침을 꿀꺽 삼켰다.

그거, 맛있어 보여서 삼킨 거 아니죠?

나 참, 실례잖아요.

"전골, 이면, 요전에 얻어먹었던 음식과 같은 거군……."

가우디노 씨가 그렇게 중얼거렸다.

"네에. 이건 그것만큼이나…… 아니, 사람에 따라서는 이쪽이 더 맛있다고 말할지도 모를 정도의 전골이라고요. 게다가 말이죠. 맛은 물론이고 자양강장 효과도 있는 데다 콜라겐이라고 하는 피부에 좋은 성분이 듬뿍 들어 있어서 먹은 다음 날에는 피부가 탱탱해져요."

그렇게 말하자 페오도라 씨가 눈빛을 반짝였다.

"피부, 탱탱……."

자라 전골을 빤~히 쳐다보며 페오도라 씨가 중얼거렸다.

미인 엘프라도 역시 그런 건 신경 쓰이나 보네요.

일단은 손자까지 있는 나이라고 하셨으니, 피부 탄력이 떨어지고 있는 걸까?

"네에. 탱탱해져요."

내가 그렇게 말하자 페오도라 씨는 번쩍 눈을 부릅뜨더니 자라 전골을 자신의 앞접시에 퍼담았다.

그리고 결심을 굳힌 듯이 자라(빅 바이트 터틀)의 고기를 씹었다.

…………..

"어, 어이, 어때?"

가우디노 씨, 기디온 씨, 시그발드 씨가 몸을 앞으로 내민 채 페오도라 씨의 감상을 기다렸다.

"너희는 안 먹어도 돼. 내가 먹을 테니까."

그렇게 말하더니 앞접시에 담았던 것을 단숨에 먹어치우고 말 없이 추가로 퍼담았다.

평소의 페오도라 씨로 돌아왔네.

자라 전골, 맛있죠?

"어이어이어이, 내가 먹겠다니, 무슨 감상이 그래! 아니, 갑자기 눈에 불을 켜고 먹기 시작했다는 건 맛있다는 뜻이잖아!"

묵묵히 자라 전골을 먹는 페오도라 씨의 모습에, 눈앞에 있는 전골이 맛있다는 사실을 알아챈 기디온 씨가 소리쳤다.

"이러고 있을 때가 아니지. 나도 먹겠네!"

시그발드 씨도 자라 전골을 먹기 위해 앞접시에 펐다.

"어이, 페오도라 너는 많이 먹었잖아. 양보 좀 해."

"그, 그래! 우리도 먹을 거라고!"

정말 혼자서 다 먹어치울 기세인 페오도라 씨의 모습을 보다 못한 가우디노 씨와 기디온 씨가 주의를 줬다.

그리고……

"이, 이게 정말 빅 바이트 터틀의 고기라고……?"

"마, 맛나아!!!"

"생긴 것과는 완전 딴판으로 맛있군……."

후하하하하하하, 그러게 맛있다고 몇 번이나 말했잖아요.

『어이, 한 그릇 더다!』

『나도 부탁하네.』

『나도!』

『스이도~.』

"그래~ 지금 갈게."

깜짝 놀란 가우디노 씨와 기디온 씨, 시그발드 씨를 남겨두고 나는 먹보 콰르텟의 추가 음식 주문에 답하기 위해 자리를 떴다.

◇　◇　◇　◇　◇

어제 먹은 자라 전골 덕분인지, 아침부터 먹보 콰르텟은 기운이 넘쳤다.

비축 식량 중에서 고른 던전 돼지로 만든 돈가스 샌드위치를 팍팍 먹고 있다.

'아크' 여러분도 기운이 넘친다.

오늘 아침은 당사자들의 요구로 먹보 콰르텟과 같은 고기 메뉴로 했다.

페오도라 씨는 돈가스 샌드위치를 먹으며 생긋 웃으며 자신의 뺨을 문지르고 있다.

자라 전골의 효과로 피부가 탱탱해져 있긴 했지.

그 효과가 가우디노 씨, 기디온 씨, 시그발드 씨에게도 나타나서 얼굴에 반질반질 윤이 났다.

땀내 나는 남자들이 그런다고 누가 좋아하는데.

하지만 그러던 중에 '가만' 하고 어떤 생각이 머리를 스쳤다.

나도 어제 자라 전골을 맛봤으니…….

나 자신의 부드럽고 탱탱한 뺨을 만지고 있자니 저절로 표정이 굳어졌다.

당분간 자라 전골을 만드는 건 자중하자는 생각이 절로 들었다.

아침 식사를 마친 우리 일행은 거대 스이를 타고 전진했다.

페르와 곤 옹이 했던 말이 맞다면 이제 곧 이 계층도 끝날 테니 곤 옹과 드라 짱도 스이를 타고 같이 나아갔다.

얼마간 전진하던 중, 페르가 스이에게 멈추라고 했다.

"저, 저건가…….

계층의 끝이 가깝다는 것은 그 앞에 보스(계층주)가 반드시 있다는 뜻이고…….

금빛 털에 검은 반점이 있는 두 마리의 짐승이, 이끼 낀 바위와 바위가 포개어진 곳 사이에 자리한 동굴 입구 같은 구멍을 지키듯 어슬렁거리고 있었다.

그 짐승은 바위의 크기로 미루어 크기가 3미터는 될 듯했다.

"재규어?"

『음. 저건 어째신 재규어라는 마물이다. 민첩성 하나는 인정해 줄 만하지.』

『분명 잽싼 마물이기는 하지. 뭐, 나라면 브레스 한 방에 끝낼 수 있지만.』

곤 옹, 그 말은 하면 안 된다고.

곤 옹의 브레스라면 아닌 게 아니라 페르 이외의 존재는 대부분 한 방에 끝나잖아.

"어, 어이, 어째신 재규어라는데? 이름부터 위험할 것 같네……."

"내 기억이 맞다면 어째신 재규어는 S랭크 마물이야. 예전에 바르카르세 모험가 길드에 있던 책에서 본 적이 있어."

"바르카르세면 페라레스 대삼림 지대인가."

"그래."

"마경(魔景)이라 불리기도 하는 그 부근의 마물이라는 것만으로도 우리가 손을 대서는 안 될 이유로는 차고 넘치는구먼."

"그런 게 두 마리나……."

파랗게 질린 얼굴로 '아크' 멤버들이 나누는 이야기의 내용이 귀로 들어왔다.

역시 S랭크구나.

페르가 '민첩성 하나는 인정해줄 만하다'고 한 시점에서 그럴 것 같기는 했지만.

아니, 이 던전, 우리라 열흘도 안 돼서 여기까지 오기는 했지만 평범한 모험가들은 몇 개월은 걸릴 여정 아니야?

심지어 1계층 보스부터 S랭크라니, 잘 생각해 보니 아주 악질 던전이잖아.

"으음~ 두 마리나 있는데 괜찮겠어?"

『흥, 당연한 소리.』

『글쎄 내 브레스로…….』

"그건 안 돼, 곤 옹. 우리까지 피해를 입을 것 같으니까."

에인션트 드래곤의 브레스라고.

아무리 그래도 던전이 박살날지도 모르잖아.

가만히 생각해 보니 브릭스트 던전에서 곤 옹이 브레스를 날렸을 때도 사실은 위험했을 거다.

그때는 블랙 드래곤이 소멸했을 뿐, 던전 자체에는 아무런 영향도 없어서 무사할 수 있었지만 늘 그럴 거란 보장은 없잖아.

에인션트 드래곤의 브레스는 이 세계에서 더없이 궁극적인 공격력을 지닌 공격 수단이니까.

그런 걸 날리면 무슨 일이 일어날지 모른다고.

『나 원, 왜 드래곤들은 무슨 일이든 브레스로 처리하려 하는 건지.』

『끙. 그야 브레스는 드래곤 최대의 공격이기 때문이지.』

『그렇다고 해서 무턱대고 브레스부터 쏘고 보려 하다니, 고지식하긴.』

『크으으으으윽.』

페르와 곤 옹이 눈싸움을 벌였다.

"자자, 싸우지 말고."

『주공, 하지만 처음에 걸고넘어진 건 페르란 말이네.』

『나는 사실을 말한 것뿐이다.』

"아～ 진짜, 그만하라고! 그보다 저걸 어떻게든 해야지."

말다툼이나 할 때가 아니잖아.

어른스럽지 못한 연장자팀의 모습에 어이없어하던 중, 드라 짱이 곤 옹의 머리에 앉았다.

『이것 봐, 좀 전부터 듣자 하니 드래곤은 브레스부터 쏘고 보려한다고 하던데. 페르, 나를 잊은 거야?』

『흠.』

『나는 마법이 장기이고 여기 있는 누구보다도 날쌔다고.』

『드라는 고지식한 이 녀석이나 흔해 빠진 드래곤과는 다르다.』

『잘 아네. 그런고로, 저 녀석들은 내가 상대할게.』

그런 말을 담기더니 드라 짱은 어쌔신 재규어를 향해 날아갔다.

『아~! 드라 짱 치사해~! 스이도 싸~울~거~야~!』

거대 스이가 그렇게 말하며 움직이기 시작해서 나와 페르와 곤옹, 그리고 '아크' 멤버들도 허둥지둥 스이에게서 뛰어내렸다.

드라 짱과 스이가 어쌔신 재규어의 수비 범위에 들어선 것인지 두 마리 모두 움직이기 시작했다.

"너희는 안 싸워도 괜찮겠어? 아니, 드라 짱이랑 스이만으로 괜찮을까?"

『저 정도 상대라면 양보해도 상관없다. 게다가 드라와 스이라면 문제없겠지.』

『페르의 말에 동의하네. 우리가 나설 것도 없어.』

"아니, 걱정되니까 따라가 줬으면 하는데."

『하아. 너는 이제 그만 드라와 스이가 강하다는 걸 받아들여라.』

페르는 어이가 없다는 듯이 그렇게 말했지만, 걱정되는 걸 어쩌라고.

"하지만 말이야……."

『잠자코 보고 있어라.』

페르, 곤 옹과 두세 마디를 나누는 동안 전투가 시작되었다.

어쌔신 재규어는 날렵한 동작으로 드라 짱을 날카로운 발톱의 먹잇감으로 만들려고 앞발을 휘둘렀다.

"저건, 마법?"

어쌔신 재규어가 앞발을 휘두를 때마다 풀이 떠오르는 것처럼 보이는데.

『음. 저 녀석은 바람 마법을 쓴다.』

"페르의 발톱 참격 같은 거야?"

『나의 것과는 완성도가 다르지. 뭐, 비슷하기는 할지도 모르 겠군.』

비슷하긴 하다는 거잖아.

그 열화판 발톱 참격을, 민첩성으로는 뒤지지 않는 드라 짱이 쌩쌩 피했다.

어쌔신 재규어가 앞발만으로 공격해서는 드라 짱을 잡을 수 없 다는 사실을 깨달은 것인지, 이번에는 날카로운 이빨을 사용해 물려고 했다.

『내가 피하기만 할 줄 알았어? 이얍.』

푸슉——.

드라 짱이 날린 얼음 마법, 끄트머리가 날카로운 얼음 기둥이 어쌔신 재규어의 등부터 배까지를 단숨에 꿰뚫었다.

"캬오오오오옷."

어쌔신 재규어가 단말마의 비명을 지른다.

그리고 스이 쪽은…….

거대한 몸에서 원래 크기로 돌아온 스이가 어쌔신 재규어와 마주 서 있었다.

그리고 풋풋 산탄을 날렸지만 어쌔신 재규어는 모두 다 피했다.

『치이~ 왜 안 맞는 거야~?!』

발을 동동 구르듯 스이가 통통 뛰었다.

『우~ 그러면 이렇게 할래~!』

스이는 촉수 두 개를 뻗어 어쌔신 재규어를 붙잡으려 했다.

당연히 어쌔신 재규어도 쉽사리 잡혀주지 않았다.

어쌔신 재규어와 스이의 공방이 이어졌다.

그리고…….

『잡았~다~!』

스이의 세 번째 촉수가 어쌔신 재규어의 꼬리를 잡았다.

"캬우."

어쌔신 재규어가 스이의 촉수에서 벗어나려고 몸부림을 친다.

『헤헤~ 그 정도로는 안 놓치지롱~.』

도망칠 수 없다는 걸 깨달은 어쌔신 재규어는 다음 순간, 스이의 촉수를 깨물었다.

촉수를 깨문 어쌔신 재규어가 머리를 흔들어서 끊어내려 하고 있다.

하지만 상대는 스이다.

슬라임 특유의 유연한 몸은 끊어진 부분을 그 즉시 이어 붙였다.

『그런 건 스이한테 안 통해~.』

그러는 동안 스이의 다른 촉수가 어쌔신 재규어의 몸통과 목을 휘감았다.

그리고 스이는 단숨에 어쌔신 재규어에게 들러붙어서 그대로 머리 쪽으로 이동하더니 어쌔신 재규어의 머리를 몸속에 가두어 버렸다.

호흡을 할 수 없게 된 어쌔신 재규어는 맹렬하게 날뛰었지만 1 분, 2분 시간이 흐르자 그 움직임도 둔해졌다.

5분쯤 지나자 어쌔신 재규어는 꿈쩍도 하지 않게 됐다.

어쌔신 재규어가 사라진 자리에는 마석과 금빛 털에 검은 반점 이 박힌 모피가 남겨져 있었다.

『와아~! 이겼다~!』

스이가 통통 뛰며 승리의 함성을 질렀다.

『오, 스이도 이겼네. 제법인걸.』

『에헤헤~.』

『그나저나 스이가 잡은 것도 나랑 마찬가지로 마석이랑 모피를 떨궜나~.』

『고기 안 나왔어~.』

『뭐, 생김새로 보아 고기는 안 줄 것 같으니 어쩔 수 없지.』

화기애애하게 이야기를 나누는 둘을, 나는 살짝 경직된 얼굴로 쳐다보았다.

"……스이는, 언제 저런 공격을 익힌 거지?"

『모른다. 하지만 나도 저 공격을 받는 건 사양하고 싶군…….』

『나도 마찬가지네…….』

그렇게 말하는 페르와 곤 옹의 표정도 경직되어 있었다.

질식사는 괴로워 보이니까…….

나는 속으로 손을 모으고 어쌔신 재규어의 명복을 빌어주었다.

그나저나 양대 거두인 페르랑 곤 옹한테까지 저런 소릴 하게 하다니 무시무시한 걸, 스이.

한편, '아크' 멤버들은 초상집에 온 것처럼 조용했다.

다들 먼눈을 하고 있다.

"펜리르와 에인션트 드래곤뿐이 아니었구나……."

"작은 드래곤과 슬라임까지 단독으로 S랭크 마물을 잡을 수 있다니, 말이 안 되잖아……."

"무코다 씨를 화나게 해서는 안 되겠구먼……."

"나, 얌전히 있을래……."

잠깐잠깐, 현실도피를 하는 얼굴로 중얼거리지 마시라고요.

저는 분명 드라 짱이랑 스이도 강하다고 말씀드렸잖아요.

애초에 나를 화나게 해선 안 되겠다니, 화가 나도 딱히 공격하라고 시킬 생각은 없거든요?!

"으~음……."

카레리나에 있는 집의 거실에서 페르와 곤 옹과 드라 짱, 스이가 낮잠을 자는 가운데, 나는 요즘 살짝 신경 쓰이는 일에 관해 생각하고 있었다.

『왜 그러냐?』

슬쩍 한쪽 눈만 뜬 페르가 무슨 일이냐고 물었다.

"아니, 그게……."

살짝 신경 쓰였던 일을 페르에게 이야기해 보았다.

조금 전, 도적왕의 보물 중 하나로 입수했던 마도 냉장고.

손에 넣었을 때는 좋은 물건을 얻었다, 앞으로 팍팍 써먹자고 생각했지만 실제로는 그다지 활약할 일이 없는 것이 실정이다.

나에게는 인터넷 슈퍼가 있어서 필요한 걸 그때그때 사면 그만이고, 까놓고 말해서 보존은 아이템 박스에 넣으면 그만이다.

솔직히 말해서 육류에 맛을 배게 하기 위해 재워둘 때나 절임을 만들 때 정도만 사용하고 있단 말이지.

그마저도 충분히 맛이 배면 아이템 박스로 옮겨서 보관하고.

어렵게 얻은 마도구니 좀 더 써먹었으면 좋겠는데…….

"애초에 냉장고의 주된 목적은 음식을 낮은 온도에서 보존하는 건데, 잘 생각해 보니 시간 정지 효과를 지닌 아이템 박스가 있는 나에게 편리한 물건인가 하면, 미묘하단 말이지……."

음료도 인터넷 슈퍼에서 구입하면 상자째 살 때가 아니고는 대부분 차가운 게 전송되니까.

"전에 만들었던 요구르트 젤리처럼 차가운 디저트 같은 걸 팍팍 손수 만든다면 있어서 다행이라는 생각이 들 법도 하지만, 디저트 쪽은 문외한이라서."

젤리 정도는 간단해서 나도 만들 줄 알지만, 그렇다고 젤리만 만들기도 좀 그렇고.

『딱히 쓸데가 없다면 안 써도 되지 않으냐. 그렇게 고민할 일인가?』

"그렇긴 하지만 모처럼 손에 넣은 물건인데 아깝잖아. 그나저나 차가운 디저트라. 으~음……."

젤리 이외의 것 중 나라도 만들 수 있을 듯한 게 있을까 생각하던 중…….

『디저트~? 단거~!』

단걸 아주 좋아하는 스이가 디저트라는 단어에 반응했다.

『디저트, 주인이 만드는 거야~? 저기저기, 어떤 거 만들 거야~?』

스이가 내 무릎 위로 올라와 나에게 맹렬하게 질문 공세를 퍼부었다.

그리고 스이의 염화를 들은 것인지 곤 옹과 드라 짱도 깨어났다.

『후아~암. 뭐야, 디저트라고? 단건 나도 싫지 않아.』

『주공이 만든다니 맛있을 것 같군그래.』

드라 짱과 곤 옹도 그런 소리를 했다.

『있지있지, 주인~ 어떤 걸 만들 거야~?』

"아, 아니, 있잖니, 스이."

말 못 해…….

이제 와서 못 만든다는 소릴 어떻게 해.

뭔가, 뭔가 나라도 만들 수 있는 차가운 디저트는…….

…………아, 있었다!

학창시절 카페 알바를 할 때 만들었던 레어 치즈 케이크!

"좋아, 시작해볼까."

나는 부엌에서 기합을 넣었다.

오늘 저녁 메뉴는 만들어두었던 던전 돼지와 던전 소의 고기를 사용한 멘치카츠 샌드위치로 하고(참고로 테레사 특제 소박한 시골빵을 살짝 구워 버터를 바르고, 양배추와 육즙이 가득한 멘치카츠에 소스를 뿌린 걸 끼워 넣었을 뿐인, 간단하지만 무진장 맛있는 야심작이다. 물론 치즈가 든 버전도 있다고), 메인은 디저트인 레어 치즈 케이크 만들기다.

우선 인터넷 슈퍼에서 재료부터 조달하자.

크림치즈에 무가당 플레인 요구르트, 생크림에…………

재료를 떠올리며 차례차례 카트에 담아 나간다.

계산을 해서 재료가 모두 모였으니 조리 개시다.

"우선 준비 작업부터 해보자."

커피, 홍차용으로 아이템 박스에 보관해둔 끓는 물을 꺼내 무염 버터를 중탕해서 녹여둔다.

그런 다음, 비스킷을 비닐봉투에 넣고 밀대로 두들겨 잘게 부순다.

탁, 탁, 탁——.

"……으음, 스이, 왜 그러니?"

부엌 입구에서 스이가 이쪽을 들여다보고 있었다.

『있잖아, 어떤 식으로 만드는 걸까~ 궁금했어.』

스이는 단걸 아주 좋아해서 궁금한가 보네.

"스이도 같이 만들래?"

『응.』

그런고로 레어 치즈 케이크 만들기에 스이도 참전했다.

"그럼 이 봉투 안에 든 비스킷을 이 막대로 두드려서 잘게 부숴 줘. 아, 너무 세게 두드리진 말고."

스이가 온 힘을 다해 두드리면 비닐봉투가 찢어질 것 같으니까.

『알았어~』

탁, 탁, 탁, 탁——.

『주인~ 이 정도면 돼애?』

"그래, 잘했어."

스이가 잘게 부숴준 비스킷이 든 비닐봉투에 중탕으로 녹인 버터를 넣고 주물주물.

비스킷에 버터가 스며들면 쿠킹 시트를 깐 틀의 바닥에 쌓아 평평하게 다지고서 마도 냉장고에 재워둔다.

다음으로 구입한 뒤 실온에 방치해뒀던 크림치즈를 볼에 넣고 부드러워질 때까지 거품기로 섞는다.

"스이, 이 거품기로 이것 좀 섞어줄래?"

『네~에.』

빙글빙글, 스이가 크림치즈를 힘차게 섞어 나갔다.

"자, 스톱~. 응, 충분히 부드러워졌네. 그럼 여기에 설탕을 넣고……. 자, 다시 섞어주세요."

『네~에.』

"설탕 가루가 안 보일 때까지 섞어줘."

『알았어~.』

빙글빙글빙글──.

『주인~ 가루 없어졌어~.』

"그럼 요구르트랑 레몬즙을 넣고……. 자, 또 섞어줘."

『네~에.』

모든 재료를 섞어 부드러워지면 다음은 생크림이다.

다른 볼에 생크림을 넣고 부드럽게 솟아오르도록(soft peak) 거품을 낸다.

"스이, 다음은 이걸 섞어줘."

『알았어~.』

스이가 거품기로 생크림을 섞기 시작했다.

덕분에 금방 거품이 부드럽게 잘 올라왔다.

"자, 됐어."

이제 뜨거운 물에 녹인 가루 젤라틴에 크림치즈 반죽을 넣은 것을 준비해, 잘 섞어준다.

처음에 크림치즈 반죽을 했던 볼에 녹인 가루 젤라틴을 조금씩 넣으며 섞고, 거품이 올라온 생크림을 넣어 가볍게 섞어주면 반죽이 완성된다.

이제 마도 냉장고에 식혀두었던 틀을 꺼내서 반죽을 흘려 넣고 표면을 평평하게 만들어서······.

"스이, 이 상태로 냉장고에 넣고 식혀서 굳어지면 레어 치즈 케이크 완성이야."

그렇게 말하며 마도 냉장고에 틀을 넣는다.

한 사람당 홀케이크 하나로 계산해서 다섯 개를 제작했다.

어찌어찌 마도 냉장고에 들어갔다.

뭐, 나는 혼자 홀케이크 하나를 다 먹지는 않을 거지만, 남으면 누구든 먹을 테니 괜찮겠지.

내가 알바했던 곳에서 배웠던 레어 치즈 케이크는 이렇듯 정석 중에서도 정석 같은 느낌이다.

나도 만들 수 있을 정도니 뭐, 그렇겠지.

하지만 그럭저럭 인기는 있었단 말이지.

지금 생각해 보니 역시 정석이라는 점 때문에 잘 먹혔던 것 같다. 꽝이 없으니까.

그리고 계절마다 끼얹는 프루츠 소스를 바꾸기도 했지.

그것도 인기를 끈 이유 중 하나였을지도.

이 레어 치즈 케이크는 이대로 먹어도 충분히 맛있지만 나도 알바하던 가게를 따라서 프루츠 소스를 만들기로 했다.

"스이, 이번에는 레어 치즈 케이크에 끼얹을 프루츠 소스를 만들 거야."

『네~에.』

"수중에 있는 과일은………… 아, 이게 아직 남아있었네. 바이
올렛 베리."

『아~ 던전에서 땄던 거~.』

"그래그래. 이걸 소스로 만들자."

적당한 크기로 자른 바이올렛 베리와 그래뉴당, 레몬즙을 냄비
에 넣고 약불로 가열.

수분이 나와서 그래뉴당이 녹아 약간 걸쭉해질 때까지 끓인
후, 잘 식히면 바이올렛 베리 소스 완성이다.

『있지있지, 주인~ 케이크 다 됐을까아?』

"아직이야."

『그렇구나~. 얼마만큼 있어야 돼~?』

"조금 더 걸리지 않을까. 하지만 말야, 완성돼도 금방은 못 먹어."

『왜~?』

"저녁 식사 후에 먹을 디저트라고 했잖아. 그러니까 그때까지
기다리고 있어."

『그렇구나아~. 그럼 스이, 저녁밥 때까지 참을래~.』

　……………….

　………….

　…….

그리고 기다렸던 저녁 식사 후.

순백의 레어 치즈 케이크를 잘라 화사한 보라색을 띤 바이올렛

베리 소스를 끼얹어서…….

"자, 식후 디저트인 레어 치즈 케이크야. 나와 스이의 역작이
라고."

『와~아! 이거 있지, 스이도 같이 만들었어~!』

『호오, 어디 보자.』

『보기에도 예쁘군그래.』

『꽤 잘 만들었는데?』

페르와 곤 옹, 드라 짱이 레어 치즈 케이크에 입을 댔다.

『있지있지, 어때~?』

스이가 푸들푸들 몸을 흔들며 모두에게 물었다.

『음. 나쁘지 않군.』

『그래. 너무 달지 않아 좋구나.』

『평범하게 맛있어.』

모두의 감상을 들은 스이가 『아싸~!』 하고 통통 뛰어 올랐다.

나도 한 입.

"응, 잘 됐네. 맛있어. 스이도 먹어 봐."

『응.』

레어 치즈 케이크를 스이가 흡수했다.

『맛있어~.』

기뻐하는 스이를 보니 나까지 기뻐졌다.

『……크으으………… 나도, 먹고 싶느니라…….』

아이고, 지금은 들려선 안 되는 분의 목소리가 들리네.

『큭…… 못 들은 걸로 하거라.』

단것을 너무 좋아한 나머지 무의식중에 내게 들리도록 말을 한 모양이다.

푸후후.

"스이, 이 케이크, 여신님한테 나눠줘도 될까?"

『응? 괜찮아~.』

"그러면 이걸 테이블 위에 올려놓고, 여신님한테 나눠드릴게요~ 하고 말해볼래?"

레어 치즈 케이크를 잘라서 스이에게 건네주었다.

『이거 스이가 만들었어~. 여신님한테 나눠줄게~.』

스이가 테이블 위에 올려둔 레어 치즈 케이크가 담긴 그릇이 옅은 빛과 함께 눈 깜짝할 사이에 사라졌다.

『와아! 주인~ 케이크가 사라졌어~.』

"하하, 여신님이 가져가신 거야."

『그렇구나~. 맛있다고 해줄까아?』

『맛있느니라! 슬라임이여, 실력이 제법 좋구나!』

『와아~ 여신님이, 스이가 만든 케이크 맛있대.』

"잘됐다, 스이."

이번 의뢰로 국경을 넘어 소국군에 위치한 숲까지 가게 되었다.

내용을 들어보니 이 숲에만 있는 특수한 약초를 채취해달라는 의뢰였고, 찾는 데 다소 고생하기는 했지만 어찌어찌 채취를 마쳤다.

대략적인 채취 포인트를 알아서 어찌어찌 되긴 했지만 그게 아니었다면 꽤나 고생을 했겠는걸.

마물 토벌이라면 다들 좋아라고 했을 테고, 일 자체도 빨리 끝났을 텐데 말이다.

아, 물론 그 채취 포인트에 도달할 때까지 나타난 마물은 다들 신이 나서 사냥했다.

뭐, 아무튼 간에 일을 마치고 돌아가는 길이다.

소국군은 정세가 불안정하다 보니 치안이 약간 불안하기는 했지만, 페르와 곤 옹이 있어서 이렇다 할 문제 없이 평소와 다름없는 평온하기 그지없는 여행길이 되고 있었다.

그런 분위기이기도 해서 중간에 있는 큰 도시에 들러 보기로 했다.

소국군에 올 일이 그리 흔치는 않으니까.

다른 문화를 체험해 보려는 거다.

그 도시는 라드원이라는 곳으로 인근에서 나는 농산품이 한자리에 모이는, 소국군 중에서도 네 번째로 큰 도시라고 했다.

정세가 불안정하니 사람이 적지 않을까 싶었더니, 북적거릴 만큼 사람도 많고 활기가 있는 도시다.

언젠가 TV에서 봤던 중동의 상점이 죽 늘어선 거리 풍경과 분위기가 비슷했다.

인종은 인간과 수인, 드워프, 가끔씩 엘프도 보이는 등, 다양했지만 전체적으로 햇볕에 탄 듬직한 체격의 사람이 많은 듯했다.

소규모 분쟁 같은 것이 잦은 지역인 탓에 그곳에 사는 사람들도 자연스럽게 듬직해진 걸지도 모르겠는걸.

그런 생각을 하며 거리를 산책했다.

뭐, 이국정서를 즐기며 신경 쓰이는 물건이 보이면 사 가자.

카레리나나 레온하르트 왕국의 도시와 전혀 다른 분위기에 나와 드라 짱, 스이는 저절로 마음이 들떴다.

오래 산 페르와 곤 옹은 전에도 와본 적이 있는지 차분했다.

맛있어 보이는 것이 있으면 놓치지 않겠다는 듯이 눈에 불을 켜고 있는 듯했지만.

『흠. 저 노점에 가보지.』

페르가 그렇게 말하더니 성큼성큼 나아갔다.

"잠깐, 잠깐."

어쩔 수 없이 따라가 보니 커다란 고깃덩이를 굽고 있는 노점이 나왔다.

페르의 코에 감지된 노점이라.

역시 페르라고 해야 할지, 노릇노릇하게 구워진 고기와 식욕을 자극하는 뭐라 형용하기 어려운 좋은 향신료 냄새가 났다.

마침 사러 온 손님과 대화하는 모습을 지켜보니, 커다란 고기를 얇게 깎아내 식물의 이파리에 싸서 건네고 있었다.

"뭔가 되네르 케밥이랑 비슷하네……."

『뭐냐, 그게. 뭐, 어쨌든 이 고기는 꽤 괜찮을 거다. 먹어보자.』

『향이 독특하긴 하지만 뭐, 나쁘지는 않을 듯하구먼.』

『응응. 분명 처음 맡아보는 냄새지만 고기와의 궁합은 좋을 것 같아.』

『스이도 이거 먹어보고 싶어~.』

모두의 시선이 나에게 집중되었다.

"네에네. 알겠습니다."

뭐, 이렇게 될 거라고 예상은 했지만.

너희는 노점 요리를 꽤 좋아하니까.

"주인어른, 특곱빼기로 네 개 주시겠어요? 그리고 하나는 보통으로 주시고요~."

"네, 네에?"

특곱빼기는 메뉴에 없었던 것 같지만, 주인장에게 부탁해서 좌우간 최대한 쌓아달라고 해서 노점 사이에 자리한 의자와 테이블이 늘어선 취식 공간으로 향했다.

『흠. 고기의 질은 별로인 것 같지만 양념이 맛있군.』

『정말이군. 다소 잡내가 나는 고기지만, 이 양념과 잘 어울려.』

『그러게. 독특한 맛이 이 고기에 잘 맞아.』

『주인의 요리랑은 완전히 다르네~. 그치만 맛있어~.』

역시 입맛 까다로운 먹보 콰르텟답네.

확실히 녀석들의 말대로 고기에서는 약간 잡내가 났지만 이 강렬한 향신료가 쓰인 양념 덕분에 그게 그다지 신경 쓰이지 않는 건 물론이고 잘 어울린다.

이세계 케밥, 나쁘지 않네.

그런 생각을 하며 이세계 케밥을 맛보고 있자…….

『자아, 주공, 다음은 내가 점찍어둔 노점으로 가세나.』

이번에는 곤 옹이 그런 소리를 했다.

"어, 방금 먹기 시작했잖아."

그렇게 말하며 녀석들의 이파리 그릇을 들여다보니…….

『이 정도는 한 입 거리다.』

『맞아.』

『벌써 다 먹었어~.』

꽤 커다란 이파리에 산더미처럼 담겨 있던 이세계 케밥이 말끔하게 사라져 있었다.

뭐어, 그렇겠지이~.

그 정도는 순식간에 냘름 먹어치우겠지, 우리 애들이라면.

하지만 말이야…….

"너흰 좀 꼭꼭 씹고 맛보면서 먹고 그래라."

『무슨 소릴 하는 거냐. 맛이라면 잘 보고 있건만.』

『맞는 말일세.』

『응. 맛보면서 먹고 있어.』

『맛보고 있어~.』

"아, 네에. 그러신가요."

『그보다 주공, 자자, 어서 먹어치우시게나.』

곤 옹이 재촉했지만 녀석들처럼 순식간에 먹어치울 수는 없어서.

"스이~ 먹을래?"

『먹을래~!

이파리 그릇을 내밀자 스이가 촉수를 뻗어 전부 낚아채 갔다.

『옳지옳지. 그럼 내 코에 의하면 이곳에서 조금 떨어져 있는 저 노점이 괜찮을 것 같네.

우리는 앞장을 선 곤 옹을 따라갔다.

그렇게 따라간 곳에 있던 노점은⋯⋯.

"예상은 했지만 또 고기야?"

노점에서는 노릇하게 구운, 향신료 향이 물씬 나는 꼬치구이를 팔고 있었다.

『호오. 이 가게도 괜찮아 보이는군.』

『맞아. 고기를 맛있어 보이게 잘 구웠어. 냄새도 나쁘지 않고.』

『맛있어 보여~.』

『암, 그렇고말고.』

곤 옹, '암, 그렇고말고'라니, 네가 만든 것도 아니잖아.

『그러면 주공, 부탁하네.』

"네에네."

여기서도 결국 대량 구입을 했다.

먹보 콰르텟은 사자마자 우걱우걱 먹기 시작했다.

그리고 이러쿵저러쿵 맛에 관한 평가를 주고받더니 그게 끝나자 당연하다는 듯이 다음으로 넘어갔다.

물 흐르듯 자연스럽게 이리저리 여러 노점을 전전하다보니⋯⋯.

『흠. 제법 많이 먹었군.』

『음. 배도 충분히 채웠군그래.』

『후~ 자알 먹었다.』

『스이는, 더 먹을 수 있어~.』

이쪽으로 어슬렁, 저쪽으로 어슬렁, 거리 이곳저곳을 오가며 노점 요리를 먹고 또 먹었다.

"…………저기, 오늘 하루 종일 결국 노점 순회밖에 못 한 것 같은데."

『그게 뭐 어쨌다는 거지? 맛있었으니 그만 아니냐.』

『음. 새로운 맛과의 만남은 제법 즐거웠네.』

『맞아! 네가 만든 밥이 제일이기는 하지만, 여기서 먹은 요리에서 나는 맛은 네가 만든 밥에서 맛볼 수 없으니까! 살짝 독특하기는 하지만 가끔씩 먹는 건 자극도 되고 좋은 것 같아.』

『스이도 가끔 먹는 건 괜찮은 것 같아~!』

"분명 이국의 노점 요리는 맛있었지만, 쉴 새 없이 노점을 전전한 것뿐이잖아! 나는 좀 더 주변을 구경하며 이국의 분위기를 맛보고 싶었다고! 쇼핑도 전혀 못 했고."

『이국의 정서라면 충분히 맛보지 않았느냐.』

『맞네. 평소와는 다른 이국의 맛을 만끽했잖나.』

『맞아~. 엄청 매운 것도 그렇고 처음 먹어보는 신기한 맛도 있었잖아.』

『매웠어~. 스이는 매운 건 싫지만, 그건 맵기만 하진 않았어~. 신기해~.』

노점 주인장의 말에 의하면 이 일대는 향신료 산지라 타국에서는 엄청나게 비싼 향신료를 싼값에 손에 넣을 수 있어, 요리에도 듬뿍 쓰인다는 모양이니까.

"아니, 결국 다 먹을 것 얘기잖아. 그런 거 말고 도시의 분위기라든지, 도시에서 유명한 장소라든지, 그런 걸……."

그렇게 열변을 토해도 페르, 곤 옹, 드라 짱, 스이에게는 전혀 통하지 않는 듯했다.

먹는 게 제일인 먹보 콰르텟에게 이국정서 넘치는 도시의 분위기를 맛보고 싶었다고 한들, 이해해줄 리가 없었나.

"하아, 이제 됐어. 해 지려면 아직 시간이 남았으니까 쇼핑만이라도 하고 가자."

올 일이 거의 없는 소국군에서 이국정서를 즐길 예정이었건만, 어째서인지 먹고 죽자식 노점 순회 투어나 한 하루였다.

먹보 콰르텟이 함께인 이상, 이렇게 될 운명이었던 건가.

에휴~.

후기

에구치 렌입니다. 『터무니없는 스킬로 이세계 방랑 밥 14권 ~크림 크로켓 × 사교의 종언~』을 구입해주셔서 정말로 감사합니다!

벌써 이 시리즈도 14권이 되었습니다. 이렇게 장기간에 걸쳐 간행하게 되어 기쁨과 동시에 감사할 따름입니다.

이렇게 여기까지 올 수 있었던 것도 읽어주고 계신 독자 여러분 덕분이라 생각하며 진심 어린 감사인사를 드리고 싶습니다.

14권에서는 창조신님의 신탁으로 무코다 일행이 사이비 종교 '르바노프교'에게 벌을 주러 갑니다. 그리고 그다지 알려지지 않은, 아무도 손대지 않은 던전에도 도전하는 등, 볼거리가 한가득이니 여러분께서도 재미있게 봐주셨으면 좋겠습니다.

그리고 드디어 올해 1월부터 방영되었던 애니메이션이 무사히 최종화를 맞이했습니다.

여러분, 보셨습니까?

저는 정말로 재미있게 봤습니다.

특히 요리 장면은 압권이라, 미친 작화로 항간에서 소문이 자자했습니다만 '옳으신 말씀!'이라는 생각이 절로 드는 퀄리티였습니다.

역시 MAPPA라는 말밖에 안 나왔고, 작품의 핵심인 요리 연출에도 매우 공을 들인 티가 나서 식욕 테러가 따로 없었습니다 (웃음).

그리고 협력 기업 여러분 덕분에 실물 상품명도 언급할 수 있어서 보다 친근하게 느껴짐과 동시에 재미도 배가 되었다는 점도 좋았습니다.

그 덕분에 애니메이션을 보신 분들께도 아주 평가가 좋아서 정말로 기쁠 따름입니다.

한 가지 더 기뻤던 것은 '애니메이션, 가족이 다 같이 보고 있습니다'라는 이야기를 하시는 분들이 많았다는 점입니다.

이 작품은 화려한 전투 장면도 없고, 라이트노벨에는 필수라 할 수 있는 히로인도 없어서 '라이트노벨 같지 않다'느니 '히로인이 없어서 재미없다' 따위의 감상을 접할 때도 있습니다만, 이대로 해도 괜찮겠구나, 라는 걸 실감했습니다.

자신이 읽고 싶은 것을 써왔다는 이유도 있지만, 폭넓은 나이대의 분들이 즐겨주시니 기쁘다는 생각도 들었습니다.

그런 의미에서 가족 모두가 즐기고 계시다는 이야기를 들었을 때는 너무도 기뻤습니다.

애니메이션을 제작해 주고 계신 제작사 MAPPA와 애니메이션에 관계해 주신 분들께는 뭐라 감사의 뜻을 표해야 할지 모르겠습니다만, 정말로 감사합니다.

그리고 협력 기업인 이온 리테일, 에바라 식품 공업, 카오, 카고메, 산토리 홀딩스, 하인츠, 롯데, 협력해주셔서 정말로 감사합니다.

본작의 일러스트를 오랫동안 그려주고 계신 마사 선생님, 본편 코믹스를 담당해주고 계신 아카기시 K선생님, 그리고 외전 코믹스를 담당하고 계신 후타바 모모 선생님, 담당 편집자인 I님, 오버랩사 여러분들도 정말 감사합니다.

마지막으로 여러분, 앞으로도 느긋하고 훈훈한 이세계 모험담 『터무니없는 스킬로 이세계 방랑 밥』의 인터넷 연재판, 서적, 코믹스를 두루두루 잘 부탁드립니다.

15권에서 다시 만날 날을 기대하고 있겠습니다.

Tondemo Skill de Isekai Hourou Meshi 14

ⓒ2023 Ren Eguchi
First published in Japan in 2023 by OVERLAP, Inc.
Korean translation rights reserved by Somy Media, Inc.
Under the license from OVERLAP, Inc., Tokyo JAPAN

터무니없는 스킬로 이세계 방랑 밥 14

크림 크로켓×사교의 종언

2024년 8월 1일 1판 1쇄 발행

저　　　　자	에구치 렌
일 러 스 트	마사
옮 긴 이	정대식
발 행 인	유재옥
담 당 편 집	박치우

이　　　　사	조병권
출판본부장	박광운
편 집 1 팀	박광운
편 집 2 팀	정영길 조찬희 박치우 정지원
편 집 3 팀	오준영 이소의 권진영
디자인랩팀	김보라
디지털사업팀	박상섭 김지연 윤희진
라이츠사업팀	김정미 맹미영 이윤서
영업마케팅팀	최원석 박수진 이다은
물 류 팀	허석용 백철기
경영지원팀	최정연
발 행 처	(주)소미미디어
인쇄제작처	코리아피앤피
등　　　　록	제2015-000008호
주　　　　소	서울시 마포구 토정로 222, 502호(신수동, 한국출판콘텐츠센터)
판　　　　매	(주)소미미디어
전　　　　화	편집부 (070)4164-3962, 3963 기획실 (02)567-3388
	판매 및 마케팅 (070)8822-2301, Fax (02)322-7665

ISBN 979-11-384-8384-1
ISBN 979-11-6190-011-7 (세트)

설명을 읽어보니…….

"닭 육수가 들어간 짭짤한 맛의 스프에 은은한 레몬의 산미와 상큼한 향이 녹아들어 있다라. 맛있겠네. ……스이~ 오늘은 담백한 맛의 전골이라도 괜찮을까? 은은하게 새콤한 맛도 나서 담백하게 먹을 수 있을 것 같은데."

『응? 괜찮아~.』

"아, 그래도 역시 고기가 땡길 테니까 평소보다 많이 준비해야 하려나? 역시 다른 맛으로……."

『고기 많이? 아싸~!』

스이, 그런 건 잘 듣는구나.

소금 레몬 전골 소스를 인터넷 슈퍼에서 사서…….

"그러면 만들어볼까."

『네~에!』

뭐, 말은 그렇게 했지만 전골이라 건더기를 써는 것 정도밖에 할 일이 없단 말이지.

스이에게 부엌칼을 들려줘도 괜찮을까?

고민하던 중…….

『스이는, 뭘 도우면 돼~?』

"으~음, 대부분 건더기를 써는 작업이라 부엌칼을 써야 하거든. 스이한테는 살짝 위험하지 않을까 싶어서."

『괜찮아~. 스이, 하고 싶어!』

"그러면 해볼래?"

『응!』

그런고로 스이에게 양배추를 썰어 달라 하기로 했다.

"잘 봐~. 이렇게 손을 대고, 써는 거야. 다시 한번 보여줄게~. 이렇게, 썰어. 이 정도 크기로."

서걱서걱, 양배추를 한입 크기로 썰어서 스이에게 보여주었다.

『알았어~!』

스이는 촉수를 팔처럼 내밀어 능숙하게 양배추를 잡고 부엌칼을 휘둘렀다.

『이렇게 해서~ 이렇게!』

촤악──.

스이가 부엌칼을 있는 힘껏 내려쳤다.

"아얏, 좀 더 살살! 너무 세게 내려치면 위험하잖니."

『네에~.』

서걱, 서걱, 서걱──.

망설임 없이, 즐거운 듯이 부엌칼을 내려치는 스이가 위태로워 보여서 조마조마했다.

"조, 좀 더 천천히, 조심스럽게 하자?"

『천천히, 조심조심~.』

서걱, 서걱, 서걱──.

스, 스이, 천천히 조심조심이라고 했지만 전혀 그렇지가 않잖니.

스이의 위태로운 칼질에 마음을 졸이면서도 어찌어찌 양배추를 다 썰었다.

스, 스이한테 부엌칼을 맡기기는 너무 일렀던 걸까.

그런고로 만가닥버섯과 팽이버섯 뜯기 담당으로 임명했다.

"스이~ 이번에는 이걸 해보자. 이 만가닥버섯과 팽이버섯을 이런 식으로 뜯어줄래?"

『네~에!』

밑동만 자른 만가닥버섯과 팽이버섯을 팍팍 넘겨서 스이에게 작업을 부탁했다.

그러는 동안 서둘러 그 외의 건더기를 썰어 나간다.

제일 필요한 고기부터 손질하자. 이번에 사용할 것은 코카트리스 고기다.

코카트리스 고기를 한입 크기로 썰고 썰고 또 썬다.

그리고 소금 후추로 밑간을 해둔다.

"어, 어찌어찌 고기는 OK."

『주인~ 끝났어~.』

헉, 벌써 스이의 작업이 끝나 버렸네.

으음, 으음, 에잇~ 잎새버섯도 추가하자.

"이번에는 이 잎새버섯을 이 상자에서 꺼내서 이런 식으로 뜯어줘."

버섯류는 인터넷 슈퍼에서 샀다.

팩에 든 잎새 버섯은 그 상태 그대로 뜯기만 하면 되니, 통째로 스이에게 건네서 시간을 벌기로 했다.

스이가 부탁한 대로 팽이버섯을 뜯는 동안 파와 당근을 썬다.

앨번표 파는 어슷썰기를 하고, 마찬가지로 앨번표 당근은 잘 씻어서 껍질째 반달 모양으로 5센티미터 정도가 되게끔 썬다.

아, 두부도 필요하지. 그런고로 두부를 서둘러 추가 구입해서 썰었다.

사실 경수채(미즈나)가 있으면 파릇파릇해서 보기 좋지만, 오늘은 그냥 넘어가자.

『주인~ 다 됐어~!』

"고, 고마워."

휴우~ 이쪽도 어찌어찌 끝났네.

가만, 이제 와서 보니 스이의 옆에 만가닥버섯, 팽이버섯, 잎새버섯이 산더미처럼 수북이⋯⋯.

아이고~ 뭐, 뭐어, 버섯은 맛있으니까.

우여곡절 끝에 건더기 준비도 끝났다.

이제 질냄비에 소금 레몬 전골 소스를 넣고 끓이고, 끓어오르면 코카트리스 고기를 넣는다.

코카트리스 고기가 어느 정도 익으면 당근, 양배추, 파, 버섯류, 두부를 넣고 한소끔 더 끓인다.

"응, 코카트리스도 채소도 익었으니까, 이제 괜찮으려나."

『와아~ 맛있어 보여~.』

그때, 소금 레몬 전골 소스의 포장지가 눈에 들어왔다.

"보기 좋게 좀 더 손을 써볼까."

인터넷 슈퍼를 띄워서 세토나이(瀬戸内)산 레몬을 구입.

잘 씻어다가 통썰기 해서⋯⋯.

"이러면 어떨까."

동그랗게 썬 레몬을 전골 위에 흩뿌렸다.

"응응, 시각적으로도 보기 좋아졌네."

『우와아~! 빨리 먹고 싶어~.』

"페르랑 다른 녀석들에게 가져다줄까."

『응!』

스이가 작업대에서 폴짝 뛰어내려서 거실로 향했다.

『저녁밥 다 됐어~! 엄청 맛있어 보여~!』

완성된 전골을 아이템 박스에 넣고 스이의 뒤를 따랐다.

"오래 기다렸지~. 오늘은 소금 레몬 전골이야."

『스이도 도왔어~.』

턱턱턱, 커다란 질냄비를 하나씩 페르 일행 앞에 내려놓았다.

"뜨거우니까 조심해."

『어이, 버섯이 많은 것 같다만?』

움찔. 페르, 날카롭네.

"뭐, 뭐어 아무렴 어때. 맛있다고. 그 대신 고기도 잔뜩 넣었어."

그렇게 말해서 얼버무리고는 "아, 위에 있는 노란 레몬은 향을 내려고 얹은 거니 다들 피해서 먹어"라고 덧붙여 말했다.

그럼에도 불구하고 페르는 레몬과 함께 덥석 입에 넣었다.

『뜨겁……지만 맛있군. 너는 이 레몬이라는 것을 피하라고 했지만, 산미가 있어서 상큼해 나쁘지 않군.』

"그, 그래?"

『호오~ 그렇다면 나도 이대로. ……흠, 나쁘지는 않지만 이 레몬이라는 것은 주공이 말했듯 피하는 게 좋겠군그래. 껍질이 떫어서 영 꺼림칙하니.』

『그럼 나도 피해서 먹어야지. ……응, 맛있는데? 상큼해서 고기를 얼마든지 먹을 수 있겠어.』

『맛있어~! 스이가 도운 버섯도 맛있어~.』

의외로 상큼한 맛이 호평을 받고 있네.

어디, 나도.

"우선 국물부터."

후릅.

오오~ 레몬의 상큼한 향이 절묘해.

이거, 괜찮을지도.

이 맛은 담백한 코카트리스 고기하고도 완벽하게 어울리는걸.

채소도 맛있고.

『한 그릇 더.』

『나도 한 그릇 더 주시게.』

『나도 한 그릇 더!』

『스이도 더 먹을래~!』

"그래그래."

엄청 뜨거울 텐데도 다 먹어치웠네.

너흰 뜨겁건 말건 식욕이 우선이구나~.

모두가 추가 주문한 소금 레몬 전골을 내주고 나도 다시 식사를 했다.

하아~ 그나저나 맥주가 마시고 싶어지네~.

하지만 참아야지.

어제와 그제, 그 전날도 마셨으니까~. 오늘은 간을 쉬게 해줘야지.

하아~ 하지만 전골이 이렇게 맛있으면 맥주가 땡긴다니깐~.

그렇게 생각한 건 나뿐만이 아니었는지, 곤 옹이 맥주를 달라고 한참을 졸라댔지만 "요즘 너무 많이 마셨으니까 안 돼" 하고 버티면서 내주지 않았다.

나도 참고 있다고.

그런 식으로 우리는 저녁 식사로 산뜻한 소금 레몬 전골을 즐겼다.

그리고 전골에 익숙해진 녀석들답게.

마무리 요리를 위한 국물은 남겨두었다.

이 국물에 딱이라고 하는 라면을 마무리 요리로 했다.

준비해두었던 중화면을 넣고 얼마쯤 기다린다.

그리고 먹기 직전에 굵은 흑후추를 뿌려서…….

『역시 전골의 마무리 요리는 맛있군.』

『음음. 맛있군그래.』

『맛나~.』

『미끈미끈한 거 맛있어~.』

"그러게~. 산뜻한 소금 레몬 라면, 최고네."

마무리 요리가 예상했던 것보다 훨씬 맛있었다.

소금 레몬 전골, 좋은걸?

그렇게 우리는 오랜만에 마무리 요리까지 전골을 알차게 즐겼다.

어느 혁명가의 탄생

무참하기 그지없게 산산이 무너진 교회.

이곳이 르바노프 신성 황국의 성도(聖都) 울리세스에 위치한 르바노프교의 총본산.

성도 울리세스에서도 가장 호사스러운 건물이었다.

그 잔해를 바라본다.

언제나, 계속, 줄곧…… 이상하다고 생각했다.

나보다 다섯 살 많은 다정했던 형이 열두 살 때 교회에 들어 갔다.

형은 신부님이 되고 싶다는 소리 같은 건 한 마디도 안 했는데.

그런데 교회 녀석들은 "이 아이에게는 소질이 있다"면서 싫어 하는 형을 억지로 끌고 갔다.

아버지와 어머니는 "명예로운 일이다"라며 기뻐했지만 나는 형이 갑자기 없어져서 그저 서글펐다.

형이 끌려갔는데 '명예로운 일이다'라고 한 아버지와 어머니도 싫어졌다.

그리고 르바노프교라는 이유만으로 무슨 짓을 하건 용납하는 이 나라도.

그래서 성인이 되자마자 경건한 신자인 부모님이 있는 집에서 나왔다.

그리고 모험가로서 최대한 빨리 제 몫을 할 수 있게 되려고 노

력했다.

빨리 랭크를 올려서 이딴 나라에서 떠나주겠다는 생각으로.

그것만을 목표로 힘든 일이 있어도 열심히 해왔다.

하지만…….

이 나라에서 나처럼 모험가가 되려는 인간은 적다.

파티를 맺을 만한 사람도 그다지 없어서 혼자서라도 나라를 떠나기 위해 길드에서 하는 강습을 적극적으로 받기도 했다.

요즘에는 검술도 몸에 익어서 어찌어찌 뿔토끼나 고블린 정도는 상대할 수 있게 됐다.

그래서 도시 밖에서 약초를 채취하는 의뢰를 처음으로 받아봤다.

그 의뢰를 마치고 도시로 돌아와 모험가 길드에 보고를 하러 가던 중, 갑자기 머릿속에 목소리가 들려왔는데…….

목소리의 주인공은 이 세계의 창조신인 데미우르고스 님이라고 했다.

그리고 교황님에게 르바노프라는 게 누구냐고, 그런 신은 없다고 말했다.

르바노프님은 전지전능하며 영예로운 인간족의 신이라고 배웠는데, 그것도 부정하셨다. 신들은 인종에 우열을 매기지 않는다면서.

르바노프교는 한낱 돈벌이를 위해 만들어진 종교이며 상층부는 모두 돈에 눈이 먼 수전노들이라고도 하셨다.

이곳에는 나 말고도 많은 사람들이 있었다.

여기저기서 말소리가 들려왔다.

"르바노프 님이, 없다고?"

"르바노프 님은 우리 인간족을 이끌어주실 분이 아니었나?"

"르바노프교가, 돈벌이를 위한 종교라고?"

창조신 데미우르고스 님의 목소리가 들린 것은 나뿐만이 아니었나 보다.

이곳에 있는 것도 아닌데 이렇게나 많은 사람들에게 목소리를 전달할 수 있으니, 신이라는 말은 사실일 거다.

그렇다면 창조신 데미우르고스 님의 말씀은 진실이라는 뜻이 된다.

좌우간 신의 말씀이기 때문이다.

르바노프라는 신이 없다는 건 아무래도 좋다.

나는 애초부터 르바노프교 따위 안 믿었으니까.

그런 소리를 하면 아버지와 어머니가 "천벌 받을 놈 같으니!" "참회하렴!" 하고 잔소리를 해대서 입 밖에 내지 않은 것뿐이다.

르바노프교의 상층부 녀석들이 돈에 눈먼 수전노들이라는 것도 보다 보면 자연스럽게 알 수 있다.

그도 그럴 게, 우리 일반 시민들은 나날이 먹고 살기 위해 온갖 고생을 다 하는데 보란 듯이 호화스러운 보석 장식품과 옷을 걸치고 다니니까. 게다가 그런 걸 걸치고 다니는 녀석들은 죄다 뒤룩뒤룩 살이 쪘다고들 하고.

고약한 취향의 벼락부자가 따로 없다.

정상적인 녀석이 보면 그 돈이 어디서 난 것인지 금방 알 수 있을 거다.

하지만 그건 그나마 넘어가 줄 만한 편이다.

이곳에 있는 녀석들도 자진해서 기부까지 해가며 르바노프교를 떠받들었기 때문이다.

내가 주목한 것은 그 부분이 아니다.

창조신 데미우르고스 님이 하셨던 '외모가 수려한 소년소녀를 발견하면 끌어들여 장난감으로 삼았지. 게다가 질리면 노예로 팔기까지 했다'라는 말씀이다.

형은, 평범한 나와 달리 이 근방에서도 소문이 자자한 미소년이었다.

그래서 끌고 갔던 건가?

장난감으로 삼았다고?

어떻게 된 일이지?

게다가 창조신님께서는 이렇게도 말씀하셨다. '질리면 노예로 팔기까지 했다'고. 심지어 제국에.

가이슬러 제국이 얼마나 극악무도한지는 이 성도까지 알려졌을 정도다.

창조신님께서도 '제국으로 팔려간 자들은 전투 훈련의 표적이 되어 죽는다'라고 말씀하셨다.

우리 형은?

신부가 되는 거 아니었어?

아니, 신부가 되었다고 들었다. 내가 집을 나올 때 꼭 좀 알아봐달라고 부탁해서 형이 어떻게 되었는지 부모님이 교회에 물어봐 주었다.

그랬더니 신부가 되는 데 필요한 최종 단계의 수련을 위해 나라의 북서부에 위치한 마을에 취임했다고 했다.

부모님은 이 수업이 끝나면 당당하게 신부가 될 수 있을 거라는 이야기를 자랑스럽게 했었다.

그래서 나도 강제로 끌려간 형은 살아있구나, 하고 안심했다.

그럼 결국, 형은 어떻게 된 거지?

그게 너무 궁금해져서 도저히 가만히 있을 수가 없었다.

나는 인파를 헤집고 앞으로 나갔다.

"이봐! 내 형은 9년 전에 교회로 끌려갔어! 교회에 물어보니 지금은 신부가 되는 데 필요한 최종 단계의 수련을 위해 나라의 북서부에 있는 마을에 취임한 상태라고 했지. 근데 아까 창조신 님께서 그랬잖아, 질리면 노예로 팔았다고. 형은, 내 형은 어떻게 됐지?! 대답해!!"

교회가 파괴된 탓에 다리가 풀렸는지 주저앉아 있는 신부에게 따져 물었다.

"우, 우리 애도 작년에 끌려갔어! 신부가 되는 거 아니었어?!"

"내, 내 조카도 수녀가 될 자질이 있다면서 끌고 갔는데."

"내, 내 막내 남동생도!"

나와 마찬가지로 가족이 끌려간 자들이 그 자리에 남은 신부들을 다그쳤다.

"우, 우리한테 물어봐야 모른다고!"

"위, 위, 윗사람들이 한 일이다!"

"그래, 맞아. 우, 우리가 알 리가 없잖아."

"그, 그래! 우리 같은 말단은 상관없어."

얼굴이 새파랗게 질린 신부들이 자신들은 무관하다고 외쳐댔다.

그 태도를 보고 나는 깨달았다.

창조신 데미우르고스 님의 말씀은 사실이라는 것을.

몸 속 깊은 곳에서 분노와 증오가 솟구쳤다.

"창조신님의 말씀이 사실이구나! 형을 제국에 노예로 판 거지!! 너희가 사람이냐!!"

나는 무의식중에 떨어져 있던 돌을 주워서 있는 힘껏 집어던졌다.

"전지전능 같은 소리 하네! 영예로운 인간족의 신은 얼어죽을! 르바노프 같은 신은 없다잖아!"

계속해서 돌을 던진다.

"그, 그만!"

"이, 이봐! 저 녀석을 막아라!"

"성기사여, 빨리 저 녀석을 잡아라!"

신부들이 난리를 피웠지만 나는 멈추지 않았다.

"시끄러워! 뭐가 잘났다고! 르바노프교를 믿으면 구원을 얻는다고?! 어딜 봐서! 그냥 납치범 집단이잖아!"

내 입과 손은 멈추지 않았다.

"그뿐만이 아니야! 우리 시민들은 살아가는 것만으로도 힘든데, 너희는 어떻지?! 그 호화스러운 옷은 뭐냐고! 우리는 낡은 곳을 아끼고 아껴서 뜯어져도 꿰매가며 몇 년이나 입고 있는데!
게다가 그 뒤룩뒤룩 살찐 몸은 뭔데?!"

"우, 우리는 르바노프 님께서 가르침을 전파하기 위해 보내신
자들이다!"

"그게 뭐 어쨌다고! 아니, 르바노프 같은 신은 없다고 말씀하
셨잖아!"

"이, 이 이단자놈이!"

"그, 그래! 주변에 있는 자들이여, 그 이단자를 잡아라!"

내 주변에 있던 사람들에게 신부들이 그렇게 소리쳤지만 아무
도 움직이지 않았다.

진짜 신의 목소리를 들은 뒤라고.

그 말씀 덕분에 지금까지 보이지 않았던 것들이 보이기 시작
한 거라고.

"르바노프교 같은 소리 하고 앉았네! 사람들한테 뜯어낸 돈으
로 사치를 부리고 있는 것뿐이잖아! 그뿐만이 아니야, 사람까지
납치하는 쓰레기들 같으니!"

그렇게 말하며 있는 힘껏 돌을 집어던졌다.

"그래……. 이 녀석들은 헌금을 받으러 집에까지 오지."

"그래서 우리는 입에 풀칠도 겨우 하고."

"입만 열면 돈 타령이지. 그 덕분에 한 번도 우리 애를 배불리
먹여본 적이 없어."

"그래. 그러다 돈이 없어서 내질 못하면 주변 사람들은 이단
자 취급이나 하고."

"꾸준히 기부를 하고 있었는데, 작년에 우리 할머니가 병에 걸려서 진찰해달라고 했더니 엄청난 금액의 기부를 요구했어. 결국 내지 못해서 할머니는 그대로 죽었다고."

차례로, 끊임없이 그런 말들이 새어나왔다.

그 모습에 겁을 집어먹은 신부들은 "이단자놈들!" "천벌 받을 놈들!" 따위의 망발을 쏟아내며 도망쳤다.

이 나라를 떠나려 했는데, 관둘란다.

이대로 떠나면, 형의 억울함은 누가 풀어주지?

르바노프교는 절대로 용서 못한다.

르바노프교 따위 이 세상에서 없애버리겠어.

우선 이 성도부터 시작이다.

곤 옹과 와인으로 반주

『뭐냐, 너. 기분 나쁘게스리.』

『곤 옹~ 좀 전부터 왜 그렇게 히죽거리고 있어?』

페르와 드라 짱이 어이가 없다는 얼굴로 말했다.

뭐, 표현은 좀 그렇지만 저런 말이 나올 만도 하지~.

왜냐하면 곤 옹은 이 자리에서 콧노래를 흥얼거리고 싶을 만큼 엄청나게 기분이 좋을 테니까.

『너희와는 상관없는 일이다. 허허허.』

평소 같았으면 말다툼이 벌어졌겠지만, 지금 무진장 기분이 좋은 곤 옹은 전혀 개의치 않았다.

『곤 할아버지, 뭐 좋은 일 있었어~?』

『오~ 스이구나. 글쎄다. 있었을지도 모르지~. 허어허어허어.』

그런 곤 옹을 나는 뚱한 눈으로 쳐다보았다.

『주공, 오늘 저녁 식사 때를 기대하고 있겠네.』

알았다니까!

일부러 나한테만 들리도록 염화 보내지 말라고.

그나저나 염화로 들리는 목소리도 그렇고 꽤 많이 들뜬 것 같네.

귀찮으니까 오늘은 안 돼. ……하고 무시하면 안 되겠지?

하아~.

하여간, 술 좋아하는 드래곤 때문에 난감해 죽겠네.

역시 그때 들키면 안 되는 거였는데 말이지. 이미 늦었지만.

점심식사 후 '오늘은 오랜만에 반주라도 할까' 하고 인터넷 슈퍼의 외부 브랜드인 리큐어 샵 다나카를 들여다봤더니 와인 특집 코너가 열려 있었다.

처음에는 '와인이라' 하고 그냥저냥 보고 있었는데, 그러고 보니 와인은 마실 기회도 적기도 했고(싫은 건 아니지만 내 경우에는 오로지 맥주뿐이었으니까) 가격과 가볍게 마실 수 있다는 이유만으로 슈퍼에 놓여 있을 법한 저가 와인만 적당히 골랐던 게 기억나서 말이지.

이왕 본 김에 와인을 개척해 보는 것도 재미있겠다 싶어서 특집 코너를 참고해 가며 반주용으로 와인을 고르고 있었다.

그러다 보니 어느샌가 곤 옹이 옆에 와 있었고…….

당연하다는 듯이 『나도 주시게~』라는 이야기가 나와서.

곤 옹도 상당한 애주가이다 보니 포기하기는커녕 그 무서운 얼굴로 꽉꽉 압박을 한다고.

어쩔 수 없이 내가 고르던 '입문자용 레드 와인 세 병 세트'라는 걸 곤 옹의 몫까지 사뒀다.

뭐, 그런고로 오늘은 곤 옹과 함께 와인으로 반주를 하게 됐다는 말씀.

그렇게 되었으니 안주도 준비해 둬야지.

간단한 걸로 할 거지만.

근데 나 혼자 반주를 할 때는 적당히 간단한 걸 만들면 그만이었지만, 곤 옹이 함께할 때는 어느 정도 많은 양을 준비해야 한다는 게 문제란 말이지.

뭐, 어쩔 수 없지.

저녁밥 만들 때 후다닥 만들어 버리자.

『곤 할아버지랑 주인~ 안 자~?』

『보나마나 또 술이나 마시려는 것이겠지. 그런 것이 뭐가 맛있다는 건지.』

『아~. 뭐, 적당히 마시라고~. 특히 곤 옹 말이야. 술에 취해서 또 요전처럼 되면 두고두고 놀릴 줄 알아.』

『끄응…….』

다 들켰네.

뭐, 곤 옹이 대놓고 들떠 있었으니까.

게다가 나도 아직 잘 생각이 없어 보이니 술을 마시려는 거라 생각할 수밖에.

"하하하, 적당히 마실게."

나와 곤 옹은 쩔쩔매며 침실로 향하는 페르와 드라 짱과 스이를 배웅했다.

"그럼 마셔볼까."

『음! 기대하고 있었네!』

"그러면 우선 안주부터 준비할게."

그렇게 말하며 아이템 박스에서 첫 번째 안주인 카프레제를 꺼냈다.

거의 썰기만 하면 되는 초간단 안주인 동시에 세련되기까지 하다.

토마토와 모차렐라 치즈를 얇게 썰어서 토마토, 모차렐라 치즈, 싱싱한 바질을 순서대로 번갈아가며 접시에 담은 후, 소금과 굵은 흑후추를 치고 엑스트라 버진 올리브 오일을 끼얹기만 하면 된다.

끝내주게 맛있는 앨번표 토마토와 모차렐라 치즈에 바질의 풍미가 더해져, 간단하지만 최고로 맛있는 일품이 되었다.

두 번째 안주는 크림치즈 생햄말이.

크림치즈를 가늘고 얇게 잘라서 생햄에 둘둘 말기만 하면 된다. 그걸 접시에 늘어놓고 굵은 흑후추와 이쪽에서 발견한 레몬처럼 상큼한 향이 나는 건조 허브를 뿌린 후 엑스트라 버진 올리브 오일을 끼얹은 물건이다.

이것도 엄청 간단하지만 건조 허브가 좋은 악센트가 되어서 무진장 맛있다.

세 번째 안주는 양파와 생햄 마리네다.

양파는 채 썰어서 물에 담가뒀다가 물기를 빼고, 생햄은 적당한 크기로 썰어둔다. 그다음엔 엑스트라 버진 올리브 오일, 와인비네거[*], 레몬즙, 소금, 설탕, 흑후추를 섞은 마리네 소스를 곁들여서 냉장고에 넣고 식히기만 하면 된다.

---

[*] 화이트와인을 토대로 만든 식초.

앨번표 양파는 매운맛이 적어서 생으로 먹어도 맛있다. 거기에 생햄의 짠맛과 와인비네거를 사용한 마리네 소스의 산뜻한 맛이 어우러지면 맛이 없을 리가 없다.

이 세 가지 안주를 담은 특대 그릇을 곤 옹 앞에, 살짝 작은 그릇을 내 앞에 놓았다.

"와인과 잘 어울릴 듯한 안주로 해봤어. ……아니, 벌써 먹고 있네."

곤 옹이 벌써 안주를 집어먹고 있었다.

『어흠. 술에 잘 맞을지를 확인한 걸세. 고기는 아니지만 모두 다 적절하게 짭짤해서 술과 잘 어울릴 것 같군그래. 그런고로 주공.』

곤 옹이 턱턱, 앞발로 바닥을 두드렸다.

"그래그래. 와인 달라는 거지?"

곤 옹 전용 특대 볼 그릇에 구입해둔 '입문자용 레드 와인 세 병 세트' 중 첫 번째 와인을 따라주었다.

뭐, 곤 옹의 특대 볼은 한 병으로는 다 차지 않아서 같은 것이 총 세 병은 필요하지만.

『호오~ 향이 좋구먼. 어디.』

벌컥벌컥벌컥──.

『푸하~. 맛 좋다! 전에 마셨던 과실주와는 천지 차이로군. 이 건 향기도 좋지만 맛도 과실 같아 개운하군그래. 이거 얼마든지 마실 수 있겠어.』

그러고는 카프레제를 우물.

『음음. 이 안주와도 궁합이 좋구먼. 술이 술술 넘어가.』

벌컥벌컥벌컥——.

마음에 들어 해서 다행이지만 그렇게 물처럼 벌컥벌컥 마시지 말라고.

어이없어하면서 나도 인터넷 슈퍼에서 산 와인글라스에 세 병 세트 중 첫 번째 와인을 따랐다.

꼴깍.

"오오~ 처음 마시는 와인이라 어떨까 했는데, 마시기 쉬운걸."

곤 옹의 말대로 좋은 과일향이 나는 데다 떫은맛이 적어서 가볍고 개운하다.

"이거 좋네."

다시 와인을 꼴깍 마시고 안주로 크림치즈 생햄말이를 덥썩.

음음. 안주와의 궁합도 좋네.

『주공, 다음 걸 주시게.』

곤 옹이 다음 와인을 달라고 재촉했다.

빠르기도 하네.

세 병 세트 중 두 번째 와인을 특대 볼에 따랐다.

『흠흠. 이것도 향이 좋군그래.』

벌컥벌컥벌컥——.

『호호오~. 이것도 맛있구먼. 은은한 단맛이 뭐라 말할 수 없을 만큼 좋아. 이것 역시 얼마든 마실 수 있겠어.』

곤 옹은 그렇게 말하더니 신이 나서 벌컥벌컥 마셨다.

아니 글쎄, 물처럼 마시지 말라니까.

"이것 봐, 곤 옹. 마시기 쉽다고는 해도 이건 술이거든? 적당히 마셔~."

『알고 있네.』

그렇게 말하며 곤 옹이 양파와 생햄 마리네를 입에 넣었다.

『으음, 이 이 안주도 산뜻하고 맛있구먼.』

"그렇지~?"

전부 잽싸게 만든 초간단 안주지만 이 양파와 생햄 마리네가 개인적으로는 강력 추천 안주거든?

어디, 나도 두 번째 와인을 즐기며 양파와 생햄 마리네를 먹어 봐야지.

와인 쪽은 입문자용이기도 해서 역시나 마시기 쉬웠다.

곤 옹의 말대로 순한 맛의 와인이다.

순한 맛의 와인에는 양파와 생햄 마리네가 잘 맞아서.

곤 옹처럼 나도 모르게 와인을 벌컥벌컥 마시고 말았다.

이런이런, 이거 과음하지 않게 조심해야겠네.

그런 나를 보고 곤 옹이 히죽거리고 있었다.

『내 말대로 얼마든지 마실 수 있을 것 같은 술이었지?』

"화, 확실히 마시기 쉽기는 하지만 물처럼 마시면 안 되잖아."

의기양양한 표정으로 곤 옹이 한 말에 나는 겸연쩍어졌다.

『후하하하. 다음으로 넘어가세, 주공~.』

신이 난 곤 옹이 다음 와인을 달라고 재촉했다.

"여기. 이게 마지막이야."

세 병 세트 중 마지막, 세 번째 와인을 특대 볼에 따랐다.

『음음. 이것도 향이 좋군그래.』

벌컥벌컥벌컥——.

『호호오~. 이 술은 은은하게 떫은맛도 나는군. 하지만 불쾌한
게 아니라 기분 좋은 떫은맛이네. 음음. 이 술도 맛있구먼! 헛헛
허.』

그러더니 곤 옹은 크림치즈 생햄 말이를 야금야금 먹고서 다
시 와인에 입을 댔다.

벌컥벌컥벌컥——.

『푸하~ 술도 맛있고 안주도 맛있군. 최고네!』

그건 괜찮은데 곤 옹, 마시는 속도가 빠르다고.

들떠 있는 곤 옹을 보며 나도 세 번째 와인을 글라스에 따랐다.

흠흠. 분명 떫은맛도 느껴지는 와인이네. 하지만 이 정도라면
전혀 불쾌하게 느껴지지 않아.

이것도 처음 마시는 와인이지만 나쁘지 않은걸.

이 와인은 오스트레일리아산인가.

오스트레일리아의 와인은 처음일지도.

역시 와인은 심오하구나아.

그렇게 감탄하던 중······.

『주공, 더 주실 수 있겠는가?』

곤 옹이 만면에 미소를 띤 채 그렇게 말했다.

"무슨 소릴 하는 거야. 그게 마지막이라고 했잖아."

『하, 하지만 말이네.』

"안 된다니까. 취해서 여기 널브러져 있으면 또 녀석들이 비

웃을걸."

이곳에서 잠이라도 들면 나 혼자 커다란 곤 옹의 몸을 무슨 수로 옮기라고.

『끄으응…….』

"자자, 그만 해산하고 자자."

『끄응. 아쉽지만 어쩔 수 없지. ……그래, 주공. 나는 이 과실주가 실로 마음에 들었네. 내일도 이렇게 함께 마시세나!』

"무슨 소릴 하는 거야, 안 해. 내 경우는 반주를 가끔씩 해서 즐거운 거라고."

『그, 그럴 수가~.』

"자자, 고개 숙이고 있지 말고 침실로 가."

『주공~…….』

드래곤인 데다 무섭게 생기기까지 했으면서 그런 한심한 목소리로 말하지 말라고.

뭐, 나도 와인에는 꽤 관심이 생겼으니 다음에 반주를 할 때도 와인을 마시는 건 나쁘지 않겠다고 생각하던 참이지만.

누가 1등?

페르도 곤 옹도 드라 짱도 스이도 오늘은 아침부터 들떠 있다.

길드 마스터에게 받은 의뢰를 마치고 겨우 여유 시간이 생긴 어제 잔뜩 신이 나서 『사냥하러 가자!』라고 했지만 공교롭게도 밖에는 비가 왔다.

페르와 녀석들이라면 비가 와도 사냥은 가능하겠지만 이 날씨에는 사냥감 자체가 보금자리에서 나오지 않을 거란 이야기가 나왔다.

비가 오면 기분이 축 처지기 일쑤이기도 하고.

다수결로 사냥은 중지하기로 결정되었다.

페르만은 『비가 와도 사냥은 할 수 있건만』이라고 하며 아쉬워했지만.

그런고로 사냥은 다음 날로 미루었다.

그렇게 맞이한 오늘, 하늘을 올려다보니 끝없이 넓고 푸른 하늘이 펼쳐져 있었다.

그걸 본 페르와 녀석들도 아주 기뻐했다.

완전히 사냥 모드로 전환한 녀석들은 『기운을 북돋기 위해 고기다! 잔뜩 내놔라!』라고 했고(뭐, 고기는 매일 매 끼니마다 먹고 있지만), 아침부터 돼지고기 덮밥을 우걱우걱 먹어 기합을 팍 넣었다.

그리고 아침식사 후에는 누구에게 쫓기기라도 하듯이 사냥을 하러 갔다.

그때 곧장 도시 밖으로 향하려 하는 페르와 녀석들을 필사적으로 제지해 우선 모험가 길드로 향했다.

사냥을 하러 가기 전에 보고를 해두지 않으면 또 길드 마스터한테 혼날 테니까.

"그래서, 오늘은 어디로 가려고?"

페르가 좋은 사냥터가 생각났다기에 그곳으로 가기로 했다.

『음. 이곳에서 서쪽에 자리한 계곡이다. 분명 인간들은 부기의 계곡? 이라고 불렀더랬지.』

『부기의 계곡? ⋯⋯⋯⋯아아, 그곳을 말하는 게로군.』

"오오~ 자네들. 오늘은 어쩐 일인가?"

곤 옹이 이야기하는 도중, 우리의 모습을 발견한 직원에게 연락을 받은 것인지 길드 마스터가 다가왔다.

"안녕하세요. 그게 말이죠, 우리 녀석들이 사냥하러 가고 싶다고 해서⋯⋯."

"또? 뭐어, 이렇게 연락을 하러 왔으니 그나마 나아진 셈인가."

아니, 연락을 안 하면 길드 마스터가 화낼 거잖아요.

"게다가 그 사냥 덕분에 우리 쪽 재정 사정이 좋아진 것도 사실이긴 하니."

하하, 뭐 그렇겠죠.

우리 녀석들은 고기 말고는 필요 없다고들 생각하니까요.

"그래서 오늘은 어딜 갈 건가?"

"으음~ '부기의 계곡'이라고 했던가, 페르?"

"부기의 계곡? 그게 어딘가?"

길드 마스터도 모르는 모양이다.

『주공, '부기의 계곡'이 아니라 '불귀의 계곡'이었던 것 같네.』

"야, 페르. 곤 옹의 말이 맞아?"

『불귀의 계곡? 그런 이름이었을지도 모르겠군. 뭐, 이름 같은 건 아무래도 좋다. 어쨌든 그곳으로 간다.』

"그렇다네요."

『불귀의 계곡, 불귀의 계, 곡······. 불귀의 계곡이라고———?!』

길드 마스터가 갑자기 소리쳤다.

"잠깐, 왜 그러세요?"

"왜긴, 불귀의 계곡 때문이지! 가면 못 돌아오는 계곡으로 알려졌단 말이네!"

"가면 못 돌아온다······. 그래서 '불귀(不歸)'였구나~!"

"자네, 몰랐던 건가? 불귀의 계곡은 말이야, 와이번의 소굴로 유명한 데다 한번 잘못 건드리면 수백 마리는 되는 와이번이 반격해 오는 터무니없는 장소라고."

"으엑?!"

"S랭크 모험가도 어지간한 일이 아니면 사정을 해도 안 가는 장소야."

"에에엑———?!"

자자자자잠깐, 그런 곳이었어?!

『야, 스이, 와이번이라는데?!』

『와이번~! 스이, 알아~. 하늘을 슈웅~ 하고 나는 거! 전에 풋풋해서 쓰러뜨린 적 있어!』

『그러냐?』

『응! 페르 아저씨한테 쓰러뜨리는 방법 배워서~ 같이 잔뜩 쓰러뜨렸어~.』

『호오호오. 그래, 그 페르가 와이번을 어떻게 쓰러뜨리라던?』

『있잖아, 날아다니는 걸 노릴 때는 머리나 날개를 조준하래~. 그치만 머리는 작아서 빗나갈 때도 있어. 그럴 때는 날개를 노려서 떨어뜨리는 거래~. 그렇게 해서 떨어지면 쓰러뜨려~.』

『호오~ 머리나 날개라. 확실히 날지 못하는 페르나 스이에게는 적절한 방법이겠구나.』

『날 수 있는 나라도 머리나 날개라면 한 방에 쏴서 격추시킬 수 있을 테니 나쁘지 않겠어. 상황을 봐서 나도 거길 노려볼까.』

이것 봐, 와이번이라는 단어를 듣자마자 드라 짱이랑 스이까지 흉흉한 소릴 하고 있잖아.

다들 신이 났는데 미안하지만 말이야…….

"응. 오늘 사냥은 중지하자."

와이번이라는 단어를 들으니 그 사건이 떠올랐거든.

내가 무진장 쫓겨 다녔던 거…….

그때도 그렇게나 쫓겨 다녔는데 그런 게 몇백 마리나 있다며? 나 죽어.

『뭐? 무슨 소릴 하는 거냐? 가는 건 결정 사항이다.』

『맞네, 주공. 무얼 걱정하는 건지는 모르겠지만 와이번 따위가 다발로 덤벼도 우리에게는 아무 문제도 없네.』

『난 아직 와이번을 잡아본 적이 없거든. 그러니까 무조건 갈 거야!』

『스이도 갈래~! 왜냐하면, 와이번 고기는 맛있으니까~!』

『음. 스이 말이 맞다. 와이번 고기는 제법 맛있지. 이전에 나와 스이가 잡았던 와이번 고기는 이제 없지 않으냐.』

"뭐, 그건 그렇지만……."

『그럼 잡으러 가는 수밖에. 그곳이라면 전에 사냥했을 때와는 비교도 안 되게 많은 와이번 고기를 손에 넣을 수 있을 테니까.』

"이것 봐, 얼마나 잡으려고 그래……."

『씨를 말려버리면 다음 사냥을 못 하게 되니. 하다못해 거기 있는 것들 중 절반 정도는 잡으려 한다.』

수백 마리의 와이번 중 절반…….

아니, 다음에 할 사냥까지 생각하다니 페르, 동료지만 너도 참 징글징글하다.

와이번도 울고 싶을걸.

페르에게 식겁하고 있었더니…………

"그럼, 그렇게 알고 있겠습니다."

『음. 주공에게는 내가 잘 말해두지.』

"동료들은 걱정할 필요가 없겠지만, 조심해서 다녀오라고~. 자아, 바빠지겠구먼~. 요한에게도 알려둘까."

그렇게 말하며 길드 마스터가 안으로 들어갔다.

"어? 왜 이야기가 마무리된 거야?"

『주공이 넋을 놓고 있기에 내가 길드 마스터라는 자와 이야기를 했네. 잡은 와이번을 모두 이곳에 납품하는 것을 조건으로 내가 날아갈 경로에 있는 도시 등에 긴급 공지를 해주겠다더군. 납품한 와이번의 해체는 공짜로 해주는 대신, 약간의 고기와 그 이외의 소재는 모두 이곳에서 매입하겠다고 했네. 페르, 드라, 스이도 그래도 상관없겠느냐?』

『고기를 가져가겠다는 건 마음에 안 들지만, 조금이라면 상관없지.』

『뭐, 문제없지 않을까. 우린 고기 말고는 관심 없잖아.』

『스이도 고기만 있으면 돼~.』

『좋아, 이제 아무 문제도 없군. 가자.』

〖〖오오!〗〗

"아니아니아니, 뭐가 '오오!'야. 와이번의 소굴이라며! 이번엔 중지……."

〖〖안 돼.〗〗

"그럴 수가~."

나는 평소처럼 분위기에 휩쓸려 끌려왔다.

와버렸다고.

와이번의 소굴에.

"많기도 하네, 와이번……."

『무슨 멍청한 소리냐. 당연하지. 그걸 위해 온 것 아니냐.』

『주공, 이제 그만 체념하지 그러시나.』

『후핫, 사냥하는 맛이 있겠는데?!』

『잔뜩 있어~! 스이가 제일 많이 쓰러뜨릴 거야~!』

『흘려들을 수 없는 말이로군. 스이, 내가 가장 많이 잡을 거다.』

『아니, 실력으로 따지자면 내가 제일 많이 잡을 게다.』

『무슨 소릴 하는 거야~. 이런 건 민첩성이 뛰어난 내가 유리하다고.』

『그럼 누가 많이 잡을지 겨루어 보자.』

『오, 괜찮은데?! 내가 1등이겠지만 말야~.』

『스이가 1등할 거야~!』

『후하하하하, 얌전히 젊은 것들에게 질 수는 없지.』

『그럼 시작이다! 아, 너는 우리가 잡은 와이번의 집계와 회수를 해다오.』

"뭐? 말도 안 되는 소리 마. 나한테 와이번이 우글거리는 곳에서 그런 짓을 하라고?!"

『주공, 엄중하게 결계를 칠 테니 괜찮네.』

『맞다. 나와 곤 옹의 결계다. 그걸 친 우리 정도가 아니면 못 깰 거다.』

『그렇게 아시고, 부탁 좀 드리겠네, 주공.』

『그럼 다녀와 보실까.』

『주인~ 다녀올게~.』

"자, 잠깐만!"

페르, 곤 옹, 드라 짱, 스이는 그런 말을 남기고서 내가 말릴

새도 없이 와이번이 어지러이 나는 계곡에 침입했다.

"나 참, 내가 왜 이런 짓을~."

쭈뼛거리며 나도 계곡으로 향해보니 다들 이미 사냥을 시작한 상태였다.

『간다, 흡.』

페르는 흙 마법으로 배구공 크기의 돌을 수십 개씩 날려서 한 꺼번에 와이번을 열 마리 정도 격추시키고 있다.

『느리구나. 받아라.』

곤 옹은 앞발과 뒷발을 써서 와일드하게 차례차례 와이번을 땅바닥에 내동댕이치고 있다.

『자자자자, 계속해서 간다~.』

드라 짱은 스이에게 들은 와이번을 쓰러뜨리는 방법을 실행에 옮겨서 와이번이 어지러이 나는 공중을 날렵하게 날며 얼음마법과 불마법, 바람마법 등, 온갖 마법을 차례로 날려서 와이번의 머리와 날개를 맞춰 격추시켰다.

『풋풋해서 맞춰버릴 거야~! 에잇, 에잇, 에~잇!』

스이는 촉수를 뻗어 저격수처럼 정밀 조준을 해서 산탄(酸彈)을 차례로 쏘아대고 있다.

프테라노돈과 똑같이 생긴 와이번을 신이 나서 사냥하는 녀석들의 모습에 내 뺨이 저절로 씰룩거렸다.

"오늘도 아주 의욕들이 넘치네……."

왜 사냥만 하면 다들 이렇게 의욕들이 넘치는 걸까.

신이 난 녀석들의 모습에 어이없어하던 중, 페르가 염화를 보내왔다.

『어이, 회수는 잘 하고 있는 거겠지?』

『네에네, 이제 하겠습니다요.』

나 원, 왜 이런 짓을 억지로 해야 하는 거냐고.

자기들이 잡은 건 알아서 회수하란 말이야.

"스무 마리는 회수했는데. 이 정도면 충분하잖아."

그렇게 생각했지만 격추한 걸 전부 회수하지 않으면 녀석들은 납득하지 않겠지.

하아, 어쩔 수 없으니 어서 회수하자.

다음 와이번을 아이템 박스에 넣으려고 손을 뻗은 순간…….

"캬악—."

날카로운 이빨이 돋아난 커다란 아가리가 다가왔다.

"우, 우와아아아악!"

다리가 풀려서 엉덩방아를 찧음과 동시에 순간적으로 팔을 얼굴 앞으로 내밀었다.

태앵——.

쭈뼛거리며 팔을 내리고 눈을 떠보니…….

이빨을 들이밀며 나를 깨물려 하고 있지만 페르와 곤 옹이 친 튼튼한 결계에 가로막힌 와이번의 모습이 보였다.

와이번을 자세히 보니 날개에 상처가 나 있다.

"격추하는 건 좋은데, 똑바로 숨통을 끊으라고…….."

나를 물지 못해 짜증이 났는지 와이번이 "캬악~ 캬악~" 하고 시끄럽게 울어댔다.

"하아, 이거 뭐 어쩌라고."

녀석들을 쳐다보았지만 사냥하는 데 정신이 팔려서 내 말은 듣지도 못할 것 같았다.

"내, 내가 숨통을 끊는 수밖에 없나."

그렇게 나 자신을 설득하여 스이가 만들어준 미스릴 소드를 아이템 박스에서 꺼냈다.

"……………신중을 기하는 차원에서 마검을 쓰는 게 나으려나."

미스릴 소드를 집어넣고 마검 그람을 다시 꺼냈다.

마검 중에서도 나한테는 이게 제일 익숙하니까.

그리고…….

"원망하지 마라~ 하앗!"

마검 그람을 와이번의 목을 향해 휘둘렀다.

좌악——.

일체의 저항감도 없이 칼날이 통과했다.

그리고 그다음 순간, 와이번의 머리가 떨어져 땅바닥을 굴렀다.

이 일을 계기로 신중하게 회수를 해나갔지만…….

"캬악~ 캬악~."

"또냐!"

마지막까지 숨통이 끊어지지 않은 와이번이 얼마나 많던지.

덕분에 과거를 통틀어서 마검이 활약할 일이 최고로 많았다.

"사냥을 할 거면 제대로 숨통을 끊으라고~!"

좌악——.

………………

………….

…….

아~ 끝났다.

이게 무슨 고행이람.

『전부 회수했나? 그래, 누가 1등이었지?』

『주공, 내가 맞는가?』

『아니아니, 나지?』

『주인~ 스이지~?』

"…………."

┎┎┎누가 1등이야?┚┚┚

"1등이 어디 있어! 굳이 말하자면 1등은 나야! 너흰 땅에 떨어 뜨리지만 말고 똑바로 숨통을 끊으라고오오오오!"

참치캔

추적추적 비가 내리는 오후, 나는 요전에 샀던 민트 티와 비슷한 차를 마시며 아이템 박스 정리에 열을 올리고 있었다.

페르 일행은 낮잠 중이다.

뭐, 페르는 홧김에 자는 중이라고 해야겠지만.

사실 '사냥 가자!'라는 말이 나오기는 했지만(특히 페르가) 바깥 날씨를 본 곤 옹과 드라 짱이 미적지근한 반응을 보였다.

당연히 나도 그걸 온 힘을 다해 지지했고 '사냥~'이라면서 좋아하던 스이도 설득하여 어찌어찌 비오는 날씨에 사냥을 가는 사태는 피했다.

오늘은 아침부터 비가 오다 그치기를 반복했고, 이런 찝찝한 날씨에 사냥에 따라가고 싶지는 않았거든.

그런고로 무사히 사냥을 회피해 비게 된 시간에 아이템 박스를 정리하고 있는 것이다.

아이템 박스는 용량이 무한대라 이것저것 마구 집어넣다 보니, 때때로 정리를 하지 않으면 '어라? 이런 게 있었나?' 싶은 게 나오기도 한다.

특히 식재료 관련으로.

아이템 박스에 넣은 것은 시간이 정지되어 썩을 일은 없으니 상관없지만, 아무리 애를 써도 자잘한 것들이 쌓이기 마련이란 말이지.

그리고 어느 순간부터 그대로 잊히는 것이다.

하지만 두 달 정도 전에 구석구석 체크해서 정리를 한 덕인지 언뜻 보니 자질구레한 건 없는 것 같은데.

…………응?

아니, 있었다.

참치캔이 어째서인지 딱 하나 남아있네.

고기라면 사족을 못 쓰는 페르와 녀석들에게 줄 밥에 참치캔을 쓴 적은 없었던 것 같은데.

꺼내서 생각해보았다.

"이걸 언제 썼더라?"

…………아, 기억났다.

내 아침식사용 비축 음식을 만들 때 썼던 거다!

분명 앨번이 가져다준 피망을 써서 무한 피망을 만들었지.

그때 쓰고 남은 거다.

기억이 나서 다행이긴 한데, 써먹을 곳은 역시 내 아침식사밖에 없으려나.

마침 비축해뒀던 초절임이 떨어져서, 상큼한 무침을 또 만들어두려고 생각하던 참이니 거기에 쓸까.

마침 시간도 있고 쇠뿔도 단김에 빼랬으니 부엌으로 향했다.

"그럼 만들어볼까. 이 참치캔과…….'

상큼한 무침을 만들기로 했지만, 원래는 또 정석적인 오이 초무침이나 만들려고 했으니 오이는 일단 무조건 쓰기로 하고.

"참치와 오이를 사용한 상큼한 무침이라. ……그럼 그것밖에 없지. '오이와 참치 타타키*의 상큼한 폰즈무침'."

이건 엄청 간단하기도 하고 비닐봉투만 있어도 조리를 할 수 있어서 설거지감도 덜 나와 좋단 말이지.

그럼 해보실까.

일단 깨끗이 씻어서 가시를 제거하고 양쪽 꼭지를 딴 앨번표 오이를 비닐봉투에 넣는다.

앨번표 오이는 큰 것도 있으니 그런 건 반으로 잘라준다.

그런 다음에는 그걸 밀대로 두들겨 부순다.

오이가 어느 정도 부서지면 손으로 먹기 쉬운 크기로 쪼갠다.

손으로 쪼개는 편이 맛이 잘 스며들어서 나는 이렇게 하고 있지만, 칼로 썰어도 당연히 괜찮다.

이제 가볍게 소금을 뿌려서 주물러준 후 10분 정도 뒀다가 물기를 가볍게 짠다.

물기를 짠 오이가 든 비닐봉투에 기름을 짠 참치를 투입.

거기에 폰즈간장과 참기름을 섞은 것을 넣고 봉투를 흔들흔들.

참치와 오이가 잘 섞이고 조미료도 전체적으로 잘 퍼지면 비닐봉투의 공기를 빼고 입구를 묶어서……

"좋아, 완성. 이제 마도 냉장고에 보관해두자."

이런 건 조금 묵혀둬야 맛이 잘 배어들어 맛있지.

내일까지 이렇게 뒀다가 아침식사 때 곧장 먹어야지.

---

*주로 생선과 고기, 채소 등에 잘게 칼집을 내거나 아예 다지거나 혹은 겉면만 구워서 내는 조리법.

◇　◇　◇　◇　◇

『좋아, 오늘이야말로 사냥을 하자!』

『비도 그쳤으니 나도 찬성이다.』

『오늘은 날씨도 좋아서 사냥하기 딱 좋은 날이니까! 나도 당연히 찬성이야!』

『사냥하러 갈래~!』

"그래그래, 식사 중엔 조용히 해야지."

오늘은 어제와 딴판으로 아침부터 구름 한 점 없는 쾌청한 하늘이 펼쳐져 있었다.

그 덕분에 아침식사 시간인데도 페르와 녀석들은 『사냥이다, 사냥』이라면서 노래를 불러댔다.

아침에 일어나서 바깥 날씨를 확인하고서부터는 그런 식으로 『기운을 북돋기 위해 고기다! 잔뜩 내놔라!』라는 소리까지 해댔다.

기운을 북돋고 말고 할 것 없이, 너흰 매 끼마다 고기를 먹잖아.

뭐, 일단 간단하게 만들 수 있는 돼지고기 덮밥을 푸짐하게 내주었지만.

페르와 곤 옹, 드라 짱과 스이도 사냥을 갈 생각으로 가득……아니, 당연히 가야 한다고 생각하는지, 아구아구 돼지고기 덮밥을 먹었다.

『든든히 먹고 힘을 비축해둬라.』

『음? 사냥감은 정해둔 게냐?』

『일단은. 생각난 장소가 있으니 기대하고 있어라.』

곤 옹의 물음에 페르는 그렇게 답하더니 『후하하하하하』 하고
의미심장하게 웃었다.

이것 봐, 어디로 데려갈 셈이야…….

『오, 페르가 저렇게 말하는 걸 보니 기대해도 되는 건가? 좋
아, 한 그릇 더!』

『스이도 한 그릇 더~!』

『당연히 나도 추가다.』

『나도 부탁하네.』

"그래~."

오늘도 아침부터 다들 기운이 넘쳐서 다행이네.

그나저나, 하아…….

보아하니 사냥을 피하기는 그른 것 같네.

어제는 날씨가 안 좋아서 중지했고, 그 전에도 느긋하게 쉬었
으니 뭐 별수 없나.

그런 생각을 하며 녀석들에게 새로운 돼지고기 덮밥을 내주
었다.

먹보 콰르텟은 식욕이 수그러들지도 않는지 덮밥에 달려들
었다.

그나저나 잘도 먹네~.

평소보다 50퍼센트는 더 먹고 있어.

간이 다소 진하게 된 돼지고기 덮밥을 우걱우걱 먹는 모습을
보기만 해도 나는 속이 쓰려오는데.

그런고로 어제 만든 '오이와 참치 타타키 폰즈무침'을 입에 넣

었다.

"하아~ 상큼해."

폰즈 간장의 산미가 감도는 짭쪼름한 맛이 참기름의 향긋한 풍미와 합쳐져 오이를 최고로 맛있게 만들어주고 있다.

거기에 참치의 감칠맛도 더해져서 그야말로 끝내주는 일품이 됐다.

엄청 간단하지만 맛있단 말이지~.

오독오독 맛보며 그렇게 생각했다.

그다음에는 갓절임과 멸치를 넣은 주먹밥을 덥썩.

하아, 이것도 맛있네.

그리고 두부와 미역을 넣은 심플한 된장국을 마셨다.

"아침밥은 역시 이 정도가 딱 좋다니까."

든든한 돼지고기 덮밥을 우걱우걱 먹는 녀석들을 보며 나는 새삼 그렇게 생각했다.

간이 레시피 #5 ~베이크드 치즈 케이크~

"자아, 간식을 만들어보실까."

점심식사 후, 얼마 동안 느긋하게 있다가 슬슬 시작하는 게 좋겠다 싶어 자리에서 일어났다.

"스이~."

오늘 아침부터 스이가 엄청 돕고 싶은 듯한 투로 『오늘 간식은 뭐야~?』라고 물어왔다.

그 때문에 적당히 '오늘도 인터넷 슈퍼에 있는 과자나 외부 브랜드인 후미야의 케이크면 되려나'하고 생각하고 있었지만, 스이를 위해 수제 간식을 만들기로 한 것이다.

귀여운 스이를 위한 일이니 당연히 그래야지.

그랬건만 당사자인 스이가…….

"아이고, 아주 푹 잠들었네."

거실 구석에서 페르, 곤 옹, 드라 짱, 스이가 사이좋게 뭉쳐서 쿨쿨 자고 있었다.

드라 짱은 곤 옹의 커다란 몸에 기대어서, 스이는 페르의 폭신폭신한 털에 둘러싸여 자고 있다.

"후후, 뭔가 부모자식 같네."

어린아이를 끌어안고 잠든 부모 같은 느낌의 모습에 괜히 마음이 훈훈해졌다.

다들 기분 좋게 잠들어 있다.

"이거 깨우면 안 되겠는걸~."

낮잠을 자는 스이를 보며 작은 목소리로 그렇게 중얼거렸다.

이렇게 쿨쿨 잘 자는 데 어떻게 깨워.

뭐, 오늘은 나 혼자 간식을 만들도록 하자.

스이한테는 내일 도와달라고 하지, 뭐.

그렇게 생각하며 혼자 조용히 부엌으로 향했다.

우선 뭘 만들지부터 정해야 하는데.

아이템 박스에 손을 집어넣고…….

"이거다!"

끄집어낸 핫케이크 믹스 상자의 뒷면을 보았다.

"베이크드 치즈 케이크라. 뭔가 어려울 것 같은데, 핫케이크 믹스로 만들 수 있는 건가?"

그런 의문을 품은 채 간이 레시피를 읽었다.

"호오호오. 그렇구나."

나라도 할 수 있을 것 같다.

필요한 재료도 그렇게 많지 않고.

"핫케이크 믹스에 크림치즈, 설탕, 플레인 요구르트, 계란, 레몬즙이라."

핫케이크 믹스, 설탕, 계란은 있고 레몬즙도 이전에 병에 든 걸 샀던 게 남았다.

"추가로 살 건 크림치즈랑 플레인 요구르트뿐이네."

부족한 재료를 확인하고 인터넷 슈퍼를 띄웠다.

크림치즈와 플레인 요구르트를 카트에 담는다.

"좋아, 이제 재료는 다 모였어."

간이 레시피를 확인하며 작업을 개시했다.

우선 상온에 두었던 크림치즈를 볼에 넣고 거품기로 크림 상태가 될 때까지 섞는다.

탁탁탁탁탁——.

"후우, 이 정도면 되려나."

크림치즈가 부드러운 크림 상태가 되면 설탕을 투입.

그리고 가루가 안 보일 때까지 잘 섞는다.

"좋아, OK. 이제 계란물 차례야."

몇 번에 나눠서 넣으며 이것도 잘 섞는다.

"다음은 플레인 요구르트랑 레몬즙."

플레인 요구르트를 넣고 잘 섞고, 레몬즙을 넣어 다시 잘 섞는다.

"끝으로 핫케이크 믹스를 넣고 고무주걱으로 가르듯이 섞어 주면."

반죽 완성이다.

이제 둥그런 케이크 틀에 오븐 시트를 깔고 완성된 반죽을 흘려 넣는다.

반죽을 흘려 넣은 틀을 몇 번 정도 바닥에 내리쳐서 공기를 뺀 후, 예열해둔 오븐에 넣는다.

"의외로 간단하네. 아니 뭐, 중요한 건 완성도지만."

그리고…….

"응, 잘 구워졌네."

대나무 꼬챙이를 찔러서 아무것도 묻어나지 않는지를 확인한다.

"꽤 괜찮게 구워졌는걸?"

이제 식히기만 하면…….

"오오~."

식힌 후에 틀에서 빼내어 잘라보니, 가게에서 파는 것 같은 베이크드 치즈 케이크처럼 잘 돼서 감동하고 말았다.

"그럼 곧장 맛을 볼까……."

덥썩──.

"맛있어."

베이크드 치즈 케이크를 처음 만든 것치고는 엄청나게 잘 됐다. 촉촉한 치즈 케이크가 무진장 맛있다.

나는 굳이 말하자면 레어 치즈 케이크파(派)였지만 그 신념이 흔들릴 정도의 맛이었다.

나도 모르게 조각 케이크 크기로 잘랐던 걸 냠름 먹어치우고 말았다.

"맛있었어~. ……아, 이게 아니고, 이런 모습을 보면 또 '혼자서 맛있는 걸 먹다니!'라고 할 텐데. 얼른 녀석들에게 가져다 줘야지."

완성된 베이크드 치즈 케이크를 거실로 가져가 보니, 어쩐 일로 다들 아직 낮잠을 자고 있었다.

톡톡 두드리며 "간식 시간이야"라고 말하자 다들 눈을 번쩍 떴다.

『후와아~ 잘 잤다.』

『점심 먹은 후에 자는 낮잠은 꿀맛이로구나.』

『뭔가를 굽는 달콤한 냄새가 나는데, 오늘 간식은 뭐지?』

"오늘 간식은 베이크드 치즈 케이크야. 제법 괜찮게 됐어."

그런 식으로 이야기를 하던 도중, 스이가 푸들푸들 떨며 언짢다는 오라를 내뿜고 있었다.

『치이~ 오늘은 스이가 주인을 돕겠다고 했는데~.』

"미안미안. 스이가 너무 기분 좋게 자고 있어서 도저히 깨울 수가 없었거든. 내일 간식을 만들 때 도와줄래?"

『약속이야~.』

『음, 나쁘지 않군.』

『농후한 맛이지만, 생각 외로 깔끔해서 좋구먼.』

『그러게. 난 이 케이크 마음에 들어.』

『맛있어~.』

녀석들의 평가도 꽤 좋았다.

간이 레시피를 포함해서 핫케이크 믹스 만만세네.

당연히 다들 홀케이크 하나를 냉큼 먹어치우더니 추가 주문까지 했다.

여기서 살짝 변화를 줘 봤다.

"이번 건 이걸 끼얹어서 먹어 봐. 맛있을 거야."

베이크드 치즈 케이크를 굽는 동안 잼으로 만든 간단 딸기 소스다.

딸기잼과 물, 설탕을 끓이다가 레몬즙을 넣고 걸쭉해질 때까지 끓이기만 하면 된다.

나도 딸기 소스를 끼얹은 걸 먹었다.

단걸 좀 많이 먹는 듯한 기분이 들지만 가끔은 괜찮겠지.

응, 딸기 소스를 끼얹은 것도 나쁘지 않네.

『이건, 그 붉은 과실로 만든 소스냐?』

"맞아. 딸기 소스야."

『흠, 나쁘지 않군. 나는 이 소스를 끼얹은 게 더 입에 맞는다.』

『이것도 맛있지만 나는 끼얹지 않은 게 더 좋군그래.』

『나는 둘 다. 하지만 이런 식으로 맛에 살짝 변화를 주면 질리지도 않고 좋은 것 같아!』

『스이도 둘 다 좋아~! 주인~ 내일은 훨~씬 더 맛있는 간식 만들자~.』

"하하, 그래."

비기너즈

페르와 곤 옹, 드라 짱과 스이가 기분 좋게 낮잠을 자고 있는 화창한 날의 오후.

나는 홍차를 마시며 인터넷 슈퍼를 들여다보고 있었다.

"오, 리큐어 샵 다나카에서 와인 특집을 하네."

가게 추천 와인 같은 것이 주욱 늘어서 있다.

"와인이라……."

좋아하느냐고 하면, 딱히 뭔가를 고집할 만큼 좋아하는 건 아니란 말이지~.

그래서 가끔씩 마시고 싶어지면 저렴한 가격대의 좋아 보이는 걸 사서 마시는 정도였다.

하지만…….

"술은 맥주만 팠지만, 이렇게 된 김에 와인을 개척해보는 것도 재미있을지도."

다만 와인은 그야말로 가격대가 천차만별이다 보니 너무 비싼 건 아까워서 못 살 것 같지만.

우선 이런저런 와인에 관한 소개문도 실려 있으니 읽어보실까.

"어디 보자…… 헉! 이 와인은 뭐가 이렇게 비싸?!"

금화 두 닢이나 하다니.

"우와~ 이쪽도 비싸네. 이런 건 마니아용이겠지."

이런 거 말고 저렴한 가격에 초심자도 즐길 수 있는 게 있었으면.

특집 페이지를 좀 더 살펴보았다.

"오, 이쯤이 좋을지도."

비교적 저렴한 가격대의 와인이 소개된 페이지를 보니…….

"오오~ 나한테 딱 맞는 게 있네."

발견한 물건은 '비기너용 레드 와인 세 병 세트'라는 것이었다.

설명을 보니 '와인에 관심은 있지만 뭘 고르면 좋을지 모르겠다……. 그런 당신을 위한 와인 입문편으로 엄선한 라이트 보디 레드 와인 세 병을 준비했습니다'라고 되어 있다.

이것저것 살펴보니 보디라는 것은 레드 와인의 맛의 기준인 모양이다.

라이트 보디라는 것은 떫은맛이나 산미가 적고 머금었을 때의 느낌이 가볍고 깔끔한 맛. 과일향이 감돌고 잡내가 적어 마시기 쉬워서 레드 와인 초심자에게 추천하는 와인이라고 한다.

그리고 미디엄 보디라는 것도 있는데, 적절한 떫은맛과 산미, 향이 균형을 이루고 있는 맛으로 라이트 보디로는 부족하다고 느끼는 분들에게 추천한다고 적혀 있었다.

마지막은 풀 보디라는 것으로 떫은맛과 산미, 향도 강한 데다 깊고도 중후하며 농후한 맛이 나는데, 술을 즐기고 싶은 레드 와인을 찾는 중급자부터 상급자에게 추천한다고 한다.

"뭐, 역시 일단 마시기 쉬운 것부터 시작하는 게 좋겠지~?"

나는 무의식적으로 고른 것이지만 무난한 이 정도가 딱일 거다.

뭐, 가격대가 저렴하다는 것도 이유 중 하나지만.

그리고 어떤 와인인가 보니…….

첫 번째 와인은 프랑스 보졸레산 와인. 보졸레라고 하면 해마다 '판매 개시!'라면서 난리가 나는 것으로 유명하지만 그쪽은 그해 수확한 포도로 만드는 술로, 판매 개시로부터 몇 개월 동안이 제일 맛있는 와인으로 알고 있다. 특집 코너에 소개되어 있는 것은 숙성 기간을 거친 것으로, 이쪽 역시 프레시한 맛이지만 새로 담근 술과 달리 언제든 즐길 수 있는 와인이라는 모양이다. 보졸레의 특징을 가미한 와인으로 딸기 같은 향이 풍부하며 가벼운 맛의 와인이라고 소개되어 있었다.

원재료가 포도인데 딸기향이 난다는 건 무슨 소리람.

소개문을 읽고 생각해 보니 와인의 향 같은 걸 차분하게 맡아 본 적이 없네.

일단 따면 바로 마셔버리니까.

이번에는 차분하게 향도 즐겨봐야지.

그리고 두 번째 와인은 독일에서도 유명한 와인 메이커가 만든 와인이다. 와인에 익숙지 않은 사람들도 즐길 수 있도록 와인 특유의 떫은맛과 산미를 줄이고 과일향과 달콤한 맛이 나도록 완성했다고 한다. 라벨에 왕관을 쓴 곰의 일러스트가 그려져 있어서 귀엽다. 여성에게도 인기가 있을 듯한 와인이다.

세 번째 와인은 오스트레일리아산 와인이다. 오스트레일리아의 과학자가 개발한 포도 품종을 주체로 만든 와인인데, 떫은맛이 적고 싱그러운 과실향과 산미와 단맛이 균형을 이루고 있어, 산뜻한 맛을 즐길 수 있을 거란다.

"전부 다 처음 보는 라벨에 처음 마셔보는 와인이네. 기대된다~."

싱글벙글 웃으며 '비기너용 레드 와인 세 병 세트'를 계산하려 하자……

『새로운 술인가? 나도 마시고 싶구먼.』

그런 소리를 하며 무섭게 생긴 얼굴이 화면을 들여다보았다.

"우억. 뭐, 뭐야, 곤 옹이었어?"

『술이라는 말이 들리기에 궁금해서 말이네.』

우윽.

술 얘기할 때는 귀가 참 밝단 말이지.

『그래서 어떤 술인가?』

곤 옹이 흥미진진하다는 투로 물었다.

"하아. 이건 말이야, 와인이라는 과실주야."

『흐음, 과실주라.』

곤 옹이 과실주라는 말을 듣더니 얼굴을 찌푸렸다.

"응? 안 좋아해?"

어떤 술이든 좋아할 줄 알았는데 웬 일이람.

『아니, 그게 말이네. 예전에 마셨던 과실주의 맛이 아주 지독했거든. 묘하게 시큼하기도 하고, 냄새도 불쾌했네.』

곤 옹은 눈을 질끈 감은 채 심각한 투로 『그건 정말로 지독했어』라고 중얼거렸다.

그건 그냥 상한 것 같은데.

『무심결에 그 술을 바친 마을을 멸망시켜버렸을 정도네. 해마다 공물을 바칠 테니 마을을 지켜달라더니만……. 멋대로 공물을 가져오는 것은 상관없었지만, 가져올 거면 최상품을 가져오는 게 도리 아닌가. 그런데 그런 지독한 술을 가져오다니.』

곤 옹은 잔뜩 화가 나서 그렇게 말했다.

…………모, 못 들었어. 마을을 멸망시켰다는 얘긴 못 들은 거야. 나는 아무것도 못 들은 거라고.

『하지만 주공이 주는 술은 전부 맛있었으니 말이지. 이것도…….』

곤 옹이 그렇게 말하며 나를 빤~히 쳐다보았다.

나는 엉겁결에 시선을 피했다.

『주공, 나도 얻어먹을 수 있겠는가?』

곤 옹이 그렇게 말하며 비늘로 뒤덮여 딱딱한 코로 내 옆통수를 밀었다.

"윽, 하지 마!"

『주공~.』

"아~ 정말, 알았다고. 하지만 와인 쪽은 나도 초심자라 맛이 있을지 어떨지는 몰라."

『뭐, 괜찮을 걸세. 이세계의 술은 모두 다 맛있으니 말이야.』

어쩔 수 없이 곤 옹의 몫도 계산했다. 세 세트씩이나.

곤 옹이 『이거 한 병으로 내 잔이 채워지겠는가?』라고 압박을 하더라고.

"하아~. 와인은 나도 잘 모르니까 가끔씩 초심자로서 이것저것 마시고 공부하며 개척해 나가면서 즐기려 했는데……."

『무얼, 그렇게 따지면 나도 초심자네. 이것저것 잔뜩 마시며 과실주에 관해 공부해 보세나! 그러세나, 주공~!』

앞으로도 잡수시겠다 이거네.

곤 옹에게 들킨 게 잘못이지.

새삼스러운 이야기지만.

하아~ 이렇게 된 거 어쩔 수 없지.

무서운 얼굴을 한 드래곤이 신이 나서 『기대되는구먼』 따위의 소리를 하고 있는데.

안 된다고 할 수가 없잖아.

어쩔 수 없지.

비기너끼리 와인 분야를 개척해 보자고.

가끔씩 말이야.

고구마튀김

"자아, 오늘의 간식은 뭘로 할까."

혼자 부엌에서 생각 중이다.

페르와 녀석들은 거실에서 낮잠을 자고 있다.

그나저나 잘 먹고 잘 자는 녀석들이네.

스이는 둘째 치고 페르와 곤 옹, 드라 짱은 다 자란지 오래일 텐데.

뭐, 한가하다는 이유도 있겠지만 그렇다고 잔소리를 하면 분명 긁어 부스럼만 되겠지.

보나 마나 『한가한 게 문제다. 그렇다면 사냥을 가야겠군』 따위의 말이나 할 테니까.

쓸데없는 소리는 안 하는 게 상책이지. 어휴, 몸서리가 다 쳐지네.

아무튼 그런 건 둘째 치고 오늘의 간식을 정해야지.

조금 더 있으면 스이가 『오늘 간식은~?』이라면서 일어날 테니까.

스이가 도와줄 때도 있지만 오늘은 자고 싶다는 욕구가 더 컸나 보다.

하지만 스이는 은근히 매일 먹는 간식을 기대하고 있는 것 같아서 이쪽도 '간식 만들자'하고 기합을 넣게 된다니깐.

그리고 간식을 뭘로 할까, 라는 문제로 돌아와서 핫케이크 믹스를 사용한 간식은 박스 뒤에 레시피도 실려 있고 간단하기도 하지만 요즘 계속 그걸로 해결하고 있었으니까.

오늘까지 그러면 녀석들이 불평을 해댈지도.

그렇다면, 뭐가 좋을까…….

아, 그러고 보니 오늘 아침에 앨번이 또 고구마를 잔뜩 줬지.

그래, 그걸로 하자.

어릴 적에 어머니가 자주 만들어줬던 정겨운 간식.

고구마튀김!

튀기기만 하면 되니 엄청 간단하다.

아삭아삭 포근포근한 식감에 달콤 짭짜름한 맛이 중독성 있단 말이지~.

응응, 가끔은 이런 간식도 괜찮지.

"그러면 고구마튀김을 만들어 보실까."

우선 앨번표 무진장 맛있는 고구마를 잘 씻는다.

깨끗하게 씻고 나서 고구마를 길고 가는 스틱 형태로 썬다. 껍질은 안 벗겨도 괜찮다.

그 스틱 상태로 썬 고구마를 10분 정도 물에 담가뒀다가 키친 타월로 물기를 닦아낸다.

그런 다음, 고구마의 표면이 바삭해질 때까지(180도 정도로 4, 5분 정도?) 기름에 튀기기만 하면 된다.

고구마가 튀겨지면 기름기를 빼내고 설탕을 많이, 소금은 조금만 뿌리면 완성이다.

감자튀김은 달콤 짭짜름한 맛이 중독적이라 생각해서 나는 설탕을 살짝 많이 뿌렸지만 그 부분은 취향에 따라 조정하면 된다.

그런고로…….

"하나 맛을 볼까."

겉은 바삭하고 속은 포근포근.

"맛있어."

이 달콤 짭짜름한 맛은 자꾸만 먹고 싶어진다.

참지 못하고 손이 가서 하나를 더 덥석.

"이건 이것대로 맛있지만, 앨번이 수확한 고구마는 원래부터 달았으니 설탕은 좀 줄이는 게 좋을 것 같네."

좋아, 제2진은 좀 전보다 설탕을 줄여보자.

"됐다. 이 정도면 되려나."

바삭하게 튀겨진 고구마를 기름에서 건져낸다.

그리고 좀 전보다 설탕의 양을 줄인 상태로 설탕과 소금을 뿌린다.

"어떨까?"

맛을 보았다.

"응응, 이 정도가 딱 좋지."

그런고로 계속해서 조리를 해나갔다.

간식이기도 하니 양은 조금 적게.

결국 버너를 최대한 활용하고 있으니 양 자체는 그럭저럭 많겠지만 말이야.

어쨌든 이만큼 있으면 출출해진 녀석들의 배를 채울 정도는 되겠지.

세 번째 고구마튀김이 다 익어서 설탕과 소금을 뿌려 마무리
한 참에…….

『주인~ 오늘 간식은~?』

어이쿠, 스이가 일어났네.

"지금 다 됐으니까 그쪽으로 가져갈게~."

"오늘 간식은 말이야, 고구마튀김이야."

그렇게 말하며 녀석들 앞에 고구마튀김이 수북이 쌓인 그릇을
내려놓았다.

『뭐야, 고구마냐.』

『고구마, 로군.』

『고구마네.』

『고구마?』

잠깐잠깐, 너희 그 불만스러운 표정은 뭔데?

『스이는 케이크인 줄 알았는데~.』

스이가 살짝 실망한 투로 그렇게 말했다.

큭…… 이 녀석들 갈수록 입맛만 고급스러워지네.

"매일 케이크를 먹으면 몸에 안 좋을 테니까."

게다가 너무 사치스럽기도 한 것 같고.

『스이는 매일 간식이 케이크라도 괜찮은데~?』

스이는 그렇겠지.

『나도 괜찮다. 그 빨간 열매가 올라가 있는 하얀 케이크는 맛있으니 말이다.』

『나도 괜찮네. 그 녹색의 쌉싸름한 케이크는 맛있으니 말이야.』

『나도~. 매일 푸딩이라니, 최고잖아.』

너희까지 그러기냐.

"하아~ 그런 건 가끔씩 먹어야 맛있는 거야. 오늘은 얌전히 이거나 먹어. 이것도 맛있을 테니까. 달콤 짭짜름해서 계속 땡기는 맛이거든?"

튀기기만 한 초간단 간식이지만.

내가 그렇게 말하자 먹보 콰르텟은 마지못해 입을 대기 시작했다.

『음? 그럭저럭 괜찮군.』

『흠. 확실히 그렇구먼.』

『응응.』

『달콤하고 짭짤해~. 고구마도 바삭하고 포근포근해~.』

"어때, 꽤 맛있지?"

고구마튀김을 먹으며 내가 그렇게 말하자 먹보들은 말없이 고개를 끄덕였다.

고구마의 잠재력이 높아서 더 맛있는 거야.

고구마튀김과 함께 인터넷 슈퍼에서 산 녹차를 마시며 나는 슬그머니 의기양양한 표정을 지어보였다.

무코다 씨의 요리 교실 ~누구나 좋아하는 달걀 요리 편 제5탄~

아이야와 테레자의 부탁으로 또다시 계란 요리를 가르치게 되었다.

어째 이것도 정기화되고 있는 것 같네.

뭐, 여러 가지 계란 요리를 먹을 수 있게 되었다며 다들 좋아해서 가르치는 보람은 있지만.

지난번에 가르쳤던 수란은 부동의 계란 요리 순위 1위를 자랑했던 계란프라이에 근접할 기세라나 뭐라나.

수란이 맛있긴 하지.

게다가 계란을 사랑하는 사람들이 좋아하는 '계란의 맛을 직접적으로 느낄 수 있는 요리'라는 측면에서 보면 계란프라이에 뒤지지 않을 정도니까.

하지만 아이야와 테레자에게 그런 이야기를 들은 나는 여러 의미에서 고민에 빠졌다.

그도 그럴 것이, 사람들이 원하는 건 계란의 맛을 직접적으로 느낄 수 있는 간단한 요리라는 거잖아?

그렇다면 뭐가 좋을까 싶더라고.

이런저런 생각을 하며 아침을 먹던 중에 "앗!" 하고 떠올랐다.

두껍게 구운 계란말이를 우물거리다가 "그러고 보니 이건, 아직 안 가르쳤네?"라는 생각이 들더라고.

간단하지만 아주 맛있다.

두껍게 구운 계란말이는 기본적인 계란 요리 중 하나잖아.

살짝 달달한 두꺼운 계란말이는 나도 아주 좋아한다고.

그런고로 이번에 전수할 계란 요리는 두꺼운 계란말이로 결정!

그리고 이번에는 세리야도 참가하겠단다.

들자하니 "좋아하는 계란 요리를 잔뜩 만들 수 있게 되고 싶어!"라면서 자진해서 참가하겠다고 졸랐다는 모양이다.

세리야는 부끄러움이 많고 자기주장도 별로 안 하다 보니, 떼를 쓰지 않는 어른스러운 아이라고 생각했다.

그런데 스스로 뭔가를 하고 싶다고 주장할 수 있게 되었다는 것은 아주 좋은 일이겠지.

아이들에게는 역시 하고 싶다는 일을 하게 해줘야지.

그런고로 나도 분발했다.

계란말이에 꼭 필요한 계란말이용 사각 프라이팬.

그걸 인터넷 슈퍼에서도 제일 좋은 것을 한 사람당 하나씩 준비했다고.

결과적으로 내가 지금 애용하고 있는 것보다 좋은 걸 쓰게 됐지만.

내 건 그게, 쓸 사람이 나뿐이라 이 정도면 되겠지~ 하고 별생각 없이 산 거였거든.

뭐, 지금 쓰는 것도 불편하지는 않으니 내 건 이거면 됐어, 하고 만 거지.

그런고로 준비는 끝났다.

그렇게 우리 부엌에 아이야, 테레자, 세리야가 모여서 오늘의 요리 교실을 개최하게 된 것이었다.

◇　◇　◇　◇　◇

"그럼 시작할까."

아이야와 테레자는 새로운 계란 요리를 배울 생각에 의욕이 넘치고 있네.

세리야도 무척 기대를 하고 왔는지 눈이 동그래졌고.

"오늘 가르쳐줄 계란 요리는 두꺼운 계란말이야. 두 사람의 이야기를 들어보니 아무래도 계란의 맛을 즐길 수 있는 요리를 사람들이 더 좋아하는 것 같으니까. 이 두꺼운 계란말이도 그런 요리야. 그래서 말인데……."

아이템 박스에서 준비해둔 전용 프라이팬을 세 개 꺼냈다.

"두꺼운 계란말이를 만들려면, 이 프라이팬이 꼭 필요해!"

"네모난……."

"프라이팬?"

아이야, 테레자, 세리야가 멍한 표정이다.

"그래, 네모난 프라이팬. 뭐, 일단 내가 만들 테니까 보고 있어. 그러면 이해가 될 테니까."

그런고로 일단 평소처럼 설명을 하며 내가 만들어 보여주기로 했다.

"우선 계란을…………."

볼에 계란을 깨서 넣고 거품이 일지 않도록 풀어준다.

그런 다음, 간장과 설탕을 넣는다[*].

"나는 약간 단 게 취향이라 설탕을 조금 넉넉하게 넣었지만, 그 부분은 취향에 따라 바꿔도 돼."

간장과 설탕도 지급했으니 아이야와 테레자의 집에도 있을 거다.

뭐, 아무래도 익숙한 조미료로 간을 하기 일쑤라 간장은 남아돌 테니 좋은 기회가 될 거다.

간장은 위대한 조미료라고.

"약간 간을 진하게 하면 밥반찬으로도 딱이야."

그렇게 설명했더니 쌀밥이랑 같이 먹고 싶어지네.

나중에 아침식사용 비축 음식으로 진하게 간을 한 두꺼운 계란말이를 해둘까.

"밥……. 그 하얀 알갱이. 쌀이라는 것을 익힌 걸 말씀하시는 거죠?"

아이야가 그렇게 말하자 테레자도 기억이 난 모양이다.

일단은 밥을 짓는 법을 전수하고 쌀도 지급했단 말이지.

아니나 다를까 빵을 먹는 경우가 압도적으로 많은 모양이지만.

"지금까지의 식생활이 있을 테니 빵을 먹을 때가 많은 것 같지만, 이 간장으로 간을 한 건 밥에 잘 어울려. 왜, 모두가 좋아하는 바비큐 그릴에 구운 고기. 간장이 쓰인 그 양념도 밥에 잘

---

*우리나라에서는 계란말이에 소금을 넣는 것이 일반적이지만 일본에서는 설탕을 넣는 것이 일반적.

어울리잖아?"

"그러고 보니······."

"그러네요······."

"구운 고기랑 밥, 엄청 맛있어······."

바비큐 그릴에 구운 고기, 양념에 재워둔 고기, 구운 고기를 찍어서 먹는 모 회사의 야키니쿠 양념 등, 밥과의 궁합은 두 말이 필요 없을 정도다.

종업원들도 그때만큼은 고기와 쌀밥을 정신없이 먹어댄다.

"뭐, 그 부분은 취향 문제도 있고 무엇에 곁들이느냐가 중요하지. 몇 번 만들어 보면서 찾아보도록 해. 아, 그리고 진하게 간을 한 두꺼운 계란말이는 의외로 맥주 안주로 좋아."

"헤에~ 다음에 시험해볼게요."

"어머, 좋은 정보를 들었네."

그러고 보니 아이야와 테레자는 술 좀 마실 줄 아는 쪽이었지.

"아무튼, 조미료로 간을 한 이 계란물을 구우면 되는데, 이때 이 네모난 프라이팬이 필요한 거야."

계란말이용 프라이팬에 기름을 두르고 불에 올린다.

얇은 프라이팬 전체에 구석구석 골고루 기름칠이 되도록 하는 게 중요하다.

이때, 키친타월을 써서 펴 바르면 쉽게 골고루 기름칠이 된다.

그런 다음 계란물 중 3분의 1을 프라이팬에 흘려 넣고 퍼뜨린다.

계란이 굳기 시작하면 프라이팬 끝부분부터 손잡이 쪽으로 스냅을 줘서 말아준 후 끝부분으로 이동시킨다.

비어 있는 손잡이 쪽에 다시 기름을 바르고 또 계란물을 3분의 1 흘려 넣고서 끝부분으로 밀어둔 계란말이를 살짝 들어 그 아래로도 계란물이 가도록 프라이팬을 기울여준다.

이제 조금 전과 마찬가지로 계란이 굳기 시작하면 말아준다.

남은 계란물도 같은 방식으로 구워주면…………

"응, 이 정도면 되려나."

완벽하다고는 못 하겠지만 뭐, 그럭저럭 잘 말아진 것 같네.

구워진 두꺼운 계란말이를 도마에 올려 먹기 좋은 크기로 썬다.

"자, 완성이야. 맛 좀 봐봐."

내가 권하자 아이야, 테레자, 세리야가 두꺼운 계란말이를 포크로 찍어 덥석 입에 넣었다.

"맛있어. 부드러운 맛이네요."

"정말이야. 이 달콤한 맛이 뭐라 말할 수 없이 좋네."

"엄청 맛있어……."

세리야가 계란말이를 찍은 포크를 아쉬운 눈으로 바라보고 있었다.

"세리야는 마음에 든 모양이네. 괜찮아, 더 먹어."

남은 두꺼운 계란말이를 내밀자 '그래도 돼?'라고 묻듯이 세리야의 시선이 어머니인 아이야와 내 얼굴을 오락가락했다.

아이야가 "감사히 먹으렴"이라고 하자 기쁜 듯이 두꺼운 계란말이를 입에 넣었다.

"뭐, 대충 이런 식이야. 일단 한번 만들어 봐."

그런고로 다 같이 두꺼운 계란말이에 도전했다.

예상대로 스냅을 줘서 말아주는 것이 어려운지 모양이 흐트러져서 "아앗" 하는 신음소리가 들려왔다.

역시 처음이라 마는 게 어려운 것 같네.

"뭐, 다소 모양이 흐트러져도 마지막에 정돈하면 어떻게든 돼. 게다가 이런 건 적응이 중요한 거라고. 여러 번 만들다 보면 조만간 익숙해질 거야."

그런 가운데 정말 의외로 세리야가 제일 잘 구워냈다.

"이거 두꺼운 계란말이는 세리야가 담당해야겠네."

테레자가 그렇게 말하자 세리야가 얼굴을 붉히면서도 자랑스러운 표정을 지었다.

"그리고 이 두꺼운 계란말이는 변형하기가 꽤 쉬워. 방금 한 건 기본적인 두꺼운 계란말이지만, 좀 전에도 말했듯이 간을 하는 정도를 조절하거나 아예 다른 조미료를 써보는 식으로 말이야. 그리고 지급한 치즈나 햄을 넣어보는 것도 좋을 거야. 아, 다진 고기를 볶아서 넣는 것도 괜찮고."

"그렇군요."

"이것저것 시험해봐야겠어요."

"치즈가 들어간 것…… 맛있겠다."

변형하기 쉽다는 말에 세 사람도 계란 레시피가 늘어나겠다며 흐뭇한 표정을 지었다.

집에 돌아갈 때는 "우선 기본적인 계란말이를 제대로 만들 수 있도록 특훈부터 해야겠어" 하고 의욕을 불사르고 있었지만.

그 후, 종업원들 사이에서 맥주 안주로 두꺼운 계란말이를 먹는 게 유행이 됐다나 뭐라나.

최강 궁합

"앨번이랑 롯테, 둘 다 고마워~."

롯테가 뒤로 돌아 내게 손을 흔들고 있다.

나도 그에 답해 손을 흔들며 문을 닫았다.

"오늘도 왕창 받았네."

현관에 커다란 마대 네 개가 늘어서 있다.

그 안에는 굵고 묵직해 보이는 무가 빽빽이 들어 있었다.

"하지만 무는 여러 곳에 쓸 수 있어서 고맙긴 하지."

나도 좋아하고.

"맞아, 곧장 오늘 점심밥에 써볼까."

무와 고기 요리라고 하면 무조건 그거지.

삼겹살 무 조림.

하지만 평범한 삼겹살 무 조림이 아니다.

이렇게나 밥에 잘 어울리는 반찬을 덮밥으로 만들지 않을 수는 없다는 생각에 나는 걸쭉하게 만든 삼겹살 무 앙카케(餡掛け)*덮밥을 해 먹었더랬다.

맛이 잘 배어든 삼겹살 무 조림과 밥.

당연히 최고지.

밥과 함께 마구 욱여넣어 줘야지.

*달콤짭짤한 조미액에 전분(갈분)을 풀어서 가열해 걸쭉하게 만든 것을 끼얹은 요리의 총칭.

그런고로 점심밥은 삼겹살 무 앙카케 덮밥으로 하자.

오랜만이라 나도 기대된다.

"자 그럼, 점심밥을 해볼까."

오늘 점심 메뉴는 이미 정해졌다.

앨번표 엄청 맛있는 무와 던전 돼지의 삼겹살로 만든 삼겹살 무 앙카케 덮밥이다.

재료부터 맛있으니 무조건 맛있게 완성될 거다.

그런고로 인터넷 슈퍼에서 모자란 조미료 등을 구입하고 서…….

"우선 던전 돼지의 고기부터 손질해야지."

던전 돼지의 삼겹살을 얇게 썰어서 한입 크기로 썰어둔다.

다음은 무다. 무의 껍질은 벗기고 부채꼴 모양으로 5밀리미터 정도의 폭이 되게끔 썬다.

참고로 삼겹살과 무를 모두 얇게 써는 게 시간을 단축하는 비법이다.

그런 다음, 바닥이 깊은 프라이팬에 참기름을 두르고 가열해 얇게 썬 던전 돼지의 고기를 볶는다.

고기를 풀어주며 볶아서 어느 정도 익으면 무를 투입.

3분 정도 볶은 후 물, 과립형 일본풍 국물 육수, 간장, 술, 맛술, 설탕을 넣고 거품을 제거하며 국물이 3분의 1 정도가 될 때까지 끓인다.

마지막으로 녹말가루를 물에 푼 것을 넣어 약간 걸쭉해지면…….

"완성."

하아~ 냄새 한번 기가 막히네.

식욕이 확 땡겨~.

응, 그래.

역시 이럴 땐 맛을 봐야지.

그런고로 우선 무를 덥썩.

"아~ 맛이 잘 배서 맛있어."

다음에는 무와 삼겹살을 같이.

"최고야. 이게 밥에 안 어울릴 리가 없지."

나도 모르게 손이 가서 한 입 더 먹었다.

이거 정말 끝내주네.

이런, 안 되지, 안 돼.

이건 점심식사용이니 덮밥으로 만들어야 한다고.

덮밥 그릇에 밥을 퍼 담고 그 위에 삼겹살 무 조림을 듬뿍 얹고서 다진 실파를 올린다.

"화려한 맛은 없지만 이게 또 끝내주게 맛있단 말야."

하얀 쌀밥 위에 걸쭉하면서도 맛이 잘 배어든 삼겹살 무 조림.

완전 최강이네.

어디 보자, 먹보들이 배고파하고 있을 테니 슬슬 가져다줄까.

"애들아~ 다 됐어~."

『왜 이렇게 늦었지?』

『그러게 말이다. 냄새는 나는데 점심밥이 나올 기미가 안 보이니 원.』

『아~ 너 또 혼자 몰래 먹었지~.』

『주인 치사해~.』

"몰래 먹다니. 맛을 본 거야, 맛을!"

『결국 먹었다는 뜻이 아니냐.』

페르의 한 마디에 먹보 콰르텟이 일제히 뚱한 눈으로 나를 쳐다보았다.

"마, 만든 사람의 특권이야! 그보다 여기, 점심밥."

얼버무리며 녀석들 앞에 특곱빼기 삼겹살 무 앙카케 덮밥을 내려놓자, 배를 곯고 있던 먹보들이 냄새에 홀린 듯이 와구와구 먹기 시작했다.

『흠, 맛있군.』

『이 맛이 배어든 채소가 좋구먼..』

『카아~ 이거 밥이랑 잘 어울리네.』

『맛있어~!』

"후후후, 그렇지그렇지~?"

뭘 좀 아네.

가만, 나도 빨리 먹어야지.

기대하고 있던 삼겹살 무 앙카케 덮밥을 입 안 가득 욱여넣었다.

"맛있어어~. 그래그래, 이거야, 이거!"

이 쌀밥과 궁합이 딱 맞는 맛이 정말 최고라니까.

먹보 콰르텟에 질 새라 와구와구 먹어서 다소 많이 퍼 담았던 덮밥을 먹어치웠다.

"하아~ 자알 먹었다. 맛있었어~."

그렇게 말하며 나는 무의식중에 배를 쓰다듬었다.

『어이, 한 그릇 더다. 우리는 한참 더 먹을 거다.』

『음. 더 많이 먹고 싶군그래.』

『나도.』

『스이도 더 먹을 거야~.』

그랬지.

너희가 이걸로 끝날 리가 없었어.

"그래그래, 더 주면 되잖아."

나는 배가 불러도 곧장 쉴 수가 없었던 것이었다.

무한 무

"무를 넣은 된장국만 세 종류나 만들어 버렸네."

아침식사용 된장국이 떨어져서 요전에 앨번에게 받은 무를 건더기로 쓰려고 만들다 보니 스위치가 켜져 버렸다고 해야 할지, 처음에 만들었던 무와 유부를 넣은 된장국이 무진장 맛있어서 나도 모르게······.

참고로 나머지는 정석적인 무와 양파를 넣은 된장국과 무와 당근과 감자를 넣은 된장국이다.

혼자서 된장국을 얼마나 먹으려고 이러나 싶지만, 후회는 없다.(진지)

아니, 뭐 요즘엔 아침에도 일식 비율이 늘고 있으니까.

역시 나도 일본인이다 보니 제일 입에 맞는단 말이지.

뭐, 양식 메뉴를 아침에 먹어도 맛은 있지만.

"아, 어중간하게 남아버렸네."

세 종류의 된장국에 무를 반 통씩 썼더니 반 통이 남았다.

"그냥 남겨두기도 좀 그러니 뭔가 만들어 볼까. 음~ 그게 좋겠네. 아침 식사 반찬으로도 좋을 것 같고, 무엇보다도 간단하니까."

그런고로 만들기로 한 것은 바로 무한 무!

불을 쓰지 않고 엄청 간단하게 만들 수 있으니 후다닥 만들어 볼까.

우선 인터넷 슈퍼에서 참치캔을 산다.

그런 다음, 그 참치캔에서 기름을 뺀다.

다음엔 무를 채 썰어 소금을 뿌려 가볍게 섞어서 잠시 둔 후에 물기를 쫙 뺀다.

그 후, 그 물기를 짠 무에 참치캔과 과립형 치킨 스톡, 참기름, 소금 후추를 넣고 휘적휘적휘적.

이게 다다.

먹기 직전에 굵은 흑후추를 뿌리면 악센트가 되어서 맛있다고.

"응응, 이 정도면 되려나. 당장 내일 아침에 먹어야지."

의도치 않게 오늘 아침 식사는 무 축제가 되고 말았다.

어제 만든 무와 양파가 든 정석적인 된장국과 오이와 무절임, 간 무를 듬뿍 곁들인 맛국물 계란말이, 여기에 또 어제 만든 무 한 무.

거기다 연어와 다시마 츠쿠다니#※ 츠쿠다니 : 어패류, 해초, 채소 등을 간장과 설탕 따위를 넣고 달게 졸인 반찬.#가 든 주먹밥까지.

무 축제지만 아침식사로는 이상적이다 못해 최고의 구성이다.

살짝 기뻐져서 히죽거리고 있었더니……

『왜 그렇게 기분 나쁘게 히죽거리는 거냐.』

"거 참 시끄럽네~. 아주 좋은 아침 메뉴다 싶어서 감격에 젖어 있었는데."

『그게 말이냐? 고기는 하나도 없지 않으냐.』

"난 너희처럼 아침부터 고기를 한가득 먹을 생각이 없으니 괜찮아."

나 참, 세 끼 식사 때마다 고기 타령을 하는 너희랑 계속 같은 걸 먹을 수는 없다고.

페르와 내가 그런 대화를 나누다 보니, 곤 옹과 드라 짱과 스이가 이쪽을 보고 있었다.

『그렇다고는 해도 주공의 아침 식사는 지나치게 단출한 것 같네만. 든든히 먹지 않으면 움직일 수가 없네.』

『맞아맞아. 넌 맨날 아침을 조금만 먹잖아. 아침밥은 중요하다고.』

『주인, 아침에는 맨날 채소만 먹어~.』

"아니 글쎄, 난 이거면 된다고. 너희처럼 아침부터 고기를 잔뜩 먹으면 괜히 더 속이 더부룩해진다니까."

『그걸 이해 못 하겠군.』

『음. 고기는 맛있는 데다 먹으면 힘이 나는데 말이야.』

『그러게 말야~.』

『고기 맛있는데~.』

"나도 고기를 싫어하는 건 아니라고. 하지만 점심이나 저녁이라면 모를까, 아침부터 먹기에는 좀 부담스러워."

게다가 오늘도 너희는 아침부터 차슈* 덮밥을 먹었잖아.

비축해뒀던 차슈를 밥이 보이지 않을 만큼 뒤덮은 것도 모자라 쌓고 쌓고 또 쌓아서 내놓은 걸.

아침부터 그런 기름진 걸 먹는데 그걸 같이 먹다간 배탈이 아주 단단히 날걸?

『뭐, 됐다. 한 그릇 더다.』

『나도 주시게나.』

『나도!』

『스이도~!』

"그래그래."

차슈를 쌓고 또 쌓은 초곱빼기 차슈 덮밥을 추가로 녀석들 앞에 내놓자 또다시 우걱우걱 먹기 시작했다.

『음. 역시 고기지.』

『옳은 말이다. 역시 고기가 좋지.』

『응응. 고기가 최고야~.』

『고기 맛있어~.』

매번 식욕들도 참 좋단 말이야.

아침부터 기름진 메뉴를 우걱우걱 맛있게 먹는 먹보 콰르텟을 곁눈질하며 나는 무 축제 중인 내 전용 아침밥에 젓가락을 댔다.

우선은 역시 된장국부터.

"아~ 맛있다."

---

*광둥어로는 차시우. 본래는 광둥 요리 중 하나로 돼지고기 덩어리에 양념을 해서 구운 요리지만, 일본에서는 라면이나 덮밥에 넣어 먹는 경우가 많다.

마음이 놓이는 맛이다.

무와 양파의 단맛이 끝내줘.

그리고 주먹밥을 덥썩.

응, 된장국에 쌀밥, 이 이상의 조합은 없을 거야.

그런 다음 절임을 먹고, 다시 주먹밥.

다음은 무한 무.

"응응, 맛있어어."

이어서 맛국물 계란말이에 간 무를 듬뿍 얹어서 덥썩.

"이것도 맛있어."

하아, 전부 맛있어.

역시 아침밥은 이래야지.

그런 생각으로 흐뭇해하던 중에…….

『한 그릇 더다.』

『나도 주시게.』

『나도.』

『스이도~.』

글쎄 너희는 좀 천천히 먹으라니까.

안 그래도 기름지고 고기만 잔뜩 쌓은 덮밥인데 말이야.

아닌 게 아니라 너희 위장도 참 튼튼하구나.

늘 그랬지만 먹보 콰르텟의 튼튼한 위장과 왕성한 식욕에 감탄
하며 차슈를 왕창 쌓은 초곱빼기 차슈 덮밥을 추가로 내주었다.

Tondemo Skill de Isekai Hourou Meshi 14
ⓒ2023 Ren Eguchi
First published in Japan in 2023 by OVERLAP, Inc.
Korean translation rights reserved by Somy Media, Inc.
Under the license from OVERLAP, Inc., Tokyo JAPAN

터무니없는 스킬로 이세계 방랑 밥 14

크림 크로켓×사교의 종언
초판 한정 소책자

2024년 8월 1일 1판 1쇄 발행

저 자	에구치 렌
일 러 스 트	마사
옮 긴 이	정대식
발 행 인	유재옥
담 당 편 집	박치우
이 사	조병권
출 판 본 부 장	박광운
편 집 1 팀	박광운
편 집 2 팀	정영길 조찬희 박치우 정지원
편 집 3 팀	오준영 이소의 권진영
디 자 인 랩 팀	김보라
디지털사업팀	박상섭 김지연 윤희진
라이츠사업팀	김정미 맹미영 이윤서
영업마케팅팀	최원석 박수진 이다은
물 류 팀	허석용 백철기
경 영 지 원 팀	최정연
발 행 처	(주)소미미디어
인 쇄 제 작 처	코리아피앤피
등 록	제2015-000008호
주 소	서울시 마포구 토정로 222, 502호(신수동, 한국출판콘텐츠센터)
판 매	(주)소미미디어
전 화	편집부 (070)4164-3962, 3963 기획실 (02)567-3388
	판매 및 마케팅 (070)8822-2301, Fax (02)322-7665

ISBN 979-11-384-8384-1
ISBN 979-11-6190-011-7 (세트)